ハヤカワ・ミステリ文庫

〈HM482-1〉

ローンガール・ハードボイルド

コートニー・サマーズ

高山真由美訳

早川書房

8593

登場人物

ウェスト・マクレイ……………………ニューヨークWNRKラジオのプロデューサー
ダニー・ギルクライスト……………ウェストの上司
セイディ・リラ・ハンター…………コロラド州コールド・クリークに住む19歳の少女
マティ・サザン…………………………セイディの妹
クレア・サザン…………………………セイディとマティの母親
キース……………………………………クレアの元恋人
メイ・ベス・フォスター……………セイディとマティの祖母代わりの女性
ベッキー・ラングドン…………………セイディに車を売った女性
ルビー・ロックウッド…………………ダイナー〈レイズ〉オーナー
ソール……………………………………ルビーの義弟
キャディ・シンクレア…………………情報屋で売人の男
マーリー・シンガー……………………ワグナーに住むシングルマザー
サイラス・ベイカー……………………マーリーの兄
ケンダル…………………………………サイラスの娘
ノア………………………………………サイラスの息子。ケンダルの双子の兄
ハヴィアー（ハヴィ）・クルーズ………ケンダルとノアの親友
キャット・マザー………………………ヒッチハイクしていた家出娘
ジョー・パーキンス……………………モーテル〈ブルーバード〉店主
エリス・ジェイコブス………………〈ブルーバード〉従業員
アマンダ…………………………………ファーフィールドに住むシングルマザー
ネル………………………………………アマンダの娘

ダニー・ギルクライスト：きょうのニューヨークはすばらしい天気です。太陽は輝き、空には雲一つありません。わたしはセントラルパークですばらしくおいしいランチを食べました。中東風に串焼きにしたチキンのサンドイッチ、シャワルマです。これは〈ニューヨーク・シティの一番の秘密〉の先週のエピソードのあとにリスナーのみなさんから熱烈にお薦めいただいた〈シャワルマ・ストップ〉で買ってきたものです。みなさん、どうもありがとうございました。とてもおいしかったです、夕食もこれにするかもしれません。ニューヨークのWNRKラジオより、ダニー・ギルクライストがお送りしています、〈オールウェイズ・アウト・ゼア〉です。

本日は新しい企画をお届けします――大きな企画です。〈オールウェイズ・アウト・ゼア〉のふだんのエピソードに代わって、きょうはわたしたちのポッドキャストの新シリーズ〈ザ・ガールズ〉の最初のエピソードをお送りします。さらに先を聴きたい場合には、ウェブサイトから八つのエピソードがすべてダウンロードできるようになっています――そう、ワンシーズン丸ごと全部です。きっと先を聴きたくなるはずです。

制作とホストは、ベテラン・プロデューサーのウェスト・マクレイ。〈ザ・ガールズ〉では、衝撃的な犯罪によって不安を呼び起こす謎があらわになったとき、いったい何が起こるのかを調査していきます。家族についての物語であり、姉妹についての物語であり、アメリカの田舎町の人々の語られざる人生の物語でもあります。愛する人を守るために、わたしたちは何をどこまでできるのか……そして愛する人を守れないとき、いかに高い代償を払うことになるのかが語られます。

はじまりは、ほかの多くの物語とおなじく、一人の少女の死です。

ザ・ガールズ　エピソード1

〈〈ザ・ガールズ〉のテーマ曲〉

ウエスト・マクレイ：コロラド州コールド・クリークへようこそ。人口は八百です。

グーグルで画像検索をしてもらえると、メインストリートを見ることができます。メインストリートはこの小さな世界の心臓部ですが、ほとんど鼓動しておらず、大部分の建物が空き家になっているか、板を打ちつけてあるのが目につくでしょう。コールド・クリークで最も幸運な――有給の――仕事は、地元の食料品店やガソリンスタンドでの勤務と、商業地での生活必需品の販売です。ほかの人々は、自分のため、子供のために、一つか二つ離れた町まで幸運を探しにいくしかありません。最寄りの学校はパークデールにあり、車で四十分かかります。パークデールの学校では、ほかの三つの町からも生徒を受けいれています。

メインストリートの向こうでは、モノポリーのゲームでボード上の場所をすでに失ったかのような崩れかけた家々のあいだをコールド・クリークの幹線道路が抜けていきます。その先には荒れ放題の農地が広がっています。町の外へ向かうハイウェイは、ところどころで細い泥道に遮(さえぎ)られています。この泥道の先にあるものといえば、たいていはぼろぼろの家の狭い庭か、さらに状態の悪いトレーラーパークです。夏になると、子供たちのために無料のランチを積んだ食糧配給バスがやってきます。これは新学期がはじまるまでつづきます。学校では、補助金によってすくなくとも一日二回の食事が保証されています。

もしみなさんが、わたしとおなじように、生まれてこのかたずっとニューヨークで暮らしてきたなら、ここの静寂に驚くことでしょう。コールド・クリークは美しい、遮るもののない大地の広がりと、永遠につづくかに見える空に囲まれています。夕暮れどきの空は壮観です――電気を帯びたかのような金、オレンジ、ピンク、紫に染まります。摩天楼の攻撃によって損なわれることのない、自然の美です。空間全体が神々しいほど慎ましやかです。ここに囚われていいるなどとはとても思えないでしょう。

しかしここに暮らす大半の人々はそう感じているのです。

コールド・クリークの住民（女性）：コールド・クリークで暮らすのは、ここで生まれたから。ここで生まれた人間なら、おそらく出ていくことはないでしょう。

ウエスト・マクレイ：これは百パーセント真実とはいえません。サクセス・ストーリーもいくつかはあります。大学を卒業し、町を出て、遠くの都市で高給の仕事を見つけたような例です。しかし彼らは例外であって、多数派ではありません。選択の余地があるほど恵まれた育ちの人間なら超えたいと願うレベルの生活――コールド・クリークではそれがふつうなのです。

ここでは誰もが家族の面倒を見るために懸命に働き、なんとか水面より上に顔を出しておこうと必死です。つまらない騒ぎや、醜聞や、個人的な怨恨（えんこん）――アメリカの大半の人はこれが田舎町の定義だと思っているようですが――そんなものにかまけて時間を無駄にしていては生き残れないのです。だからといって、騒ぎや醜聞や怨恨がまったくないというわけではありません。ただ、ふつうのコールド・クリークの住民には、そんなものにかまっている余裕はないのです。

それが起こるまではそうでした。

町外れから五キロほどの場所に建てられた校舎で、世紀の変わりめのころに放棄され一部屋だけになった建物の残骸が火に包まれました。屋根は崩れ落ち、焼け残った壁は炭と化しています。隣には林檎(りんご)園があって、こちらはゆっくりと自然に戻りつつあります。若い下生えや、新しい木々、野の花々に包囲されています。

この林檎園にはどこかロマンティックな、外の世界から切り離されてほっと一息つけるようなところがあります。一人きりで自分の考えに耽(ふけ)るのに最高の場所です。すくなくとも以前はそうでした。

メイ・ベス・フォスターは――このシリーズが進むにつれ、みなさんにもおなじみの人物になるでしょう――みずからわたしをその場所へ連れていってくれました。見てみたいとわたしからお願いしたのです。メイ・ベスはぽっちゃりした六十八歳の白人女性で、白髪交じりの頭をしています。孫を持つおばあさんのような雰囲気があり、こちらの気持ちがすっかり温かくなるような、感じのよい、親しげな声をしています。〈スパークリング・リバー・エステーツ〉のトレーラーパークの管理人で、生まれたときからコールド・クリークに住んでいて、メイ・ベスが話をすれば町の人々は耳を傾けます。たいていの場合、人々はメイ・ベスのいうことをなんでも真実として受けいれます。

メイ・ベス・フォスター：ちょうど……この辺り。

ここが、遺体が見つかった場所。

緊急通報911番の通信指令係（電話）：911番、通信指令係です。どういった緊急事態ですか？

ウェスト・マクレイ：十月三日、四十七歳のカール・アールは、職場であるコフィールドの工場へ向かっていました。コールド・クリークからは車で一時間です。出発してまもなく、黒い煙が早朝の地平線を汚していることに気がつきました。

カール・アール：ほかの日とおなじように出かけた。すくなくとも、そうしたと思ってる。起きて、朝飯を食って、ドアを出るまえに女房にキスをしたと思う。毎朝やっていることだから。しかし正直にいって、煙を目撃した前後のことははっきり思いだせないんだ……うん。

全部忘れてしまえたらいいのにと思うよ。

カール・アール（電話）：そう、名前はカール・アール、火事の通報だ。ミルナーズ・ロードの外れに廃屋になった校舎があるんだが、そこが燃えあがっている。コールド・クリークの東、五キロくらいのところだ。おれは車で通りかかって気がついた。それで通報するために車を停めたんだ。だいぶひどく燃えてるように見える。

911の通信指令係（電話）：オーケイ、カール、そちらへ人を送ります。

周辺にほかの人はいますか？　助けを必要としている人が見えますか？

カール・アール（電話）：ここにいるのは、わかっているかぎりおれだけだが、離れているせいかもしれない……もうすこし近づければ、確認して――

911の通信指令係（電話）：サー、カール、火事に近寄らないでください。ぜひともお願いします。いいですね？

カール・アール（電話）：ああ、そうだな――そんなつもりは――

カール・アール：それで、いわれたとおりにしたんだ。ヒーローを演じたい気持ちもなくはなかったんだがね。どうして自分が現場周辺から離れられなかったのか、いまでもよくわからないんだが――仕事を休む余裕なんかなかったからね――とにかく警察と消防隊が来るまでそこにいたんだよ。消火するところを、火がおさまるまで見ていて、そのとき気がついたんだ……そこの校舎のすぐ向こうに見えた――ああ、見えたんだよ――おれは最初に彼女を見つけたうちの一人だった。

ウェスト・マクレイ：マティ・サザンの遺体は、林檎園と燃えている校舎のあいだの死角で発見されました。これより三日まえに行方不明の届けが出されていて、ここで発見されたのです。

死体となって。

林檎園で明らかになったぞっとするような詳細を、この番組でお話しするのはやめておきます。殺人や犯罪が、まずはみなさんの興味を捉えるかもしれませんが、それにまつわる暴力や残酷さは娯楽のために存在しているわけではありません——ですから、それをわたしたちに求めないでください。この事件の詳細は、オンライン検索で簡単に見つかります。わたしの考えでは、みなさんがほんとうに知る必要があるのは以下の二つです。

第一に、マティの死因が鈍器による頭部の損傷だったこと。

第二はこれです。

メイ・ベス・フォスター：あの子はまだ十三歳だった。

カール・アール：あのことがあってから、熟睡できなくなったよ。

ウエスト・マクレイ：マティには、セイディという十九歳の姉がいました。祖母代わりのメイ・ベスもいました。クレアという母親もいましたが、しばらくのあいだクレアは登場しません。

わたしが最初にマティ・サザンの殺人事件について耳にした場所は、コールド・クリークからおよそ三十分のところにある、アバナシーの外れのガソリンスタンドでした。クルーと一緒に東部の平原地帯にいて、〈オールウェイズ・アウト・ゼア〉のアメリカの田舎町を特集したエピソードに使うインタビューをちょうど終えたところでした。だらだらとつづく、ゆるやかな景気の落ちこみについての話です。その土地が失ったものについて住民に語ってもらいたかったのです。わたしたちが過去の栄光を取り戻してあげられると思ったからではありません。ただ、彼らの存在をみなさんに知ってもらいたかったからです。

わたしたちは住民に声を与えたかったのです、彼らが消えてしまうまえに。

ジョー・ハロラン：とにかく、いいことだよ。誰かが関心を持ってくれるっていうのはね。

ウェスト・マクレイ：ジョー・ハロランは、わたしたちがインタビューをしたアバナシーの住民の一人でした。ガソリンスタンドでまえの人のうしろに立って、彼がマティ・サザンという子供の身に起こったことを正確に店員に話すのを聞いたときには、その言葉について深く考えませんでした。身の毛もよだつような事実は、わたしの関心を惹きつけませんでした。ここへ来た目的はすでに果たしていたので、あとは帰るばかりでした。もちろん、痛ましい事件ではありましたが、わたしたちが生きている世界は痛ましい事件には事欠きません。そうした事件をすべて止めることはできないのです。

一年後、わたしはニューヨークのオフィスにいました。十月で、じつのところ三日だったので、マティの死から丸一年が経っていました。わたしの意識は絶えずコンピューターの画面から逸れて窓へ向かいました。窓からはエンパイア・ステート・ビルが見えました。わたしはWNRKの仕事も、街での生活も好きでしたが、もしかしたら心のどこかに変革を先送りにしているようなところがあったかもしれません。その〝どこか〟は、最初にマティの話を聞いたとき、よく考えもせず立ち去ることに決めた心の一部とおなじ場所でした。

そんなところへ、ある電話がかかってきました。

メイ・ベス・フォスター（電話）：ウェスト・マクレイ？

ウェスト・マクレイ（電話）：そうです。どういうご用件ですか？

メイ・ベス・フォスター（電話）：メイ・ベス・フォスターといいます。ジョー・ハロランから聞きました。あなたが関心を持ってくれるって。

ウェスト・マクレイ：マティ・サザンの事件に新たな進展はありませんでした。容疑者の名前も挙がっていません。捜査は行き詰まっているようでした。しかし、メイ・ベスがわたしに連絡をしてきたのは、それが理由ではありませんでした。

メイ・ベス・フォスター（電話）：助けてほしい。

ウエスト・マクレイ：三カ月まえ、七月のなかばに、メイ・ベスはコロラド州ファーフィールドの警察署から連絡を受けました。コールド・クリークからかなり離れた町です。警察は、道端に停めてあった二〇〇七年式の黒のシボレーのなかから緑色のバッグを発見しました。そのバッグには、マティの姉で、六月に行方不明になったセイディ・ハンターの所持品が詰まっていました。セイディ自身はどこにも見つかりませんでした。いまもまだ見つかっていません。通り一遍の捜査のあと、セイディは地元の警察によって家出人と断定され、万策尽きたメイ・ベス・フォスターがわたしに連絡をしてきたのです。わたしは彼女の最後の希望でした。メイ・ベスは、わたしならセイディを生きたまま家に連れ戻せるかもしれないと思ったのです。セイディは生きていなければなりませんでした、なぜなら——

メイ・ベス・フォスター（電話）：もう一人まで死なせるわけにはいかないの。

セイディ

車はクレイグズリストで探す。

車種は問題じゃない、と思う。だがちゃんと動く以上のことを求めるなら、箱型で、ミッドナイトブラックがいい。ほかの車と並んだときに存在が消えるような色だ。後部座席には眠るのに充分な広さがほしい。これは大急ぎで書かれた広告の大海のなかの大急ぎで書かれた広告の一滴だったが、スペルミスがたくさんあったので、とくに必死な感じがした。〝付値(つけね)をおねがいします〟が、あたしにとっては決定打だった。それは〝いますぐお金が必要〟という意味で、つまり何かトラブルに巻きこまれているか、おなかを空(す)かせているか、クスリを買わずにいられないということだ。だからこっちが有利になる。これに決める以外、何ができる?

町の外の路上で誰かと会い、あたしでも進んで払う気になれる程度の金額で車を買うなんて、世界じゅうで一番安全なこととはいえないんじゃないか、などという考えは起こらない。しかしそれは単に、車を手に入れたらやろうと思っていることがそれよりずっと危険だからだ。

「死ぬかもしれない」と口に出していってみる。自分の口から出るこの言葉のただひたすらな重みで、この言葉の表す現実が自分のなかにたたきこまれるかどうか確かめたいという、それだけのために。

そうはならない。

あたしは死ぬかもしれない。

緑色のキャンバス地のバックパックを床から拾い、肩をすくめるようにして背負ってから、親指で下唇をこする。昨夜メイ・ベスがブルーベリーをくれたので、きょう起きてからそれを朝食にした。それで口のまわりに染みができているかもしれない。ただでさえ、良好な第一印象を与えるのがむずかしいというのに。

トレーラーハウスのスクリーンドアは完全に錆びていて、あたしたちの住む〝なくてもいいような場所〟じゅうにかん高い泣き声を発する。もし何かしら映像がほしいなら、郊外なんて言葉じゃいい表せないくらいひどい場所を思い描き、生まれて以来ずっとブルーベリーのメイ・ベスから貸しだされたトレーラーハウスに住んでるあたしが、そこからいくつか階段を降りる姿を想像してくれればいい。あたしが住んでいる場所は、まちがいなく出ていったほうがいいだけの場所で、この場所についていうべきことはそれで全部で、あたしはふり返らない。ふり返りたいかどうかは問題じゃなくて、ただふり返らないほうがいいというだけ。

自転車を引っつかんで、それに乗って町を出る。ウィッカーズ・リバーにかかる緑の橋の上で一瞬止まり、川の水を見おろすと、荒れくるう流れに内臓ごと引っぱられたかのようなめまいを覚える。荷物の中身をかきまわして、服と、水のボトルと、ポテトチップスの袋と、財布を脇へよけ、下着のかたまりに絡まった携帯電話をようやく見つける。安っぽいプラスティックのかけらだ。タッチスクリーンさえついていない。それを川へ投げこんでから、また自転車にまたがって、ハイウェイの外れのメドラーズ・ロードへ向かってこぎだす。クレイグズリストに投稿した女に会うためだ。女の名前はベッキーで、最後の一文字はi。わざわざそう書いてきたのだ、最後の一文字はiと。あたしが自分ではそれをわからないかのように。何度もメールで見ているのに。女は箱型でミッドナイトブラックの車の横に立っている。一方の手を車のフードに置き、もう一方の手を妊娠して大きくなったおなかに置いている。女のうしろにはべつの車、もうすこし新しい車が停まっている。運転席には男が座り、あけた窓から一方の腕を外に垂らしていて、かなり緊張しているが、あたしの姿が目に入るとその緊張はすべて溶けて流れたようだ。それを見て苛立つ。

あたしは危険なのに。あたしはナイフを持っている。人を見くびるのはやめたほうがいい、とあたしは叫びたい。

これはほんとうだ。うしろのポケットに飛び出しナイフが入っている。母親の男の一人、キースが置いていったナイフ。ずっとまえのことだ。キースは男たちのなかで一番いい声をしていた——あやふやに聞こえるほどやわらかな声だった——が、いい人間というわけではなかった。

「リラ?」ベッキーが尋ねる。それが教えておいた名前だから。リラはあたしのミドルネームだ。こっちをいうほうが簡単なのだ。ベッキーの発声に、あたしは驚く。擦(す)りむいた膝みたいな声。きっと喫煙歴が長いのだろう。あたしはうなずくと、現金でふくらんだ封筒をポケットから出して差しだす。全部で八百ドル。そう、ベッキーはあたしが最初につけた五百ドルという値に反対したわけだけど、それでも悪くない取引だとあたしにもわかっている。車体の修理をしてもらえていなかったら、多かれ少なかれもっとお金がかかるはずだから。これならすくなくとも丸一年は乗れるはず、とベッキーはいう。「メールの感じだと、もっとずっと年上だと思ったけど」

あたしは肩をすくめて、封筒を持った手をさらに伸ばす。〝お金を受けとりなさいよ、ベッキー。なんでこのお金が必要なの、とあたしが訊くまえに〟。あたしはそういいたい。車のなかの男がひどく焦れて不安定に見えるから。そういう顔なら知っている。どこでも、誰の顔でも、見ればわかる。暗がりのなかでもわかる。

ベッキーが膨らんだおなかを撫でながら、すこし近くへ寄ってくる。

「お母さんはあなたがここにいることを知ってるの?」ベッキーはそう尋ね、あたしはただ肩をすくめる。納得しかけたように見えたベッキーが、突然考えを変える。顔をしかめ、上から下まであたしを眺めまわす。「知らないのね。たった一人で車を買いに、こんなところまで来させるわけがないものね」

首を振るか、うなずくか、肩をすくめるかするだけでは答えられない言葉だ。あたしは唇をなめ、闘う覚悟を決める。あたしはナイフを持っている。そういいたい。あたしの声を支える手のようなこの事実を口にしたい。

「か、母さんは、し、し、し――」

あたしが言葉に詰まれば詰まるほど、ベッキーの顔は赤くなる。ベッキーはどこを見ていいかわからなくなる。あたしのことは見ない、まっすぐ目を見たりはしない。あたしの喉は固くなる。ひどく固くなって息が詰まる。この状態から解き放たれる唯一の方法は、言葉をつなげようとするのをやめることだ。ベッキーのまえでどんなに必死になっても、言葉は絶対につながらない。あたしが流暢（りゅうちょう）にしゃべれるのは一人でいるときだけだ。

「——んだ」

吃音（きつおん）による押さえこみが解ける。

あたしは息をする。

「驚いたわね」ベッキーはいう。もちろんそれは、たったいま話した内容に含まれているはずの悲しみのせいではなく、あたしの口から出たときの言葉の崩れかたのせいだと、あたしにもわかっている。ベッキーはすこしうしろへさがる。このクソは感染する、そしてもし自分が感染すれば百パーセントの確率で胎児にもうつすことになると思っているのだ。

「あなた——運転できるの？」

これはあたしが低能なんじゃないかと尋ねるときの婉曲的ないいまわしの一つだけど、おねがいいしますのスペルすらまともに書けない女からいわれると、腹立たしいことこのうえない。あたしは封筒をポケットに戻し、それを発言の代わりとする。マティからはよく、あんたの最悪の特徴は吃音ではなく頑固さだといわれたものだけど、一方がなければ他方もなかったはずなのだ。それでも、ベッキーの無知のせいで、あたしが彼女の中古車に金を出す気をなくしたとにおわせる程度の余裕はある。ベッキーは恥ずかしそうに、ちょっと笑う。「何をいっているのかしら？　もちろんできるはずよね……」そしてすこし自信なさそうにくり返す。「もちろん運転できる」

「そうね」あたしはいう。口にするすべての言葉が砕けて出るわけではない。発話が正常であることがベッキーを安心させ、彼女はあたしの時間を無駄にするのをやめて、エンジンをかけ、車がちゃんと動くことを示す。そして、トランクのスプリングが壊れているけど、トランクをあけたままにしたいときに使っている棒はタダで持っていっていいと冗談交じりにいう。

〝ふーむ〟とか〝あ、そう〟というだけで取引をやり過ごし、やがて正式に決着すると、新しく自分のものになった車のフードに腰をおろして、二人がバックで車を出し、左に曲がってハイウェイに乗るのを見送る。車のキーを指でくるくるまわしていると、早朝の熱気がゆっくり体を包んでくる。自分たちの領域にあたしがいることを無礼だと思った虫たちが、あたしの青白い、そばかすのある肌に寄ってたかって食いついてくる。乾燥した道路の埃っぽいにおいが鼻孔をくすぐり、出発する準備のできているあたしの一部に話しかける。それで、あたしは車からすべり降り、繁みのなかへ自転車を転がして、自転車が見苦しく倒れるのを眺める。

メイ・ベスはときどきブルーベリーをくれるけど、期限切れのナンバープレートを集めてもいて、それを自慢げに納屋のなか、ダブルワイドのトレーラーのうしろに飾っている。

さまざまな色、州のものがあり、なかには外国のものもある。とてもたくさん持っているので、二つくらいなくなっても気づかないだろうと思う。車両登録のステッカーは、あたしのところからトレーラー三つ分向こうに住むウォーナー老婦人から失敬したものだ。ひどく体が弱っていて運転できないので、もう登録証は必要ないだろう。

ナンバープレートに泥をつけ、汚れた手のひらを短パンで拭きながら車をまわって、運転席に乗りこむ。シートはやわらかくて低く、煙草でついた焦げの跡が脚のあいだに見える。キーをまわすとエンジンがうなる。アクセルを踏む。車はでこぼこ道を走り、ベッキーが行ったのとおなじ道を進む。やがてハイウェイに到達すると、あたしはベッキーとは反対へ行く。

唇をなめる。ブルーベリーの味はとっくになくなっているけれど、あのすっぱさの混じる甘みを思いだして、それが唇についていないのを物足りなく感じる。メイ・ベスは、ドアをノックしてあたしがいなくなっていることに気づいたらひどく失望するだろうけれど、驚きはしないと思う。メイ・ベスが両手でしっかりあたしの顔を包みながら、最後にいった言葉はこうだった。〝何を考えているにせよ、いますぐあんたの愚かな頭からその考えを追いだしなさい〟。ただそれは、あたしの頭のなかにあるわけじゃなく、心のなかにある。そしてメイ・ベスは、何かに従うつもりなら心の声に従ったほうがいいとあたしに話した人でもあるのだ。
たとえそれが混乱に満ちた声でも。

ザ・ガールズ　シーズン1、エピソード1

ウェスト・マクレイ：少女たちが行方不明になるのは珍しくありません。

しばらくまえに上司のダニー・ギルクライストから、ポッドキャストの番組を持って司会を務めることを打診されていました。メイ・ベスから電話があった話や、マティとセイディの話をすると、それを検討するようにといわれました。マティが亡くなったときにわたしがそのエリアにいたのは運命のようなものだ、と上司は思ったのです。それでも、最初にわたしの口から出たのはこの言葉でした。

少女たちが行方不明になるのは珍しくありません。

じっとしていられない十代の少女たち、向こう見ずな十代の少女たち。十代の少女と、起こるべくして起こる事件。セイディは大変な喪失を乗り越えたのに、わたしのほうはなんの努力もせずにその問題を、彼女を、却下しました。わたしが望んだのは新鮮味のある、斬新で刺激的なストーリーでした。行方不明の十代の少女のどこにそれがあるでしょうか？

まえにもどこかで聞いたようなストーリーです。

ダニーはすぐに、わたしが彼のもとで働いている理由を思いださせました。そして彼のほうがわたしのもとで働いているわけではないことも。

ダニー・ギルクライスト（電話）：もうすこし深く掘り下げてみるべきだよ。何をするか考えるまえから、何かがないと決めつけないでもらいたい。できることがあるはずだ。身を入れてやってみて、何が見つかるか確認してもらいたい。

ウェスト・マクレイ：わたしはおなじ週のうちに、コールド・クリークへ向けて出発しました。

メイ・ベス・フォスター：セイディは壊れてしまった、マティが殺されたことで。事件のあとには、決してまえとおなじではいられなかった。それは当然でしょう。それに、警察はマティを殺したモンスターを見つけられなかった。セイディにとってはそれが最後のひと押しになった。

ウェスト・マクレイ：セイディがそういったんですか？

メイ・ベス・フォスター：いいえ。だけどそんな必要はなかった。あの子を見るだけでわかった。

ウェスト・マクレイ：マティ・サザンのために正義はなされませんでした。

こんなにも凶悪で混沌とした犯罪が未解決のままになるなんて、コールド・クリークの住民に受けいれられることではありませんでした。彼らの評価基準はテレビから与えられたものだからです。『ＣＳＩ：科学捜査班』のような番組では一時間のうちに殺人犯が捕まるし、たいていはあの林檎園で発見されたものよりすくない証拠で犯人を挙げているじゃないか、というわけです。

この捜査の陣頭に立ったアバナシー警察のジョージ・アルフォンソ刑事は、陰りの見えた映画スターのような外見です。六十代前半、身長百八十三センチの黒人男性で、白髪交じりの短い髪をしています。彼は手がかりがすくないことへの失望を表明していますが、状況を考慮すれば、手がかりがほとんどないことは必ずしも驚くにはあたりません。

アルフォンソ刑事：当初、われわれは殺人事件だとは思っていませんでした。火事の通報を受けたため、不運にも、犯罪現場の大部分が消防隊の消火活動によって損なわれてしまったのです。

ウェスト・マクレイ：警察が回収したDNA証拠物件は決定的なものではなく、一致する対象を必要とします。いまのところ、容疑者の範囲を絞ることもできない状態です。

アルフォンソ刑事：われわれは、マティの失踪と死亡のあいだの空白をできるかぎり埋めようとしてきました。マティが行方不明になったという通報を受けるとすぐに、行方不明者の速報システム（アンバーアラート）を発動しました。地元エリアを捜索し、何人かの接触者（POI）を調べました——マティが姿を消すまえの何時間かのうちに接触のあった人々です。全員がシロでした。目撃者が一人いて、マティがいなくなった夜にピックアップトラックに乗りこむところを見たといっています。生きているマティが目撃されたのは、それが最後です。

ウエスト・マクレイ：その目撃者はノラ・スタケット。コールド・クリークで唯一の食料品店〈スタケット食品〉のオーナーです。ノラは五十八歳の赤毛の白人女性で、成人した子供が三人います。その全員が食料品店で働いています。

ノラ・スタケット：夜に閉店の準備をしていたとき、あの子を見たの。ちょうど明かりを消したところだったんだけど、角のところにマティ・サザンがいて、ピックアップに乗ろうとしてた。暗かったから、その車が青か黒かよくわからなかったんだけど、たぶん黒ね。ナンバープレートも運転手も見えなかったけど、それまで見たことのないトラックだったし、その後も一度も見かけてないわね。だけどもう一度見ればわかると思う。翌日、スプリング・リバーじゅうに警察が出てるって聞いて、ああ、あの子が死んだんだって思った。

ふっとそれがわかったの。おかしな話じゃない？　ふっとわかるなんて（笑）。鳥肌が立ったわ。

ウェスト・マクレイ：少女たちはスパークリング・リバー・エステーツに住んでいました。小さなトレーラーパークで、トレーラーの数が十を超えることはなく、いくつかは手入れの行き届いたトレーラーもあります。かわいいガーデンオーナメントや、庭を飾る花壇があったり。かと思うと、ゴミに囲まれた腐ったソファが特徴となるようなトレーラーもあります。近くにきらめく川(スパークリング・リバー)はありませんが、ハイウェイを走って町を出れば見つかるでしょう。

まえにもいったとおり、ここはメイ・ベス・フォスターが管理しています。少女たちの祖母代わりです。そのメイ・ベスが、二人のダブルワイドのトレーラーを見せてくれました。セイディが残していったままになっています。メイ・ベスの悲嘆は宙ぶらりんの状態で、そのトレーラーを片づける気になれないのです。ほんとうは空(あ)いたトレーラーを貸さずにおく余裕などないのですが。

一歩入ったときに自分が何を予想していたのかはわかりませんが、そこは誰にも使われておらず、きれいでした。この四年ほど、セイディはここで一人でマティを育てていましたが、それでもセイディ自身十代であることに変わりはなく、十代といえば、わたしは自然災害のようなものを連想します。部屋から部屋へ竜巻のように移動し、通った跡には大混乱が残される、そういう光景を思い浮かべます。

二人が家と呼んだこの場所は、まったくそんなふうではありませんでした。キッチンの流しや、居間の古いテレビのまえのコーヒーテーブルには、まだいくつかカップがあります。冷蔵庫に貼られたカレンダーはセイディがいなくなった六月のままです。

二人の寝室は、もっとあからさまに異様な雰囲気に包まれています。マティの部屋は、マティが帰ってくるのを待っているかのようです。床に脱ぎ捨てられた服があり、ベッドは乱れたままになっています。ナイトテーブルには内側に水の染みのついたグラスが置かれています。

メイ・ベス・フォスター：セイディが誰にも触らせようとしなかったの。

ウェスト・マクレイ：セイディの部屋はこれとは正反対で、セイディが二度と帰ってこないことを知っているかのようです。セイディの部屋ではベッドはきちんと整えられていますが、それをべつにすれば、あらゆるものの表面が剝き出しになっています。何もかもが剝ぎとられたかのようです。

ウェスト・マクレイ（メイ・ベスに向かって）：ここには何もありませんね。

メイ・ベス・フォスター：セイディの持ち物は全部、パークの裏の大型ごみ容器のなかで見つけた。あの子がいなくなったと気がついた日に。

ウェスト・マクレイ：捨てられていたんですか？

メイ・ベス・フォスター：本、映画、服……全部ね。

あの子があんなふうにごみのなかにそれまでの人生を投げ捨てたことを考えると吐き気

がする。その行動がすべてを語っているから。あの子をつくった小さなかけらのすべてが、何もかもが、ごみにまみれているのを見つけたとき、あたしはもうただ泣くしかなかった、だってあの子は……あの子にとってはもう全部なんの価値もないんだ、と思ったから。

ウエスト・マクレイ：こうなることにまったく気がつかなかったんですか？　出ていく意図をにおわせるような言動を、セイディはまったくしなかったのでしょうか？

メイ・ベス・フォスター：出ていくまえの週、セイディはものすごく無口になった。何かばかなことをしでかそうと考えてるみたいだった。だからあたしはあの子に話した。あんたが何を考えているかは知らないけど……やめなさいって。〝絶対にやめなさい〟といったの。だけどその時点では、もう何をいってもあの子に届かなかった。

それでも、こ、こ、こんなことは想像もしていなかった……

いいたくはないけど、ここにいると死にそうになる。ほんとうにここにいるのはもう無理。

ウエスト・マクレイ：わたしたちはメイ・ベスのトレーラーのなかで話をつづけました。パークの正面にある、居心地のいい、ダブルワイドのトレーラーです。メイ・ベスはビニールのカバーをかけたソファに座るよう勧めてくれましたが、動くたびにキュッキュッととても大きな音がします。あまりインタビュー向きではないようだとメイ・ベスに話して、結局、小さなキッチンへ向かいました。キッチンテーブルをまえにして座ると、メイ・ベスはグラスにアイスティーを注いだあと、何年ものあいだ取っておいた少女たちのアルバムを見せてくれました。

ウエスト・マクレイ：このアルバムはあなたが？

メイ・ベス・フォスター：そう。

ウエスト・マクレイ：ふつうなら母親がやりそうなことですよね。

メイ・ベス・フォスター：そう。まあ、母親がやるべきだね。

ウェスト・マクレイ：マティとセイディの母親、クレア・サザンのことは、ここで歓迎される話題ではありませんでした。しかし避けられない話題でもあります。クレアがいなければ、あの少女たちも存在しなかったはずなのですから。

メイ・ベス・フォスター：クレアのことは、いわぬが花だよ。

ウェスト・マクレイ：それでも、どうしてもお訊きしたいんです、メイ・ベス。何かの助けになるかもしれません。すくなくとも、わたしがセイディとマティをよりよく理解する助けになります。

メイ・ベス・フォスター：クレアは厄介ごとの種で、それに理由なんかなかった。ただそういうふうに……悪く生まれつく子供もいる。十二歳のときに酒を飲みはじめた。十五でマリファナとコカインに手を出した。十八になるころにはヘロインをやってた。ケチな窃盗や軽犯罪で何回か逮捕されてる。まったく、滅茶苦茶だよ。あたしはクレアの母親のアイリーンと友達だった、アイリーンがあたしからトレーラーを借りるようになってからずっと。そうやって、あの一家の暮らしに関わるようになった。アイリーンほど気のやさしい人はいないよ。クレアに関しては、もっと強硬手段を取ることだってできたのに。だけどいまさらそれをごちゃごちゃいったところではじまらない。

ウェスト・マクレイ：アイリーンはクレアが十九歳のときに乳がんで亡くなりました。

メイ・ベス・フォスター：アイリーンが亡くなるまえに、クレアが妊娠した。アイリーンは孫のために生き延びようと、それはもう必死でがんばったんだけど……望みどおりにはいかなかった。アイリーンを埋葬した三カ月後、セイディが生まれた。あたしは死の床にあったアイリーンと約束したんだよ、あんたのちっちゃい孫娘の面倒はあたしが見るって。それが、あたしがやったことだった。ずっとやってきたことだった。なぜなら——あなたには子供がいる？

ウェスト・マクレイ：ええ、います。娘が一人。

メイ・ベス・フォスター：だったらわかるでしょう。

セイディ

三日後、あたしは髪を染める。

染髪は途中の公衆トイレでする。染料のアンモニア臭と汚い個室の悪臭が混じりあい、吐きそうになる。カラーリングをするのは初めてで、結果は泥みたいな色のブロンドだ。箱の写真では金色なのに。だけどそれは問題じゃない。いままでとちがって見えればいいだけだから。

マティは絶対気に食わなかったはずだ。きっと文句をいってきただろう。あたしにはカラーリングなんてさせてくれないくせに、と独特の細い声でごねるだろう。〝細い〟といったって薄いとか弱いとかいう意味じゃない。ただ完全には聞きとれないというだけだ。笑うとものすごくかん高い声になって耳が痛むけれど、あたしは文句をいわない。なぜならマティが笑うと、夜に飛行機に乗って行ったことのない街を見おろしているみたいな、その街がライトアップされているような気分になるからだ。すくなくともあたしの想像では。飛行機に乗ったことはないけれど。

それに、ほんとうのことだった。マティに髪のカラーリングはさせなかった。あたしが決めたルールを全部ないことにしてしまったなかで（友達の家へ行くときは電話すること、男の子にメールするときは必ずあたしに相談すること、携帯電話を片づけて先に宿題をやること）、マティが唯一守ったきまりがそれだった——十四歳になるまで髪を染めないこと。もうすこしだったのに。

マティが自分の髪に手を加えなかったほんとうの理由は、あの子の髪が母親譲りのブロンドで、母親が残したささやかなものを失うことに耐えられなかったからだと思う。おなじ色の髪といい、青い目といい、ハート形の顔といい、あの二人がどんなに似ていたか考えるといつも気が変になった。マティとあたしは父親がちがい、姉妹に見えなかった。ごく稀（まれ）に、何かについてまったくおなじことを感じたときに、鏡に映ったかのようにおなじ表情をすることはあったけれど。マティと母親と一緒にいると、あたしは仲間外れだった。髪は手に負えない茶色の巻き毛で、目は暗いグレイ、その下にあるのはメイ・ベスがよく〝スズメの顔〟と呼んだような顔だったから。マティはぶざまに痩せこけていて発育不全のように見えたけど、同時にどこか特別なやわらかさがあって、あたしの体のつくりと比べると、見た目にそんなに皮肉っぽいところがなかった。あたしの体は、マウンテンデューの入った哺乳瓶を与えられた結果だ。神経系統が繊細なものごとを扱えないようにできている。ガラスさえ切れそうなほど全身が鋭利で、なんとかして丸みをつける必要があるけれど、ときどきそんなことはどうでもよくなる。必ずしも見事な体ではないかもしれないが、見事な嘘がつける体ではある。あたしは見かけより強いのだ。

〈ウィトラーズ・トラック・ストップ〉の看板が近づいてくるころには、もう暗くなりかけている。

トラックの休憩所。早送りで暮らす人々にとって一時停止ボタンに近い場所。ただ、そういう人々は一時停止ボタンと同時に止まったりはしないので、こっちは動きつづけるはめになる。以前、コールド・クリークの外れのガソリンスタンドで働いていたとき、ボスのマーティは、夜間には絶対あたしを一人で働かせなかったけれど、そのこと一つを取ってみても、通りすがりのトラック運転手たちをマーティがどれほど信用していなかったかわかる。その判断が完全にフェアかどうかはわからないけれど、マーティはそう感じていたということだ。ウィトラーズはあたしがもといた場所より大きいが、それほどきれいではない。あるいは、もしかしたらもとの場所の乱雑さには慣れているから、長年のあいだに、すべてがきっちりあるべき場所にあるのだと思いこむようになっただけかもしれない。ここのものはどれも最良の状態への努力を放棄している。ガソリンスタンドのネオンサインもどんよりしている。突然パンッといって真っ暗になることですべてを終わらせるより、ゆっくり消えていくことを選んだかのように。

あたしはダイナーへ向かう。〈レイズ〉と筆記体で書かれたペンキ書きの看板は、ダイナーを最上階に置くその建物には小さすぎて、めまいがするほどすべてが歪(ゆが)んで見える。**ガーネット郡で一番のアップルパイ！**　雑なつくりの段ボールの看板が窓からそう自慢している。**一切れお試しを！**

重いガラスの扉を抜けると、五〇年代へ着地する。あたしにはレイズはまさにそんなふうに見える。赤いビニールの椅子にトルコ石の色の壁、ウェイトレスもそれに合わせてワンピースにエプロンという格好だ。隅にあるのは正真正銘のジュークボックスで、ボビー・ヴィントンがかかっている。そこに立って、グレービーソースのかかったマッシュポテトのにおいとノスタルジアをたっぷり吸いこんでから、奥のカウンター席へ向かう。すぐ向こうに盛りつけ場とキッチンがある。

スツールに腰かけ、ひんやりしたフォーマイカのカウンターに両手を置く。あたしの右には女がいる。少女(ガール)というべきか。女(ウーマン)というべきか。彼女は料理が半分ほど載った皿に覆いかぶさるようにして座り、親指を携帯電話の画面上ですばやく動かしている。縮れた茶色の髪をしていて、青白い肌は露出が多い。見ているだけでこっちが寒くなりそうだ。

黒のパンプスを履き、短パンに、薄くてタイトなタンクトップを合わせている。駐車場で仕事をするのだろう。駐車場のトカゲ（ロット・リザード）。彼女のような娼婦にはそんな呼び名がある。あたしは視線を上へ移し、もっとよく女の顔を見る。実際の年齢より老けて見えるたぐいの顔だ。加齢でなく、環境のせいで荒れた肌をしている。目の端と口角にできたしわが甲冑（かっちゅう）のひびを思わせる。

あたしはカウンターに両肘をつき、頭を垂れる。こうして休んでみると運転の影響が出てくる。こんなふうにハンドルのまえに押しこまれることに慣れていないので、死ぬほど疲れている。背中の筋肉に小さな固い結び目がいくつもできてしまった。神経を集中して個々の痛みをつなぎあわせ、無視できる一つの痛みに変えようとする。

すこしすると、キッチンから男が出てくる。黄褐色の肌に、剃（そ）りあげた頭、両腕にはとてもきれいなフルカラーのタトゥーがある。髑髏（どくろ）と花だ。男が着ている従業員用の黒いTシャツは前面がピンと張り、懸命に鍛えているに違いない体の一部がくっきり見える。男はベルトに引っかけてあった油染みのあるタオルで両手を拭き、あたしを一瞥（いちべつ）する。

「ご注文は？」

ナイフみたいな声だ。相手に当たるとおのずと鋭くなる声。このままで充分威圧的なので、この男が怒鳴ったらどんなふうに聞こえるかなんて想像もつかない。あなたが店主のレイなの、と尋ねるまえに、シャツについた名札にソールと書いてあることに気づく。男は耳をあたしのほうへ向ける。もう一度いってくれ、というようなしぐさだ。自分が聞き逃しただけだと思っているかのような。

たいていの場合、吃音はつねに出る。これについては体のほかのどの部分よりよくわかっているが、疲れているときは、ありえないくらい予測がつかなくなる。四歳のときのマティみたいなものだ——誰にもいわずにかくれんぼをはじめたものだから、近所じゅうを探したことがあった。ここではしゃべらなきゃならないことがあるのだが、必要なことを教えてくれると確信できない相手に向かって見世物を演じるのはいやなので、咳ばらいをしてナプキンのかごの隣にあったラミネート加工の小さなメニューをつかみ、何か安いものを探してざっと眺める。それからソールに鋭い視線を向け、喉と口を押さえて悪いけどというしぐさをする。喉頭炎にでもかかっているみたいに。それからメニューを軽くたたいてみせ、これで伝えるつもりだと相手に知らせる。あたしの指が〝コーヒー……2ドル〟のところをトントンとたたいているのをソールの目が追う。

一分後、ソールはあたしの鼻の下にコーヒーのマグをすべらせながらいう。「はっきりいっておくが、一晩じゅうそれを抱えたままここにいるのはやめてくれ。熱いうちに飲むか、食事も注文してもらいたい」

しばらく湯気に顔を包まれてから、最初の一口を飲む。コーヒーが舌と喉を焼き、カフェインよりも速く効く。しかし味も充分濃いので、カフェインのほうもあてにできるだろう。マグを置くと、給仕窓のところに女がいることに気づく。ソールとおなじく従業員用の黒いシャツを着ていて、いまよりすこし若かったころのメイ・ベスを思いださせる。もっとも、この女の髪は黒く染めてあった。メイ・ベスの頭はほとんど白髪で、ほんのすこし黒髪が交じる感じだ。二人ともおなじように桃色の顔をしてはいるが、顔つきは尖って(とが)いて、首より下へいくと丸くなり、尖ったところがなくなってやわらかくなる。メイ・ベスはよく、ほかにそうする人がいないときにあたしを腕に包み、ぎゅっと抱きしめた——あたしがそういうことをされるには大きくなりすぎるまで。そのやわらかさが大好きだった。その記憶のおかげで慎重に笑みを浮かべることができる。あたしはそれを女に向ける。女もこちらに笑みを向ける。

「あたしのことを知ってるみたいな目で見るのね」女がいう。

髪のほかにもう一つ、メイ・ベスとちがうところがある——声だ。メイ・ベスの声は崩れかけた角砂糖で、この女の声は酸味のあるアップルパイだ。いや、もしかしたら声のせいじゃなくて、においのせいでそう思うのかもしれない。カウンターの一メートルくらい先にパイのラックがあり、このダイナーの有名な林檎が、やわらかいシロップ漬けの断片になってすばらしくパリパリのパイ皮に詰めこまれ、棚のてっぺんに並んでいる。よだれが湧いてきて、これまでの人生でいまより空腹だったことくらいあったはずなのに、それがいつだったか思いだせなくなる。キャラメルシナモンシュガーのにおいのせいだ。胃がグーグー鳴る。女は眉をつりあげて、そのときあたしは彼女の右胸に留められた名札にルビーと書いてあることに気づく。あたしの口の下を通過させてあのパイを運ぶなら、よっぽどの意地悪女ということになる。

「かまうなよ、ルー」ソールが盛りつけ場の向こうからいう。「その子はしゃべれないんだ」

　ルビーはあたしのほうを向く。「そうなの？」

「——」

　あたしは目をとじる。障害物。永遠にも思える一瞬、口がひらいて何も起こらない——すくなくとも外側では。内側では、そこにある単語にかたちを与えようとする努力があたしを凍りつかせ、自分が切り離されてしまったように感じる。

「あ、あなたは、に……」似ている、のLの音を出そうと奮闘する。自分自身に戻ろうと奮闘する。あたしは目をあける。隣にいるルビーが、まばたきもせずにこちらを凝視しているのを感じる。あたしはそれをありがたいと思うが、同時にものすごくいやな思いもしている。みんなが従っている良識なんか、決して感謝に値するものじゃない。「あなたは、に、似てるの、あたしが知ってる、ひ、人に」

「それはいいこと？」

「ええ」あたしはうなずく。うまくおちついたのが、ほんのすこしうれしい。ええ。

「しゃべらないと思ってたよ」ソールが感心したふうもなくいう。

「そのコーヒーと一緒に、何か食べたいんじゃないの？」ルビーが尋ねる。

「だ、大丈夫」

ルビーはいったん唇をぎゅっと引き結んでからいう。「一晩じゅうその一杯を抱えていられると困るんだけど」

やれやれ。あたしは咳ばらいをする。

「か、考えてたのは、もし、よければ、あ、あなたに訊きたいこ……」ことが。「質問があるの」

ときどきこういうことができる。吃音にフェイントをかけるのだ。一語を思い浮かべ、それを犠牲にして最後の瞬間にべつの語に切り替えると、どういうわけか吃音がついてこられない。最初にこれに気づいたとき、とうとう自由になったと思った。だが、ちがった。べつのかたちで拘束されただけだった。ほかのみんながよく考えもせずにするおしゃべりを、そんなふうに考えながらすると疲労困憊するのだ。まったく、フェアじゃない。人生にフェアなものなんかたいしてないけれど。

「どうぞ」ルビーはいう。

「れ、れ……」あたしはつかのま目をとじる。「レイはいる？」

ルビーは顔をしかめる。「数年まえに亡くなった」

「ご、ごめん」くそ。

「どうしてレイに会いたいの？」

「あなたはここで、な、長く、は、働いてる？」

「三十年くらいになる」ルビーはあたしの顔を覗きこむ。「なんなの？」

「人を、さ、探そうと、し、してる」

もっと早い方法がある。ルビーが返事をするまえに、あたしはぎゅっと唇を結んで指を一本掲げた。無言で頼んだ一分をルビーが待ってくれているあいだに、あたしはバックパックをひらいて写真を取りだす。八年まえのものだが、あたしが探している特定の人物の顔が写っている写真はこれしかない。夏で、全員がメイ・ベスのトレーラーの外でポーズをとっている。夏だとわかるのはメイ・ベスの花壇が花盛りだから。この写真を撮ったのもメイ・ベスだ。あたしとマティの写真を収めてあるアルバムから取ってきた。あたしたちと一緒に母親と――キースが写っている写真はこれだけだ。

キースはしかめ面で、一週間分の顎ひげと、笑いすぎてついたとは思えないカラスの足跡が目の縁にある。そばであたしを憎むためだけに写真から出てきそうに見える。キースは腰のところで子供を抱えていて、くしゃくしゃのブロンドのこの子がマティだ。五歳だった。焦点から外れてずっと隅のほうにいるおさげ髪の十一歳の女児があたしだ。この日のことは覚えている。とても暑くて不快だったこと。自分がいうことを聞かず、みんなのそばでポーズをとるのをいやがって、やがて母親が〝いいわ、あんた抜きで撮るから〟といったこと。それも正しくないような気がして、枠の隅に入りこんだ瞬間、端にぼやけて写ったこと。いつものことだが、写真をすこし長すぎるくらい凝視する。つづいてルビーのエプロンのポケットから覗いたペンを指差す。ルビーはそれを渡してくれる。あたしは写真を裏返して、すばやく走り書きをする。

この男に会ったことがありますか?

だが、すでに答えは知っている。キースからレイズという店のことを聞いていたからだ。昔よくここの話をしていた。自分は常連だったといっていた。マティを腕に抱いてあやし、あの子の髪を一方の手で梳きながらよくいっていた。〝たぶん、いつか〟マティをレイズに連れていき、アップルパイを一切れ食べさせてやるんだ、だって〝あんなにうまいものはそうそうないからな〟……もしルビーが自分でいうほどここに長くいるなら、会ったことがあるのはわかっている。あたしは写真をルビーに渡す。ルビーはそれをものすごく慎重に手に取る。あたしはまえに身を乗りだし、わかったしるしが顔に表れないかとじっと見守る。ルビーの顔からは何も読みとれない。

「それを知りたがってるあなたは誰？」ルビーがようやく口をひらく。

心臓が期待に躍るほど気をゆるめることはない。「か、彼の、む……彼の娘」

ルビーは唇をなめる。気がつくと口紅はほとんど消えていて、どぎつい赤が残っているのは輪郭だけだ。ルビーはあたしとしっかり目を合わせ、ため息をつく。こういうことがどれくらいあるのだろう。少女たちが、与えるものを持たない男たちを追いかけてきて尋ねるようなことが。

「ここには大勢の男がやってくるから、何かまずいことがないかぎり、誰かが目立つようなことはないの。つまり……ふつうよりまずいことがないかぎり」ルビーは小さく肩をすくめる。「その人も来たことはあるのかもしれない。だけど、もしそうだとしても、あたしは覚えてない」

嘘は一キロ離れていてもわかる。吃音に――他人の感情の動きに敏感であることに――ついてくる特典というわけじゃない。ただ、生まれてからずっと嘘つきの話を聞いてきたからこうなっただけだ。

　ルビーは嘘をついている。

「自分は、じ……常連だったって、い、いってた。レ、レイを知ってるって」

「あたしはレイじゃないし、あたしはその人を知らない」ルビーは写真をすべらせて寄こし、甘ったるい感傷をこめた声を出す。「あたしの父親は、あたしがあんたより若かったときに出ていった。信じてほしいんだけど、ときにはそのほうがいいこともあるのよ」

　あたしは舌を噛む。噛んでいないと何か醜悪なことをいってしまうからだ。そしてルビーの代わりにカウンターを、拭かれずに乾いたコーヒーの汚れを睨みつける。両手を膝のあいだにはさむ。丸まって拳（こぶし）になっているところをルビーに見られないように。

「常連だっていった?」ルビーが尋ねる。あたしはうなずく。「あんたの電話番号は?」

「で、電話は持って、な、な、ない」

　ルビーはため息をつき、一瞬考えてから、ナプキンの隣にきっちり積まれたテイクアウトのメニューに手を伸ばし、そこに書いてある番号を指差す。

「わかった、じゃあ気をつけておく。ときどき電話して、あたしを呼びだして。その人を見かけたら教えるから。約束はできないけど」ルビーは顔をしかめる。「ほんとうに携帯電話を持ってないの?」

あたしは首を横に振る。ルビーは腕を組む。表情から察するに〝ありがとう〟といわれることを期待しているのだと思う。そのせいでなおさら頭にくる。メニューをたたみ、それと写真をバッグに押しこんで、体じゅうを駆けまわる熱のほとばしりを――求めるものが手に入らなかったひどい悔しさを――努めて無視する。そもそもそんな感情が起こるだけで充分悪いし、それを引きずるなんてなお悪い。

「あ、あなたは、嘘をついてる」この女にそんな思いをさせられたままではいやなので、あたしはいう。

ルビーはしばらくのあいだあたしを凝視する。「つきあいきれないわね。やっぱり電話してこなくていいわ。そのコーヒーももういいんでしょ」

ルビーはキッチンへ戻り、あたしはうしろ姿を見つめる。よくやったわね、セイディ。

このばか、次はどうするつもり？

次はどうしよう。

あたしはゆっくりと息を吐く。

「ねえ」羽のように軽く、自信のなさそうな声が聞こえてくる。そちらを向くと、さっきの女があたしを見つめている。「ルビーを嘘つき呼ばわりする人なんて初めて見たよ」

「――」あたしは固まりを呑みこみ、小さな喘ぎを漏らす。「な、なんであの人が、う、嘘をついたか、わ、わかる？」

「そこまで長くここにいるわけじゃないから。でもあの女が、なりたいと思えばとことん意地悪女になれることくらいなら知ってる」女は自分の手を見る。爪はピンクで、長くて、尖っている。あたしはその爪が肌を這う感触を想像する。どんなに小さくても、身に着けたすべてのものが武器になる。充分に頭を使えば。「あのね、ある男がいて……ダイナーの裏にたむろしてることもあるし、ガソリンスタンドのときもあって……まあ、追い払われていなければってことだけど。もし追い払われてたら、たいてい駐車場の裏の大型ごみ容器のそばで見つかる。名前はキャディ・シンクレア。背が高くて痩せてる。その男が何か教えてくれるかもしれない」

「ば、売人？」あたしは尋ねるが、質問そのものが答えになっているようなものだ。だから女はわざわざ答えたりしない。五ドル札をカウンターに放って、スツールをすべりおりる。次に行く場所がわかったからだ。「ありがとう。た、助かる」

「お礼をいうのはまだ早いわよ。その男はタダではなんにもしてくれないし、みんなどうしても必要なときしかあいつに話しかけない。だからあんたも時間をかけてよく考えて。ほんとうにそれが必要かどうか」

「あ、ありがとう」あたしはまたいう。

女は半分残ったあたしのコーヒーに手を伸ばし、マグを手で包んで苦々しげにいう。

「いなくなった父親のことなら、あたしも一つ二つ知ってることがあるからね」

「ルビー・スペシャルを買いにきたのかい？」

その声は痰(たん)みたいに、ねとついて魅力に乏しい。あたしは明かりの当たる場所から長く伸びたトラック・ストップの影のなかへ進みでる。いつのまにかあたしはキャディの正面に、キャディはあたしの正面にいる。ダイナーとガソリンスタンドをまわってもキャディはいなかった。見るようにいわれた最後の場所にいた——駐車場の奥にある大型ごみ容器の横。キャディはそのうちの一つにもたれ、余分な奥行きを与える暗さのせいで、一瞬、起伏のある体つきに見える。そのうちに目が暗がりに慣れると、キャディがほんとうは哀れなほど貧相な体だとわかる。ひどく痩せ、目はどんより濁って生気がない。無精ひげが、顎の輪郭と尖った先端に陰影をつけている。

「ち、ちがう」

キャディは煙草を吸っている。長い指にはさんだ煙草から一息深く吸うと、先端のさくらんぼが燃えあがり、次いで薄くなるのが見えて、それがキースを思いださせるせいで首が不快にチクチク痛む。あんまりいいたくないけれど、あたしのうなじにはまだ傷痕があって、その傷がついてから長いあいだ火が怖かった。十四のとき、マッチを一箱持って無理やり一晩過ごしたことがあった。一本一本火をつけて、それを持ったまま、できるかぎり長く我慢した。手が震えたが、なんとかやってのけた。恐怖は克服できるということをいつも忘れてしまうけれど、あたしはそれを何回でも学び直す。ぜんぜん学ばないよりはいいと思う。

キャディは歩道に煙草を投げ捨て、踏みにじって消す。「暗がりで危険な男に近づくことについて、ママから何か教わらなかったのかい?」

「き、危険な男と会うときは、それを、こ、心に、と、留めておくことにしてる」

あたしには自衛本能が欠けている。メイ・ベスはよくそういっていた。〝そのせいで死んだってあんたは気にしないんでしょうよ、最後の言葉を口にできるかぎり〟。吃音があるだけで充分大変なのに、そのうえ生意気な口をきくなんてできっこない。

キャディはゆっくりとごみ容器から離れ、淀んだ視線をあたしに定めた。

「そ、そ、そう、な、な、なのか?」

下手くそなあたしの物真似を聞いたのはこれが初めてじゃないけれど、それでも口から舌を引っこ抜いてやりたい、そしてその舌で首を絞めてやりたいと思う。

「あ、あ、あた……」おちつけと思い、それから自分で自分を引っぱたきたくなる。おちつけ、おちつけなんてなんの役にも立ちはしない。おちつけというのは、なんにもわかってない人たちがいうことだ。たとえば、吃音があるのとないのとでは心の平穏のレベルにちがいがあることとか。マティでさえ、あたしにおちつけといわないくらいの分別はあった。「あんたと話す、ひ、必要がある」

キャディは咳をして、乾きかけのスライムみたいなものを地面に吐きだす。それを見て、あたしの胃がでんぐり返る。「そうなのか？」

「あたしが、の、の、望むのは……」

「あんたの望みなんか訊いてない」

写真を取りだして相手の顔の正面に突きつける。ルビーのときとちがうやり方をしなければならないのはすでにはっきりしている。あの諺はなんだっけ――同意を求めるより許しを求めるほうがマシ？

だけどあたしはごめんというのも苦手だ。

「この、お、男を、知ってる？　彼の、い、居場所を見つける、ひ、必要がある」

キャディは笑い、あたしを押しのけるようにして通り過ぎる。骨っぽい肩があたしの肩に当たり、あたしはみっともなくうしろへよろけるはめになる。キャディの体の動かし方は、びしょ濡れになっても五十五キロもなさそうな男にしては自信に満ちている。あたしはそれを覚えておこうとする、キャディの肩が風を切るように進む様子を。

「おれはクレイグズリストの人探しのアドじゃねえんだけど」

「お、お……お金なら払える」

キャディは足を止め、あたしをふり返る。じっくり考えるあいだ、舌で歯をなぞる。それからすばやく大きな一歩で二人のあいだの距離を詰め、あたしの手から写真をもぎ取る。もうすこしでも強く握っていたら、まだ写真の半分を持っていただろう。とっさに引ったくり返したくなるが、手遅れにならないうちになんとか思いとどまる。唐突な行動があたしの有利に働くとは思えない。

「ダレン・マーシャルになんの用だ？」

その名前を聞いて受けたショックを、努めて顔に出さないようにする。ダレン・マーシャル。では、それがいまキースが自称している名前なのだ。あるいは、キースというのはあたしたちと暮らしていたときにつけた名前で、ダレンが本名なのかもしれない――ほんとうにそうだったらいいのに、と思う部分もある。こんなに早く一つの層を剝ぎとることができて気分がいい。ずいぶん長いあいだ、気分がいいなんて思ったことがなかった。

ダレン・マーシャル。

「む、娘なの」

「娘の話なんか聞いたことがない」

「は、話すわけ、理由がないでしょ？」

キャディは写真を薄暗い明かりのほうへ持ちあげ、睨むようにして見る。キャディのシャツの長くてだぼだぼの袖がずりあがり、左腕についた注射痕の星座が見える。メイ・ベスはよく、それは病気だといっていて、あたしにもマティに対しておなじことをいわせた。だけどあたしはそれを信じていない。人は病気になることを自分で選んだりしないものだ。妹のために、すこしは思いやりを示しなさいな。罪を憎んで人を憎まず。まるでジャンキーの母親の依存症はあたし個人の欠点だといわんばかりだ。そのせいで飢えに苦しめられたことさえあるのに、全部棚あげにして思いやりを示すことができないからといって。

「何か伝言でもあるのか？」

あたしが写真のどこを見てるか、キャディにはちゃんとわかっている。

「ちがう」

「そいつは驚きだね」キャディはかすかに笑みを浮かべ、またあたしに近寄る。「金か？この男が出ていっても気にもしなかったのに、いまは腹が減ってる、そういうことか？なんで命を与えてやったあんたに対して、男のほうに借りがあると思うんだよ、ええ？」

キャディはつかのま口をつぐんで、あたしを観察する。「いわせてもらえば、あんまり似てないな」あたしが顎をあげると、キャディはシュッと小さな音をたて、かすかに疑うように写真に目を戻す。「無駄足（フールズ・エランド）って言葉を聞いたことがあるか？」

無駄足。名詞だ、と思う。無を追いかける、みたいな意味。だけどときには無しか手持ちがないこともあるし、無が何かに変わることだってある。それに、あたしには無しかないわけじゃない。写真に写ったあの男が生きていることを知っている。生きているなら、見つけることができる。

キャディから写真を取り返す。「だったらあたしは、ば、ばか（フール）なんでしょ」

「ダレンのことは知っていたが、もう長いことここに来てない。まあ、それについても何か知ってるかもな」キャディはいい、あたしは喉が詰まったようになる。なぜなら、まえもいったように、嘘は一キロ離れていてもわかるから。

キャディは嘘をついていない。

「高くつくぜ」キャディはいい足した。

「さっき、い、いったでしょ、お金なら払う。い、いくら？」

「誰が金っていったよ？」

あたしは写真をつかみ、キャディはあたしの腕をつかむ。クモの脚みたいな指から伝わってくる握力は意外に強く、それを――キャディの体温を――感じたくないがために肌を引き離したいと思う。どこか向こうのほうで、ドアがバタンとしまる音がする。あたしは顔をそちらへ向ける。

トラックがいる。大きな黒い犬みたいな代物で、暗がりでアイドリングしている。女が一人そこへ駆け寄る。マティを思わせる小柄な女で、あたしはそのちっちゃな骨でできたちっちゃな体を見つめ、女がトラックの助手席側で足を止めるのを見守る。女はトラックのドアを痛ましいほど長いあいだ見つめているが、これから起こるはずのことを阻止するためにあたしにできることは何もない。あたしはこの女が、マティではないこの女が、ドアを引っぱってあけるのを見守る。女が乗りこむあいだだけ、トラックの運転席の明かりがつく。女はドアをしめる。トラックの車内の明かりは暗くなり、女をすっぽり呑みこむ。

キャディは指をあたしの腕にめりこませる。爪が尖っている。

「は、は、離して」

キャディはあたしを離し、肘の内側で口を押さえながら咳をする。

「高くつくぜ」

またそういってから、キャディは一方に首を傾げる。視線があたしの上を漂い、それから――さっきよりすこしためらいがちに――あたしの腕に手を置いて、暗がりの奥へ歩かせる。キャディはあたしに身を寄せ、不器用な手つきでベルトのバックルを外し、あたしの耳に何か、甘い言葉と勘ちがいすることさえできないような言葉を囁(ささや)く。息には酸(す)っぱいにおいがする。目を覗きこむと、キャディの目は赤い。

ザ・ガールズ　シーズン1、エピソード1

ウェスト・マクレイ：メイ・ベスのアルバムの最初の半分に入っているのは、セイディの写真だけです。セイディは小さくて幸せそうな赤ん坊で、茶色の髪と、グレイの目と、健康的なピンクの肌をしています。母親とはまったく似ていません。

メイ・ベス・フォスター：セイディはアイリーンにそっくりで、クレアはそれが我慢ならなかった。クレアがセイディと一緒にいるところを見た人は、そもそもなぜクレアは子供を産んだのかと疑問に思うだろうね。クレアはセイディを抱くのも、なだめるのも、セイディに授乳するのも、ひどくいやがった。大げさにいってるわけじゃない。クレアは、ほんとうにいやがってた。あたしはできるかぎりセイディを愛そうとしたけど、あの子が母親から得られないものを埋めあわせるにはとうてい足りなかった。

ウェスト・マクレイ：セイディの父親は誰だったんですか？

メイ・ベス・フォスター：わからない。クレアにもわかっていなかったと思う。ただ、男の姓はハンターだったといっていて、クレアが出生証明書に記入したのはその名前だった。

ウェスト・マクレイ：メイ・ベスによれば、セイディはマティのいない最初の六年を寂しく過ごしたそうです。クレアの依存症はすべての愛情を塗りつぶし、セイディは親からの注目に飢えた状態のまま放置されました。

セイディは、二歳のときに出はじめた吃音のため、過度に引っこみ思案でもありました。はっきりした原因はわかっていません。可能性としては遺伝、親譲りであることも考えられます。わかっている家族にはほかに吃音のある人はいませんが、父方の事情は不明です。メイ・ベスは、セイディが三歳のときに録音したカセットテープを掘りだしました。それを聴くために、二人でプレイヤーも探さなければなりませんでした。

メイ・ベス・フォスター（録音）：レコーダーに向かって話してみたらどう？ （しばら

よ。

くの間(ま)）いや？　あとで再生してあげるから、自分がどんなふうにしゃべってるか聴ける

セイディ・ハンター（三歳、録音）：ま、ま、魔法だね！

メイ・ベス・フォスター（録音）：そうだね、魔法だね。いい？　ここに向かってしゃべってごらん。こんにちはっていってみて！

セイディ・ハンター（録音）：だ、だけど、あたし……あたしが、や、や、やりたいのは……あたし……

メイ・ベス・フォスター（録音）：先に録音しないと聴けないんだよ。

セイディ・ハンター（録音）：だ、だけど、あたしは、き、き、聴きたいの！

ウェスト・マクレイ：セイディの吃音は消えませんでした。早期に治療介入をすれば助け

になったかもしれませんが、メイ・ベスは、行動を起こすようにクレアを説得できませんでした。学校は、セイディにとってはとくにつらい場所になりました。子供というのは、自分が理解できないものに対してやさしくないものです。そしてメイ・ベスの意見では、セイディを教えた教師たちも理解に欠けていました。

メイ・ベス・フォスター：セイディは学校があってもいい子に育った。学校があったから、じゃなくてね。あの吃音のせいで、みんなセイディのことを頭が足りないと思ってた。これについてはそれ以上何もいうことはない。

ウエスト・マクレイ：四十四歳のエドワード・コルバーンはずっとセイディを忘れませんでした。ちょうどパークデール小学校で教師の仕事をはじめたばかりのときに、セイディの担任をしたのです。パークデールは、まえにもいったとおり、コールド・クリークから四十分の距離で、子供たちが町の外からも登校できるようにバスがありました。当時一年生だった教え子について、エドワードは次のように覚えています。

エドワード・コルバーン：セイディはクラスの子供たちに吃音をからかわれていて、そのせいで引っこみ思案になっていました……セイディのニーズに応じられるよう、われわれも最善を尽くしたのですが、パークデール小学校はつねに二つの問題を抱えていることをご理解いただきたく思います。充分な予算がないことと、子供の人数が多すぎることです。これに加え、われわれの心配を真剣に受け止めない母親がいましたから。まあ、子供がうまく育つような筋書きではありませんね。みなさんが思うよりもよくあることです。しかも経済の落ちこんだ地域だけの話ではありません。セイディはとてもふらふらとした、打ち解けない子供でした。自分自身に関心が——皆無とはいわないまでも——ほとんどありませんでした。万事に控えめでしたが、それだけではありません……空虚だった、とでもいいましょうか。

メイ・ベス・フォスター：その後、マティがやってきた。

ウエスト・マクレイ：メイ・ベスのアルバムのなかでマティ登場のしるしとなるのは、生まれて一日のちっちゃな赤ちゃんが六歳のセイディの腕のなかにいるポラロイド写真です。セイディが新生児の妹を見つめる様子には、なんとも表現しがたいものがあります。見ているこちらの胸がしめつけられるほど、やさしさのこもった様子なのです。

ウェスト・マクレイ（メイ・ベスに向かって）：マティを見つめるこの様子……ああ。

メイ・ベス・フォスター：ちょっとしたものでしょう？　セイディは心の底からマティを愛していて、その愛が生きる目的になった。セイディは妹の面倒を見ることを自分の人生の仕事にした。幼いながらに、クレアにはそれがうまくできないことをわかっていたから。

ウェスト・マクレイ：少女たちと母親の関係を説明してもらえますか？

メイ・ベス・フォスター：クレアはマティといることを楽しんだ。二人はよく似ていたから。マティはクレアの小さなお人形だった、子供じゃなくてね。クレアはマティにサザン姓を与えた。マティはクレアのことをいい母親だと思っていた……

だけどそれはセイディのおかげだった。

ウェスト・マクレイ：どういうことですか？

メイ・ベス・フォスター：セイディはいつもクレアの失態を隠して、嘘をつくことさえあった。クレアが病気であることが、マティにもちゃんとわかるようにって……そんなふうにすれば、クレアがマティの期待を裏切ってしまったときも、マティがそんなに深く傷つかなくて済むと思ったんでしょうね。それがあの子たちにとってほんとうによかったのかどうか、あたしにはわからない。セイディはそのせいで身を削っていた。とくにクレアがいなくなったあとには。この点について、セイディがやってくれたことに対してマティがちゃんと感謝していたかどうかも、あたしにはわからない。もっと長く生きられれば、感謝したかもしれないけれど。

ウエスト・マクレイ：マティの写真は、見ていると複雑な気持ちになります。つやつやでまっすぐなブロンドの髪に、きらめく青い目、クレアとおなじハート形の顔。こうしたものから見て取れる生命力と、彼女の人生が終わってしまった事実が、どうにも両立しないように思えるのです。

ウエスト・マクレイ（メイ・ベスに向かって）：どうしても、マティがおなじだけの愛情をもってセイディを見ているようには思えないんですが。

メイ・ベス・フォスター：マティは姉を愛していた。憧れていた、といってもいい。だけどセイディはマティの母親でもあったから、そこにはある種の力関係があった。六歳の年齢差に加えて、それは大きかった。マティの世話をすることで、セイディは自分の殻から抜けだした。吃音があろうが、声を出すことを強いられた。だけどセイディがどうしても話したくないときや、言葉を出すことができないときには、マティはただ見るだけでセイディが何を必要としているかわかった。だからまちがいなく、あの子たちはあの子たちなりのやり方で、お互いに愛情を注いでいた。姉妹ってものがみんなあんなふうなのかどうかはわからない。あたしにも姉妹が三人いて、とても愛しているけれど、あたしたちはあの二人みたいではなかった。

ウェスト・マクレイ：アルバムのページをめくるにつれ、メイ・ベスの声はだんだん細くなっていきます。最後までめくったときには、メイ・ベスの目には涙がたまっていました。

メイ・ベス・フォスター：ああ。

ウェスト・マクレイ：どうかしましたか？

ウェスト・マクレイ（スタジオ）：ここでメイ・ベスはアルバムをわたしのほうへ向けます。見ひらきの一方には少女たちの写真があります。二人はビニールカバーのかかったメイ・ベスのソファで寝そべり、赤とオレンジのニットのブランケット一枚を二人でかけています。ポップコーンの入った大きなボウルがマティの膝の上に置かれています。二人は目のまえのテレビに映っているものに夢中です。あとになってメイ・ベスから聞いたところでは、たぶん古い映画だろうということです。少女たちはクラシック映画が大好きでした。とくにセイディは、ベティ・デイヴィスが出ている映画ならなんでも好きでした。しかしこのときメイ・ベスの注意を引いたのは反対側のページでした。そこは空白です。ここにも写真があったはず。メイ・ベスはそう主張し、必死にページをめくって、剝がれた写真がまちがった場所にはさまっていないか探します。床に落ちていないか、わたしたちのまわりも確認しました。写真はどこにもありません。

メイ・ベス・フォスター：だけどどこへ——どこへ行くっていうの……ここにあった写真

には……あの二人が写って……あれは……あの写真は——はっきりとは思いだせないけど、あの写真は……でも二人が写っていたことはわかってる。二人はここにいたの。まさにここに。

セイディ

あたしは人を殺すつもりだ。

あいつの目から光を奪うつもりだ。それが消えるところが見たい。暴力に対してさらなる暴力で応じるべきではないとよくいわれるけれど、ときには暴力が唯一の答えになることもあると思う。これはあいつがマティにしたこととおなじで、だからまさにあいつにふさわしい。

マティが戻ってくることを期待してるわけじゃない。あいつを殺したからといって、マティを取り戻すことにはならない。

心の平安を求めているわけでもない。平安などありはしない。

この一つの行動をなしとげたあと、あたしにはほとんど何も残らないはずで、その点についてはいかなる幻想も抱いていない。だが、想像してもらいたい。妹を殺した人間が、妹がもう吸えない空気を吸い、その空気で肺を満たし、その甘さを味わっていることを知りながら毎日生きていかなければならないのがどんなことか。あいつが足もとの地面を変わらず踏みつけている一方で、妹の体はその地面の下にあるのだとわかっているときの気持ちがどんなものか。

なじみのあるものから離れてこんなに遠くまで来たのは初めてだ。

車の前部座席に座り、飛び出しナイフを手のなかで何度もひっくり返す。空気にドブのにおいがする。目をとじて、目をあける。あたしはまだ前部座席にいて、ナイフをもてあそんでいて、空気はまだ、水に浮かぶ藻のにおいや何かのせいで重い。目をとじて、また目をあけると、夢のなかで走っているような感じがする。ありえないくらい必死で一歩進もうとするたびに、それをくり返さなければならないとわかるだけで、ゴールなんかないし、どうやったら止まれるかもわからない。

「マティ」

この名前のマの音を出すのは簡単だ。ティの音も、長く延びすぎることはない。マティが五歳であたしが十一歳だったとき、あの子はあたしのベッドによくもぐりこんできた。暗いのが怖いといって、何か安心させるような言葉を聞きたがった。あたしが発する断片的な慰めではぜんぜん足りなかった。あたしに差しだせるのはそばにいることだけで、マティはとりあえず手に入るものを手に入れようと、顔をあたしの肩に押しつけ、そのまま眠りに落ちた。朝になるころには、上掛けは全部マティの小さな体に絡まり、枕はなぜかいつもマティの頭の下にあった。あたしが十一歳でマティが五歳だったとき、あの子はあたしみたいにしゃべりたいといい、言葉を粉々にしてしゃべり散らした。やがてキースがそのことでマティのお尻をたたいて、こういった。〝誰もそんなしゃべりかたはしないんだよ、もし選べるならね〟。そういわれて憎しみが募ったけれど、マティにはキースのいうとおりだといっておいた。マティが五歳であたしが十一歳だったとき、あたしは新しい文章が自分の口からきれいに出てくることはもうないと思うようになった。それが悲しくて、しゃべるのを二週間やめた。その後、マティがありえないくらい目を大きく見ひらいて、あたしを見ながらいった。〝いいたいことをあたしに話して〟

キースはあたしの父親ではないが、ときどき父親であるようなふりをして、わざと人に誤解させ、それを訂正することを無言であたしに強いることがあった。ガソリンスタンドではよく、あたしがほしがろうがほしがるまいがおかまいなしにキャンディを買い、それを大げさにあたしの手に押しつけた。ただ単に、あたしが無理やり〝ありがとう〟を絞りだすのを聞きたいがために。夜になると、キースはあたしをテーブルのまえに座らせ、メイ・ベスを喜ばせるためだといって主の祈りを覚えさせたものだった。それから、当時マティが暗がりを怖がったのは正しかった。夜になると、キースがあたしの部屋へ来て、主の祈りをいわせるからだ。

あたしが十九歳でマティが十三歳だったとき、キースは戻ってきた。

汗ばんだ手のなかでもう一度飛び出しナイフをひっくり返し、こぎれいな黒い持ち手の重みと、なかに折りこまれている容赦のない刃を感じとった。

ずっとまえ、これはキースのものだった。

いまはあたしのものだ。

キースの魂にあたしの名前を刻んでやるつもりだ。

ザ・ガールズ　エピソード2

ウエスト・マクレイ：前回のエピソードで、わたしはみなさんに二人の少女をご紹介しました。このポッドキャストの中心人物、マティ・サザンとセイディ・ハンターです。マティは殺害され、遺体は彼女の生まれた町、コロラド州コールド・クリークの外れに放置されていました。セイディは現在行方不明です。乗り捨てられた彼女の車が何百キロも離れた場所で発見されました。車内にはセイディの所持品がすべて残されていました。少女の祖母代わりであるメイ・ベス・フォスターが、セイディを見つけて家に連れ戻すのを助けてほしいとわたしに協力を求めてきました。

たまたま周波数が合ってお聴きのみなさん、この番組はシリーズの一部です。もし最初のエピソードをまだお聴きでなければ、先にそちらをどうぞ。この時間内だけでは収まりきらない物語があるのです――それはきっと、わたしたち全員にいえることでしょうけれど。

（ザ・ガールズのテーマ曲）

アナウンサー：ザ・ガールズは、マクミラン・パブリッシャーズの提供でお送りします。

ウェスト・マクレイ：クレアが家を出たのは、セイディが十六歳、つまりマティが十歳のときでした。二人の母親はこの時点までに完全に薬物依存症に屈しており、彼女が家を出ていくことが最も理にかなった結論だったのです。メイ・ベスがクレアと最後に話をしたのは、クレアがコールド・クリークでの人生と子供たちを棄てる二日まえでした。

メイ・ベス・フォスター：クレアはあたしからお金をもらいたがっていた。なんのためのお金かはあたしにもよくわかった。クレアが娘たちのために食料品を買うのだといったので、あたしは〝じゃあ、必要なものを教えて。スタケットの店で買ってきてあげるよ〟といった。そうしたらクレアは〝駄目、お金が必要なの〟といった。その先はそれまでで最悪のやりとりになった。あまり強く出ないように気をつけたんだけどね。きついことをいうたびに、クレアは娘たちをあたしに寄せつけないようにしたから……

とにかく、もっとちゃんとしなさい、とは話した。あんたはまだ若いんだから充分巻き返しがきくし、神さまだって大変な思いをしたことにはきっと報いてくださる、だけどそれには自分も努力しなきゃ駄目なんだって。クレアがたたきつけるようにして電話を切ったもんだから、あのときは一晩じゅう耳鳴りがしたよ。

ウエスト・マクレイ：翌日、メイ・ベスは二週間の休暇を取って、フロリダの娘のところへ出かけました。その次の日、クレアは家を出ました。

マティは五年生になったばかりで、学校生活を楽しんでいました。セイディは自分の時間を二つに分け、高校と――メイ・ベスによれば、セイディはこの学校がまったく好きになれなかったそうですが――マキノンのガソリンスタンドでの仕事に通いました。

ボスのマーティ・マキノンは、四十五年の人生のすべてをコールド・クリークで暮らし、残りの人生もずっとそのままの暮らしをつづけるつもりでいます。マキノンはがっちりした堂々たる体軀に赤ら顔の男ですが、町では大柄で温厚な人物として知られています。物怖じせずに頼めば、ためらいなく一肌脱いでくれる人柄なのです。

マーティ・マキノン：セイディはいい子だったよ、働き者で。あの子がやってくれた仕事は、じつは必要なかったんだ。いってる意味がわかるかな。あの子は、あー、うちに来るまえに町じゅうで仕事を探しまわったんだ。みんな酒場でその話をしていたよ、〈ジョエルズ〉でね。あの子のことをからかって——

ウェスト・マクレイ：なんていっていたんですか？

マーティ・マキノン：みんな、給料に見合う仕事があの子にできるわけないって思ってたんだ。一ドルちょっとの値打ちしかない、ろくにしゃべれもしないのに、どうやって働かせるんだ？　って、そんなようなことをいってたんだよ……そりゃフェアじゃない、とおれは思ったよ。だからあの子が最後にうちに来たとき、ちょっとした仕事を差しだしたんだ。あの子はものすごく感謝して、あれが最初で最後だったが、おれに抱きついてきたよ。もしあんたがセイディを知ってればわかると思うんだが、あの子は……あんまり心をひらかないからね。調子はどうだって訊いて答えを引きだすのも、歯を引っこ抜くみたいに苦労した。思うに、誰かが児童保護サービスに電話して、マティと引き離されてしまうかもしれないって、いつもびくびくしてたせいだろうな。それはありそうもなかったが。

ウエスト・マクレイ：なぜですか？　あの少女たちが助けを必要としていたのは明らかなことのように思えますが。

マーティ・マキノン：ああ、だけど助けならここの全員に必要だ、わかるかね？　おれたちには取り越し苦労をするような習慣はないんだよ。それでも、セイディにしたら心配だったんだ。クレアが出ていって、自分たちはもう終わりだと思った――メイ・ベスでさえ福祉に連絡するかもしれないと思ってたんだ。だから誰にもひとこともいわなかったし、マティにもいわないように約束させた。それから一週間後、朝の四時ごろに電話がかかってきた。マティだった、ひどく取り乱してた。セイディが死んじゃうっていうんだよ。車で行ってみると、セイディは確かにひどく具合が悪かった。病院へ連れていこうと思うくらいには悪かった。病院で点滴を打たれて、それでよくなった……パニック発作みたいなものだった。

メイ・ベス・フォスター：クレアがいなくなったことによるストレスね。それが原因だと思う。

マーティ・マキノン：それで、おれたちは待合室にいたんだが、マティが爆発しちまって、大声で泣き叫びはじめた。マティはまえまえから大騒ぎするタイプだったよ、クレアに似て。だが今回はそういうんじゃなかった。あの子は心底怯えてた。おれは自動販売機で菓子を買って、すこしでもおちつかせようとした。それで、あの子が話したんだよ、クレアが出ていって、もしそれが誰かにばれたら、自分とセイディは二度と会えなくなるかもしれないって。やれやれ、あの子はひどく動揺していて、おれのほうを向いたまま吐いちまってね。滅茶苦茶だったよ。おれが最初にやったのは、フロリダのメイ・ベスに電話をかけることだった。メイ・ベスはその日のうちに飛行機で戻ってきた。あの子たちをほんとうに大事に思っているんだよ。セイディはかんかんだった。おれに話したといってマティに怒り、メイ・ベスに話したといっておれに怒り、事実を知ったというだけでメイ・ベスに怒ってた。みんな、一週間口をきいてもらえなかった。

メイ・ベス・フォスター：おかしな話だけど、クレアはいずれ出ていくだろうとまえまえから思ってはいた――ただ、あたしにはまだ心の準備ができていなかった。セイディにとってはもともと母親なんていないも同然だったから、こんなふうに母親を失うことをどう感じていいかすらわからないようだった。ただ一つ、セイディが恐れたのは、残された家族、つまりマティを失うことだった。一方で、マティのほうは……マティは完全に打ちのめされていた。

ウエスト・マクレイ：それについて、もうすこし詳しく話してください。

メイ・ベス・フォスター：マティは死んでしまうんじゃないかと思った。ほんとうにそう思った。あの子はひどく落ちこんで、食欲をなくした。もともとガリガリだったのに、体重が減った。ほとんど眠れなくなった……眠れぬままにクレアが出ていく悪夢を見て、目をあけるとそれがただの夢じゃないとわかる。セイディにも、あの子をなだめることさえできなかった。マティはヒステリーを起こした状態で半分の時間を過ごし、残りの半分の時間は固まったようになって微動だにしなかった。マティを医者に連れていったほうがいいってセイディにいったんだけど……セイディはうんといわなかったし、正直にいって、あたしもそれで問題が終わるとは思わなかった。その代わり、セイディは高校をやめた。たぶん、家にいれば助けになると思ったんでしょうね。

ウエスト・マクレイ：助けになったんですか？

メイ・ベス・フォスター：ならなかった。マティに届いたのはあれ一つだけ。

ウエスト・マクレイ：クレアが出ていって三カ月ほど経ったころ、少女たちは母親から最初で最後のメッセージを受けとりました。それは絵葉書のかたちで届き、のちにセイディの所持品のなかから見つかりました。裏面は、真っ青な美しい空を背景に椰子（やし）の木がならんだ写真でした。〝太陽輝くLAからこんにちは！　あなたがここにいればいいのに！〟と印刷されたカードでした。宛名はマティのみで、クレアの乱雑な走り書きはこんなふうに読めました。〝あたしのいい子でいてちょうだいね、マッツ〟

メイ・ベス・フォスター：その後、マティは元気になった。そのときからロスに固執するようになった――二人でロスに行って母さんを探さなきゃ、どうしても行かなきゃならない、母さんがあたしたちに探してほしがってる、またみんなで暮らすために……ってね。

当時、それがものすごくいやだったけれど、おなじくらい感謝してもいた。あの子の頬に色が戻って、あたしたちのマティが帰ってきたと思えたから。だけど、ああ、その後あの子とセイディの仲は二度ともとに戻らなかった。

ウェスト・マクレイ：セイディはクレアを探すことを拒否したんですか？

メイ・ベス・フォスター：そんなことは不可能だった、たくさんの理由からね。まずお金。そんな余裕はなかった。それに、街のどこにクレアがいるかだってわからなかったし……つまりね、クレアはあれを書いたときたぶんハイだった。探してくれとは頼んでいなかった。あの絵葉書は別れの言葉だったんだよ。マティにはそれが理解できなかった、あるいは受けいれられなかった。それで、思うに……セイディは悲しんでいるふりをすることもできた、妹のためにね。だけど実際には……

ウェスト・マクレイ：マティは、クレアが出ていったことでセイディを責めたんですか？

メイ・ベス・フォスター：いえ、だけどクレアを探さないことでセイディを責めた。

ウェスト・マクレイ：クレアがマティに宛てて書いた〝あたしのいい子〟とは、どういう意味だったんですか？

メイ・ベス・フォスター：クレアのいい子でいるときのマティは、たいていセイディをひどく苦しめた。こんなふうにいうとマティがひどい子のように聞こえるかもしれないけど、そういうことじゃない。マティはただ……幼かったの。マティはセイディを愛していたけど、クレアのことは崇拝していた。

ウェスト・マクレイ：絵葉書が届いたあと、二人のあいだでいろいろな物事がすこしずつ悪化していきました。

メイ・ベス・フォスター：マティがセイディと一緒にいるところは、見ていてつらかった。悪意の固まりみたいだった。セイディは全部許した。マティの怒りがどこから来るかわかっていたから、それに耐えた。セイディが聖人だったわけじゃない——そんなことはぜんぜんなかった。イライラして、あんたはばかだ、そんなことに望みなんかありはしない、とマティにいっていた……二人のあいだにほんとうに亀裂が走ったのはそれが初めてで、それは大きくなるばかりだった。セイディがマティを離さないように努力していた一方で、マティがどれだけ長いあいだ、どれほど強くクレアにしがみついていたか考えると、ほんとうに驚くばかり。

マティが亡くなるまえの月には、二人の関係はそれまでにないほど悪化していた。マティはちょうど女になりかけていたころで、どんな少女にとっても危険な時期だった。自分は確固とした一人の人間で、その人間は物事がどうあるべきかについてセイディとはちがう考えを持っていると、マティは自覚していた。セイディは決して口に出さなかったけど、そのことでひどく傷ついていた。

わからないけど——もしクレアがあれを送って寄こさなければ——もしクレアがただきれいに消えてくれていれば、最終的にはマティもその事実を受けいれたんじゃないかと思う。だけどクレアは、遠く離れたロスからわざわざ物事を滅茶苦茶にするような真似をした。マティが消えた夜も、二人はそのことでけんかしていた。

ウェスト・マクレイ：マティが姿を消したきっかけの一つについては、だいたい意見が一致しているようです――マティは母親を探すためにコールド・クリークを出ようとしていた、というのです。そして殺人者のトラックに乗りこんでしまったのです、ロスへの長旅の最初の足になってくれるはずだったトラックに。

メイ・ベス・フォスター：あの絵葉書を受けとりさえしなければ、マティはそんなことは決してしなかったはず。セイディはそういう考えに取り憑かれていたんだと思う。それに……あの子がいまどこか他所にいるなら、まだその考えに取り憑かれているとしか思えない。

セイディ

何かが窓にぶつかる。

ドン。

目がパッとひらき、頭が反射的に持ちあがる。無理な角度に押しこめられていた首が、すばやく連続して鳴る警報のようにポキポキと音をたてて抗議する。状況を把握するまえに、体が後部座席のなかほどまで動く。子供が二人。十歳か十一歳くらいの少年たちが、車から一メートル半ほどのところに立っている。二人ともひどく栄養不良で、メイ・ベスなら浮浪児といい放つところだ。一人が両手でバスケットボールを持っている。少年はあたしを睨んでいる。あたしも睨み返す。少年はボールをあたしの窓に向かって投げる。ドン。ボールは弾んで少年の手のなかへ戻る。少年はまた狙いをつける。あたしの全身を怒りが駆けのぼる。前部座席へすばやく手を伸ばし、クラクションを鳴らす。ぐっと下まで押して、しばらく手をそのままにする。

二人は逃げだす。

クラクションの鼻にかかったような、耳障りな大音声が人けのないこの近隣に響きつづけるのを聞きながら、少年たちがひょろひょろの脚で通りを駆けていくのを見つめる。二人が角を曲がると、あたしも手を離す。完全な沈黙が降り、動くものもない。あたしの車は、建築中の家の並ぶ袋小路に停めてある。建築の段階はさまざまで、大きな広告板で宣伝されているコミュニティの完成日は、不可能だろうと思えるくらい間近だ。道の向こうに沼みたいな池があって、水面に浮かぶアメンボが小さな波紋をいくつもつくっている。

時計を見るだけのために、一瞬車の電源を入れる。午前八時。やれやれ。メイ・ベスがいうには、午前九時よりまえに人を煩わすのはひどく無礼で、それよりあとでさえ、たとえば九時になった直後に人の家を訪ねるのは、非常事態でもないかぎり礼儀にかなったことではないそうだ。あたしは首のうしろをさすり、次いでバックパックを床から取りあげ、中身の半分になった水のボトルと歯ブラシと歯磨き粉が見つかるまでなかをかきまわす。歯を磨き、車のドアを勢いよくあけると、外に身を乗りだしてボトルに残っていた水で口をすすいで吐きだす。胃がグーグー鳴る。何か食べてもいい。袋に半分残ったソルト&ビネガーのポテトチップスがグローブボックスに押しこんである。それを手づかみで食べ、袋が空になると指からしょっぱくて酸っぱい粉をなめとる。あたしがこんなことをしているのをマティが見たら、きっと怒って、そんなにバランスの悪い朝食なんかあたしには絶対に許してくれないくせに、というだろう。あたしがやることなすことすべてを、正しいか正しくないか吟味しなければ気が済まないのだ。妹とはそういうものだ。〝これは成長を妨げるの〟。あたしはそういうだろう。〝あんたがずっとチビのままだと困るからね〟

だけどマティはあたしより背が高くなりそうだった。脚を見ればわかった。脚が体のほかの部分よりもずっと長くて、しばらくのあいだ脚を見ていると、ほかの部分が奇妙に見えてきた。腕は細すぎ、胴体は短すぎ、手は大きすぎた。マティは昔からあたしを見おろせるようになるときを楽しみにしていて、母親はその瞬間はもうすぐだと警告してきた。とくにマティとあたしがお互いを悲しませるようなことをいいあっているときにはいつも、母親はそれを持ちだした。母親はいつだって、何があってもマティの味方だったから。たとえば空が青いかどうかでけんかして、マティが空は紫だといえば、母親はマティのいうことが正しいといった。それをいったときにあたしの顔に浮かぶ表情を見るだけのために。そういう瞬間を呑みこむのがどんな気分かは言葉にすることさえできないけれど、それがどんなに苦いかははっきりいえる。

着替えをする。よれよれのヘンリーネックのシャツと、下着と、ジーンズを脱ぎ、しわの寄った黒いレギンスと、新しい下着と、そこそこきれいなTシャツを身に着ける。洗濯のできる場所を近々見つけなければならない。まあ、すこしでも現金を手放す気になれたら。ヘアブラシをつかんで、もつれた髪をゆっくり梳かし、ポニーテールにする。時間をつぶすことだけが目的だ。親指をなめて眉を撫でつける。歯の上に舌を走らせ、下唇から剝がれかけた皮を剝いてから、車を発進させてワグナーの町なかを進む。

　ワグナーの町は、死んで再生する直前の不死鳥を思わせる。あたしが一晩を過ごした開発中の分譲地は、町が火に包まれたらどんな場所に生まれ変わるかを語っている。灰のなかからレトロな観光スポットが立ちあがるのだろう。いまのところ、目を向けるすべての場所にひび割れが見え、それがコールド・クリークを思いださせる。人々は隣よりすこしでもいい場所を確保しようと必死だが、実際にはどこも大差ないのだ。

　粗末な見かけの小学校に車を停め、駐車場を横切り、校舎をまわって裏の校庭へ出る。校庭の向こうに家があるからだ。両手をポケットに突っこみ、まえへ進むときの支えにする。ブランコに乗っている子がいる。こちらに背を向けて、男と少女が並んでいる。男がブランコのチェーンをよけて腕を伸ばし、少女の骨ばった小さな肩に手を置くのを見て、あたしは歩く速度を落とす。

「大丈夫かい?」男は少女に向かってつぶやくようにいう。男の足は、ブランコのゆっくりした動きに合わせて地面をこすっている。男の声は親切そうで、絹のようにやわらかい。

「ただの一時的な都合だけど、おれはそばにいても問題ない男だよ……もしきみが話をしたければ、おれはきみのそばにいる」

少女の肩に緊張が走る。たこのできた指で剝き出しの肩に触れられて、少女の体のすべての筋肉が引き締まる。少女は何もいわず、これからも何もいわないだろう。その理由が、少女の舌が音を出さずにいる理由が、あたしにはわかる。少女は男を信用していない。男のやさしさは目にはまったく表れておらず、少女はただの肉づきの悪い十一歳児かもしれないが、頭はいい。嵐のまえの静けさを、やがては大きな混沌へ達する沈黙を、少女は知っている。この問題のない男にまつわるすべてが、自分たちの人生の全景にぴったりおさまらない。あまりにも厳格で、ひどく心配そうで、少女が一人でいられるはずの場所にずかずか入りこんでくる。ほかにも、こうだとはっきりいえないようなことがたくさんありすぎる。たとえば、いま男が自分に触れている、その触れ方とか。そんな権利なんかないのにと思えるくらい親しげで、許されるべきではないほど親密な触れ方だ。

「大丈夫だよ、セイディ」男はそういう。


マーリー・シンガー。

それが、ナイフを喉もとに押しつけてキャディ・シンクレアから聞きだした名前だった。キャディのベルトは外れ、ジーンズの上にぶらさがっていた。ナイフの刃でその言葉を感じた。マーリー・シンガー。まだある。ワグナーに住んでる。ダレン・マーシャルについて何か教えてくれるはずだ。キャディを放すまえに、ズボンを足までおろさせた。あたしが逃げる時間を稼げるように。

足の下で動く砂利を踏みしめながら、マーリーの家の玄関へつづく小道を歩く。ドアの向こうに何かが動く気配はなく、窓辺のカーテンが揺れて目を引くこともない。ドアをノックして待つ。車が一台通り過ぎる。手で髪を梳き、道路のほうへ向きなおる。最後に時計を見たときは九時四十五分だったが、もしかしたらまだ寝ているのかもしれない。二階に何か動きがないかと思いながらまた家のほうを向くが、何もない。

足音を忍ばせて家の脇へまわり、最初に目についた窓を覗きこむ。

リビング。両手で窓枠の下をつかんでもっと身を寄せる。ソファがある。コーヒーテーブルも。床に赤ん坊のおもちゃがあり……遠くで玄関のドアがひらく音がして、その一瞬後、誰かが近づいてくる。体にかかる視線の重さを感じる。近づいてくるにつれ、こちらを品定めしているのがわかる。額と髪のなかに玉の汗が浮かび、ゆっくりとうなじへ流れはじめる。ふり返ると、探している女が目のまえにいる。

マーリー。

「なんなの？　あんた誰？」

四十近いと思う。いや、そこまでいっていないかもしれない。白みがかったブロンドの髪はうしろへきつく引っつめられ、口は赤い口紅で描いた深い溝だ。頬骨は高い。眉も白いのだろう。でなければ、ぜんぜん生えていないか。体つきはガリガリで、マティに近い痩せ方だが、これから成長するわけではない——ドラッグか、摂食障害か、お金がないかだ。三つとも見覚えがあるのだが、この三つの見分けはつかない。裾が切りっぱなしのショートパンツを穿き、まえにミッキーマウスの絵のついた古いTシャツを着ていて、Tシャツは胸のすぐ下で結んである。ピンクの腹部に妊娠線が走っている。キャディとはちがい、腕に注射痕は見あたらない。

「一体全体、ここで何をしているのよ？」冷酷な声をしている。囁き声になるところも、歌うところも想像がつかない。

「——」

喉にロープが巻きついたかのように、言葉に狙いを定められないまま、長すぎる時間が経つ。マーリーはいまにも警察に電話しそうに見える。吐きだせ、とあたしは思う。とにかく吐きだせ。キースは待ちくたびれるとよく、あたしに向かってそうまくしたてた。手が届くほどそばにいれば、手で顔をつかんできた。充分に強くつかめば、言葉を無理やり引きだすことができるとでも思っているかのように。

「もしもし？」マーリーはあたしの顔のまえで手を振る。「うちのまわりでコソコソ何をしているの？　いますぐ警察を呼ばなくていい理由があるなら教えて」

あたしは鋭く息を吐いていう。「ひ、人を、さ、さ、探してる」

マーリーは骨ばった両手を骨ばった腰に当てる。あたしの指を彼女の手首に巻きつけたら三周くらいするんじゃないかと思う。マーリーが相手なら真っ二つに折ることもできそうだけど、そんな真似はしないほうがいいと思わせる何かが彼女にはある。こちらが気づきもしないうちに喉を切り裂かれそうな雰囲気がある。そういうところには一目置かざるをえない。

「あたしの家で？」マーリーが一歩踏みだし、あたしは一歩さがりそうになるのを我慢する。「質問は一度に一つずつ、ゆっくりいくしかなさそうね。まず、あんたは、いったい、誰？」

「リ、リラ」

ときどき思うのだが、どうして母親はセイ、ディとリ、ラをいっぺんにつけたのだろう。あたしが尋ねるといつも、母親はこういっていた。〝だって何かしら呼び名が必要だったから、そうでしょ？〟。だがそれ以上に何かあるはずだ。あってほしい。たとえ、ただ両方とも好きだったからいっしょくたにしただけ、という理由でもいい。実際には、二つくっついたその名前にぜんぜんきれいな響きがないとしても。

「リラ……？」

「キャディ・シンクレアが、あなたの、な、名前を、お、教えてくれた」マーリーの目がいやな感じに光った。「あなたが助けて、く、くれるって」

「キャディが？　あんたが探しているのは誰？」

「ダレン・マ、マーシャル」

マーリーは笑う。笑い声はかん高く、不快で、背筋に寒けが走る。

「冗談でしょ」マーリーはいう。質問ではない。鼻を鳴らし腕で鼻をこする。家のなかで赤ん坊が泣くぼんやりとくぐもった声が、通りへ漏れ聞こえてくる。マーリーはちらりとこちらを見てから泣き声のほうへ向かう。

「おうちへ帰りな」マーリーはそういっていなくなる。

玄関ドアがバタンとしまるのが聞こえる。

だけどあたしは家へ帰るためにこんなところまで来たわけじゃない。

家をまわって、玄関先の階段に腰をおろす。まっすぐまえへ脚を伸ばして足首を交差させ、バッグを横に置く。空を見あげ、勿忘草（わすれなぐさ）の色の青がもっと深い……なんていうんだったか……セルリアンブルーになるのを眺める。そうやって、太陽が視線の先に直接入り、目を逸らさずにいられなくなるまで見つめつづける。肌が焼け、すぐに火傷（やけど）に近くなり、口が渇いてもそのままでいる。これも自傷行為だろうか？　苦痛を感じながら、それを放置するというのも？

死んだってかまわないとあたしは思う。それをなんでもないことのように感じる。ちょうど三時をまわったころ、マーリーのドアが軋（きし）みながらひらき、ぼんやりとした放心状態からあたしを引き戻す。マーリーの言葉が聞こえて、初めて顔をあげる。「入んなさいよ」

ドアはマーリーのうしろでバタンとしまり、あたしは立ちあがるという苦痛に満ちた作業をはじめる。体が固まり、皮膚は日焼けでひりひりする。肩を無理やりうしろへぐっと引き、まるで自分がそこを所有しているかのようにマーリーの家へ入る。家のなかは空気がこもってむっとしており、煙くさい。すべての窓をきっちりしめてから、ラッキーストライクのパックを一つ吸いきったみたいだ。

あたしは薄暗い廊下にいて、二階へ通じる階段のまえで立ち止まる。廊下は二つの場所へと分かれている。リビング――ここはすでに見た――と、キッチンだ。マーリーはキッチンから出てきたのだ。さっきとはちがう格好をしている。脚のところに芸術的な裂けめのあるジーンズ。わざと切ったのかそうでないのか、あたしにはわからない。それに鎖骨が丸見えの赤いタンクトップ。鎖骨のまわりには花に囲まれたナイフのタトゥーがあって、わざとそれが見えるようにしているのだ。

「うちの玄関先からあんたをどかす方法をほかに思いつかなかったから」マーリーがそういうと、あたしは同意してうなずき、腕を組む。マーリーも腕を組む。「ずいぶんと日に焼けたね」

「そ、そうだね」

「あしたになったらきっと痛いよ」

いまも痛い。

「た、たぶん」

マーリーは睨むような目になっていう。「どうしてそんなふうに話すの？」

「きつ、吃音を聞いたことが、な、ないの？」

「もちろん、ある。ただ理由を知りたいだけ」

「ただの、う、運だと思う」

「それで、あんたは探してるんだよね……ダレンを」マーリーはそういい、あたしはうなずく。マーリーはため息をついてキッチンへ戻る。「さあ、そんなところに突っ立ってないで」

体が痛む。肌がピンと張っている。意識を無理やり日焼け以外の場所へ持っていかないと、動くこともできない。ようやくキッチンへ入ると、マーリーはカウンターにもたれている。散らかってはいるけれど、うんざりするほどではない。皿を洗うことと、いまいる子供の面倒を見ることが同時にできないというだけだ。シンクには、皿や、ボウルや、グラスや、子供用のふた付きカップが積みあがっている。シンクの向かいには窓の下の壁に寄せて小さなキッチンテーブルが置いてある。窓からは通りの向こうの校庭がすっかり見える。椅子が二つ、向かい合わせに置いてある。一方の座面からは詰め物がはみ出ている。何もかもがちょっとレトロな印象を与えるが、選んでそうしているわけではないようだ。わざとにしてはずいぶんごちゃ混ぜだ。床の薄板は剝がれかけている。壁はベージュ。窓辺のカーテンは深緑。全体的に見苦しい。

「い、いい、へ、部屋ね」

あたしが嘘をついているのがわかっていながら、マーリーは気にも留めない。こちらの爪先から頭のてっぺんまで、値踏みすべきところをすべて値踏みしている。あたしはバッグから写真を取りだし、マーリーに手渡す。マーリーの指は長く、二十センチ×十五センチの紙の上の光景に気がつくと、ほんのかすかに手が震える。いや、震えたと思ったのはただの想像かもしれない。

「驚いた」マーリーはつぶやく。

「あたしは、む、娘なの」

策略が必要かどうかはわからないけれど、気がついたときには手遅れだったという事態は避けたい。マーリーは声をたてて笑う。さっきとおなじ、かん高い笑いだ。写真をこちらへ返して寄こし、引出しをあけて煙草のパックを取りだす。火をつけ、ニコチンの最初の効きを楽しむ。吸いこむときに、口のまわりのしわが全部くっきり浮き彫りになる。

「ダレン・マーシャルに娘がいるっていうの」口紅が煙草のフィルターに跡を残す。マーリーの顔に葛藤(かっとう)が表れる。言葉がしっくりこないのだ。それからもう二口煙草を吸って、咳きこむ。その音を聞くと、吐きだせない何かが肺に蓄積しているのがわかる。「で、それがあんただって？」

「そう」

「このちっちゃい子も？　ダレンの娘なの？」

「ち、ちがう」

「何か飲み物でもいる？」

あたしはうなずく。何か飲むものがほしいし、もっといえば何か食べるものがほしい。マーリーは冷蔵庫をあけ、コーラをくれる。冷たいアルミ缶を手にしたときの衝撃は、ここ何時間かで感じた何よりも気持ちがいい。タブをあけるとシュッと音がして、あたしは満足感を覚えつつシュワシュワいう音に聞き入る。

「そんなに長くは一緒に暮らさなかったんでしょ」マーリーはいう。

「けっこう、な、長かった」

「ほんとうの父親なの？」あたしがコーラを半分くらい飲むまで待ってから、マーリーはそう尋ねる。あたしはしばらく炭酸を口にとどめ、心地よく消えていく刺激を楽しむ。

「……ダレンが」

「なぜ、な、名前をそんなふうに、い、いうの？」

その名前はマーリーが口にすると異質に聞こえる。マーリーの声が何かに抗（あらが）っているように聞こえるのだ。

マーリーが答えるより先に、さっきもした赤ん坊のやわらかい泣き声が二階から聞こえてきて、家じゅうを満たす。マーリーは、もう、といって煙草をシンクに放り、そこに水を流す。それから椅子の一方を指差していう。「そこに座ってて。すぐ戻るから」あたしが座るまでマーリーは動かない。急いで部屋を出ていくときには、肩越しに〝何かを取って逃げようなんて考えるんじゃないわよ〟といいおく。そんなふうに警告されると、もう一度室内全体を見なおしたくなる。いわれなければ、ここに取っていく価値のあるものなど何もないと思っていたのだから。だが、テーブルの上には請求書がある。期限超過の通知だ。それを見ると、胃にグレープフルーツ大のしこりができたように感じる。一度知ったら忘れないたぐいの恐怖だ。必要なお金を出せる当てがないときの圧倒的なパニック。

マーリーは、ちっちゃな男の子を腰のところで抱えて数分後に戻ってくる。赤ん坊の髪はママとおなじ白みがかったブロンドで、残念なごとにお椀型に切りそろえてある。目は外の空より青く、見たこともないほどまん丸い顔のまんなかに、低めの鼻がくっついている。腕も脚もぷくぷくで、食料品のお金は全部この子に注ぎこまれているのだとわかる。身をよじりながら部屋じゅうを見まわし、あたしに気がつくと突然人見知りをして、マーリーの脇に顔を埋める。マーリーは、たたんで隅に置いてある幼児椅子を指差す。

「それをひろげてくれる?」

五分後、赤ん坊は椅子に座り、マーリーはまた冷蔵庫のなかを探っている。あたしはずっと息子に見られていて、映画『光る眼』の邪悪な子供たちを見て感じたのとおなじような薄気味の悪さを覚える。あたしがほんとうに好きだと思った赤ん坊はマティだけだ。マティが小さかったときほどかわいらしい赤ん坊は、いままでに見たことがない。まん丸で、やわらかくて、感じがよかった。頭のまんなかにブロンドの髪が一房生えていたのだが、とても長いあいだ、髪があるのはそこだけだった。かつらみたいで笑えた。ちっちゃな両手はいつも拳になっていた。まるでけんかがしたくてたまらず、何かを殴れるくらい大きくなる日を待っているかのように。マティはこの意外なほど握力の強い手であたしの指を握るのが大好きだった。あの子はとても力が強かった。

あの子は完璧だった。

「な、名前は、な、なに?」

「ブレキン」

マーリーは赤ん坊をおちつかせ、アップルソースみたいなものをつかむと、中身をスプーンですくって子供の口へ運ぶ。赤ん坊はブクブク音をたて、口に入れたはずの半分はシャツに流れ落ちる。これを見てマーリーは笑うが、さっきまでの笑い声とはちがう。甘やかすみたいな、やさしい声だ。あたしがここに来てから聞いたなかで一番いい声。マーリーはたいした意味もない言葉を赤ん坊に向けてつぶやく。

「ダ、ダレンはどこ?」

メイ・ベスが、あんたはときどきまわりを戸惑わせる、といっていた。何かに狙いを定めたときには、脇目も振らずに核心に切りこむ、と。たぶん、物事を穏便(おんびん)に運ぶための前置きに充分な時間をかけないという意味だと思う。これについてほかの人にできるのは、それを好きになるか、嫌いになるかだけだ。あたしには変えるつもりはないのだから。顔つきを見ても、マーリーがこれを嫌っているかどうかはわからない。笑みは消えているが、目はブレキンから離さずにいる。

「ねえ」マーリーはいう。子供に声をかけるときみたいにキッドといわれることに、あたしはほんとうに嫌気が差している。「あたしはあんたのことを一つも知らないのに、あの男について知っていることを話さなきゃならないわけ？」

「ま、まあ、すこしは」

マーリーはさらにアップルソースをスプーンですくってブレキンの口へ運ぶ。

「なんであの男に会いたいの？」

「こ、こ、殺したいから」

スプーンがブレキンの顔から三センチのところで止まると、赤ん坊はすぐに混乱し、幼児椅子のトレーを手でたたいて、母親の注意を自分に呼び戻す。マーリーはスプーンを子供の口へ押しこみ、それから全部脇へ押しやる。

「じ、冗談だよ」

「そうね」

あたしはコーラのタブをいじる。爪で弾いてピンッと音をたてる。マーリーがいう。

「煙草が吸いたい」

「す、吸えば」

「子供のそばでは吸わない」

しかし結局は吸う。キッチンの隅へ移動して、また煙草に火をつけ、煙を吐きだすたびに注意深くブレキンから顔を背ける。それで何かが変わるとでもいうように。「あの男が姿を見せなくなってから二、三年経つ。まえはいつもいたんだけど」

「あの、レ――レイズって店に」

「ときどきはね」マーリーはすこしおちつかない様子になり、唇を嚙む。「ところで、あんたはどこから来たの?」

「か、関係ない」

マーリーはあきれたようにぐるりと目をまわす。「ちょっと、ねえ。子供(キッド)あんたもすこしくらい何かいってよ」

「――」あたしはコーラを置く。「あ、あたしは――あたしは子供(キッド)じゃない」

マーリーは煙草を口もとまで運び、煙が顔のまわりをゆらゆら漂うあいだ、指の根もとを嚙む。ブレキンはおやつの時間が唐突に終わってしまったことを気にしていないようで、言葉にならない独り言を発し、自分の声の響きを熱心に聞いている。

「町全体が取り壊されてる」しばらくしてマーリーはいう。「再開発だとかなんとか」マーリーはまた煙草を吸う。あんまり深く吸いこむので、一瞬、彼女ががんになった未来が頭に浮かぶ。「ばかみたい。何がしたいのかまるでわからない。ここはアメリカのほかの場所とはちがうのよ、わかる？　あんなろくでもない自然食とか、ヨガとか……で、もし再開発がうまくいってここがクソみたいな場所になってしまえば、あたしの収入じゃここに住みつづけることなんてできない」

「コ、コールド・クリーク」

「え？」

「あたしがいた、ば、場所」

「聞いたことない」マーリーは睨むような目をしてつづける。「ダレンは何が目的でそこに行ったか、知ってる？」

「し、知ってる」とあたしはいう。あんたよりはよく知ってる。

コーラをもう一口飲む。甘ったるく感じはじめている。室内の空気が流れればいいのに、と思う。マーリーはまた煙草を吸い、ブレキンは両手を振る。こういうことはもう何回もあったのだろう、二人の暮らしについて見るべきものはこれで全部なのだろう、と感じる。

自分を見おろすと、日焼けで赤くなった胸が目について、どこかべつの場所へ行きたいと強烈に思う。ここ以外ならどこだっていい。

「あの男の名前がダレンじゃないのは知ってるんでしょ？」マーリーが尋ね、あたしはうなずく。「ここに住んでたときに、その名前で通すことにしたんだけど、あたしはその名前を呼ぶことに慣れなかった」

「ほ、ほんとうの名前は、な、なに？」

「とりあえず、いまはダレンと呼んでおく」

「あ、あたしが知ってるのは、キ、キースって名前」

「ふーん」マーリーは唇を嚙む。「それもほんとの名前とちがう」

「ど、ど、ど――どうして知ってるの？」

「兄が昔、おなじ学校に行ってたから。あたしは二人より七つ年下だから、学校を終えたときには、二人はとっくに出ていったあとだった。あたしはここへ移り、結婚して、離婚した。兄は、まあ、あたしよりはるかにマシな人生を送ってる」

「ど、どうやって？」

このへんの人々には、なかなかできそうにないことのように思える。

「うちの両親は、子供一人分には充分といえるお金を持っていたんだけど、結局子供は二人できた」マーリーは肩をすくめた。「兄は男の子だったし。両親が期待をかけたのも兄のほうだったから、お金をかけてもらえた。大学へ行った」

「ど、どんな……ふうだった？」どうしても訊かずにはいられない。マーリーには、あたしがキースのことをいっているとわかる。「そ、そのころは？」

マーリーは顔を背ける。「あたしたちの大半とおなじく、貧しかった。だけど静かだった。ちょっと汚らしくもあった。自分の面倒を見られないみたいに。衛生面でね。それにちょっと変わってた……変わった行動をすることがあった。そのせいでつまはじきにされることも多かった。いじめられてたんだと思う。両親は――滅茶苦茶だった。彼の父親は、酒を飲んでベルトでたたいた」

「そう」あたしはいう。

マーリーは咳ばらいをした。「高校に入るころには、兄が――兄についてわかっておいてもらいたいのは、あの人があらゆる意味でゴールデン・ボーイだったってことね――ダレンの面倒を見るみたいに、とくに念を入れて親切に接するようになった。理由を訊くと、兄はそういう模範を示すことが大事なんだっていってた。なぜなら〝ぼくらはまわりの人間以上でも以下でもないから〟」マーリーはいったん口をつぐんでからつづける。「本物のくそったれだったわ、兄はね。はっきりわからないといけないからいっておくけど。とにかく、ほかのやつらもいじめたりしなくなって、ダレンと兄は切っても切れない仲になった……あんな感じよ、ほら——あんたはたぶん若すぎるから、ちっちゃい犬が大きな犬のあとにくっついてまわるあのアニメは見てないよね？　あたしだって見てないけど。でもそんなふうだったわけよ。ダレンはいつも兄のあとをついてまわってた。うちでしょっちゅう一緒に晩ごはんを食べてた……」マーリーの声が次第に小さくなる。それからあらためて口をひらく。「あたしのファーストキスの相手だった。あたしは十歳で、あいつは十七だった。あのころのダレンはそんなふうだった」

「ど、どうしてここへ、ワ、ワグナーへ来たの？　そ、それは、どれくらいまえ？」

マーリーは肩をすくめる。「二、三年まえ。ただ通りかかっただけだった。あたしがここに住んでることは知っていたの、兄とはずっと連絡を取っていたから。とにかく、ここに立ち寄ったとき、以前とはちがって、すこししっかりしたように見えた。昔のダレンとはぜんぜん……」マーリーは床に視線を落とす。「晩ごはんをここで食べていくだけのはずだった。それが、結局しばらくいることになった」

「ママ」ブレキンが悲しげな声でいい、マーリーはそちらへ移動して赤ん坊の頭に手を乗せる。それからあたしのほうを向く。

「しばらくいることがはっきりすると、いまはダレン・マーシャルの名前で通ってるから、合わせてくれたらうれしい、といわれた」

「理由は、い、いってた？」

　ブレキンがクスクス笑う。マーリーは首を横に振る。

「それで、いま、いまも、ここに、す、住まわせてるの？」

　うんざりした気持ちをうまく隠せず、たぶん声に出てしまったと思う。マーリーの体に力が入り、手が息子の頭から浮いたから。マーリーはしばらく待つ。あたしがもっと何かいうのを期待するみたいに。確かに、あたしにはもっと何かいいたいと思う未熟さがある。昔、母親を説得して最悪の決断を改めさせ、飲酒や、ドラッグや、ある種の男たちを――キースを――家に連れこむのを、やめさせることができると信じていたときもあった。ときどき、そのバージョンのセイディのことを考える。あたしをあんたから救ってくれと、母親に懇願するセイディ。

　そんな自分には嫌悪感しか覚えない。

「答えなきゃならない義理なんかない。だけど、そう、住まわせてた」マーリーは小さくかぶりを振り、額にしわを寄せる。「一緒にいたあいだずっと、ダレンは一度も子供のことなんていわなかった。兄からも聞いたことがない。兄なら知っていてもおかしくないのに」

「う、嘘じゃない」あたしは嘘をつく。マーリーはただあたしを見る。あんまり長く見ていられると、ほんとうのことを見破られそうで怖い。「それで、な、何が、あ、あったの?」

「あたしたちは数ヵ月一緒にいた。ダレンは毎朝のように、あんたがいま座ってる椅子に座って、その窓から外を眺めながらコーヒーを飲んでた」

マーリーの視線を追って校庭を見る。いま、運動場には数人の女性がいて、自分の子供、あるいは預かった子供をブランコに乗せて背中を押している。思うに、学期中の校庭は、走ったり、遊んだり、笑ったりする子供であふれているのだろう。キッチンテーブルのまえに座ってじっと見つめている男がいるのも知らずに。

「洗濯をしようとしていたの」マーリーはいう。「で、洗濯機のなかに放りこむまえに、ダレンのジーンズのポケットをあらためていて、あの写真を見つけた……あの古い、すり切れた写真——古いポラロイド写真だった。あれは……」マーリーはつかのま目をとじ、額にしわを寄せる。まるでその写真がそこに、目の奥に見えるみたいに。そして何かほかのものが見えたらいいのにと思っているみたいに。「詳しい話はしたくないんだけど、説明することのできない、弁護する余地もないたぐいのものだった」マーリーは震える息を吐きだし、目をあける。「人は変わらない。自分のほんとうの姿を隠すのがうまくなるだけ。あたしはその日のうちにダレンを追いだした。あんなこととは関わりたくなかったし、いまも関わりたくない」

マーリーはブレキンを幼児椅子から抱きあげ、顔を赤ん坊の首に押しつける。あたしは胸を引っかき、軽くでも触れたことをすぐに後悔する。肌が燃えるように痛む。

「その後、れ、連絡があった？　どこにいるか、わ、わかる？」

「いいえ」

「お、お兄さんは、ど、どう？」

「もう兄とは連絡を取っていない」マーリーはきつい口調でいう。「兄の意見では、あたしのダレンに対する扱いは不当だって。それ以来、あたしたちは口をきいていない」

「お、お願い――」

「ねえ、理由はなんであれ、あんたがここに来るはめになったのは気の毒に思う。ここまでの話をしてもいいと思うくらいには同情してる。だけどあたしには子供がいて、巻きこまれている余裕なんかないのよ、それが……」マーリーは手を振ってつづける。「それがどんな問題であれ」

「――」

マーリーはあたしが苦闘しているのを見る。

「お、お、お願い」これだけを、あたしはようやくなんとか口にする。

マーリーは目をとじ、あたしたちのあいだにはまったく無関心なブレキンがいる。

「ジャック・ハーシュ。それがあの男の本名。それでなんとかして」

「そ、それは、つ、使ってないんでしょ！　それだけじゃ、ど、どうにもならない！」

「だからって、それがこの世で最悪の出来事ってわけじゃない」マーリーは鋭く切り返す。

「あんなに魂の病んだ人間を追いかけるのはやめたほうがいい。父親だろうが、そうでなかろうが」マーリーの目が大きく見ひらかれる。「あいつはあんたを傷つけたの？」

「そう」あたしはいう。抑揚をつけず、きっぱりと。「それに、あ、あたしの妹も」

「そう。かわいそうに」マーリーはいったん口をつぐむ。「だけど手助けはできない」

何かしら手に入るはずが、入らない。自分の痛みをさらすことで、人を抱きこむことはできない。人はただ距離を置きたがるだけだ。あたしは支払期限超過の通知を一通手に取り、ゆっくり裏返す。

「ちょっと――戻しなさいよ」マーリーはいう。「いったでしょ。いまあいつがどこにいるかは知らないって」

あたしは通知を引っぱりだして、そこに書かれた数字を読む。マーリーは、腕に子供を抱いているせいであたしを止めることができない。これは駄目だ。高すぎる。べつの請求書に手を伸ばす。これは封筒の外に出ていて、数字が見える。これだ――この数字なら、あたしにもなんとかできる。

痛みで人を抱きこむことができないからといって――そう、だからといって手段がまったくないわけじゃない。

あたしはその請求書を掲げて、もう一度試す。

「お、お兄さんの、い、居場所なら、どう?」

ザ・ガールズ　シーズン1、エピソード2

ウェスト・マクレイ：セイディの緑色のバックパックについたIDタグには、緊急連絡先としてメイ・ベス・フォスターの名前が記載されていました。メイ・ベスはそのタグとセイディの所持品を、七月にファーフィールド警察から回収しました。

メイ・ベス・フォスター：ファーフィールド警察についてひとことといわせてもらえば、あそこの連中はセイディのことなんてまったく、いっさい気にかけてない。

ウェスト・マクレイ：シーラ・グティエレス刑事は小柄な五十歳の三児の母で、ここ十五年のあいだファーフィールド警察で働いています。メイ・ベスに対して同情的ではありますが、次のように反論しています。

シーラ・グティエレス刑事：わたしたちはミズ・ハンターを見つけるために力の及ぶかぎりすべてのことをしました。捜索をし、地元の人々に聞きこみをし、速報を出してメディアに警戒態勢を取らせ、周辺地域の警察にも知らせました。現場に犯罪行為を示す証拠はなく、ミズ・ハンターが、個人的な悲劇への反応として自分の意思でコールド・クリークを出た事実を思えば、これもその延長線上の出来事であると考えられます。車にはなんのダメージもありませんでした。ミズ・ハンターがあえて置いていった可能性は非常に高いと思います。とにかく、本人の痕跡はありません。だからといって、わたしたちが手をゆるめることはありません。情報をお持ちのかたがもしいれば、555-3592までご連絡ください。

ウェスト・マクレイ：メイ・ベスはその車を自宅の横に停めています。古いシボレーですが、まだ走ります。トランクから譲渡証が見つかりました――セイディとシボレーのまえの持ち主とのあいだで交わされたものではなく、まえの持ち主とそのまえの持ち主のあいだで交わされたものです。わたしはセイディにこの車を売った女性を見つけ、ミルヘイヴンのコーヒーショップで会って話を聞く約束をしました。コールド・クリークから五十キロほどの場所です。

ベッキー・ラングドン：ほんとに変だったのよ。（赤ん坊の泣き声）あら、シーッ、静かにして……いまはママがお話ししてるんだからね。

ウエスト・マクレイ：ベッキー・ラングドンは――〝最後の一文字はi〟とメールでのやりとりのあいだに念を押してきました、名前が書いてあるのだから見ればわかるのに――白人で、快活なブルネットの女性で、ご自慢の息子さんを連れています。ベッキーがセイディと過ごした時間は短いですが、ベッキーはそのときのことをよく覚えています。

ベッキー・ラングドン：わたしたちは――元夫とわたししってことですけど――あの車を売りたかったんです。わたしの車でした、あれは確か……あら、乗りはじめは十代のころだったかしら？　でも夫も自分の車を持っていたし、売ったお金を子供のために使えると思って、だから売りに出したんです。いまになってみれば売らなきゃよかったと思ってるんですよ。あのろくでなしはジェイミーが生まれてすぐ出ていっちゃって、いまじゃどこへ行くにも母親に乗せてもらってるんですから。

ウェスト・マクレイ：セイディがどんなふうだったか教えてもらえますか？　なんのために車がほしいか、何かいったり、ほのめかしたりしませんでしたか？

ベッキー・ラングドン：ええと、ただのよくある取引だったから。個人的なことに立ち入る理由はなかったんです。ただ、彼女はリラと名乗りました。それに、もっと年上だと思ってました。メールではとても大人っぽかったので。

ウェスト・マクレイ：そのときのメールはありますか？　ぜひ見たいのですが。

ベッキー・ラングドン：ないんですよ、ごめんなさいね。警察にもおなじことを訊かれたんだけど、もう削除したあとだったから。とにかく、彼女と会ったんだけど、ちゃんとしゃべれないくらいひどくイライラしていました。心配になりましたよ、ちょっと頭がおかしいんじゃないかと思って。きっとその気持ちをうまく隠しきれていなかったんでしょうね、彼女が陰険になったことを思えば。

ウェスト・マクレイ：〝陰険〟というのは？

ベッキー・ラングドン：お金を引っこめるようなそぶりを見せたりとか。わたしは彼女に車を見せて、彼女はわたしに現金で支払いをして、それで別れました。わたしが彼女を見た最後の人間ってことになるのかしら？

ウエスト・マクレイ：そうでないといいのですが。

ベッキー・ラングドン：（笑）あら、やだ！　そういうことじゃないんですよ。ちょっと口がすべっただけ。失礼。（間）ねえ、あの車――いま、あれを使っている人はいるの？　もしかして……わたしが買い戻したりできると思います？

ダニー・ギルクライスト（電話）：どうなったかね？

ウエスト・マクレイ（電話）：背景はたくさん集まりましたよ。妹が殺されたあとに家出した少女が一人。正直なところ、彼女は見つかりたくないんだと思います。それを彼女の祖母代わりの女性に伝える方法を考えなければなりません。

ダニー・ギルクライスト（電話）：で、そのあとは？

ウェスト・マクレイ（電話）：そのあと……とは？

ダニー・ギルクライスト（電話）：この件をどう思う？

ウェスト・マクレイ（電話）：セイディは家出したんだと思います。たいした話にはならないと思いますよ。

ダニー・ギルクライスト（電話）：じつに人間的なドラマがあるじゃないか。一人の少女を自宅へ――彼女を愛し、帰宅を待つ人物のもとへ届けるという。事前に打ち合わせをしたときに、それはわかっていたんじゃないのかね。だから、いまほんとうに訊きたいのは、なぜきみが彼女を探したくないかだ。

ウェスト・マクレイ（電話）：探したくないとはいっていませんよ。

ダニー・ギルクライスト（**電話**）：そうか、よかった。

彼女は逃げだした。何から逃げたんだね？

ウェスト・マクレイ（**電話**）：心的外傷から。妹の思い出から。明らかでしょう。

ダニー・ギルクライスト（**電話**）：では、何に向かって逃げたのかな？

ウェスト・マクレイ（**電話**）：拝聴しましょう。

ダニー・ギルクライスト（**電話**）：足跡がどこで途絶えたかはわかっているね。ファーフィールドだ。判明しているのは、彼女がそれまでどこにいたかだけ。だったらその足跡をたどるんだよ、それしかないだろう。（間）何か見つかるかもしれないし、見つからないかもしれない。それ自体は番組にはならない。

ウエスト・マクレイ（電話）：ええ。

ダニー・ギルクライスト（電話）：最善を尽くしてくれ。われわれにいえるのはそれだけだ。

ウエスト・マクレイ（スタジオ）：わたしが一番引っかかったのは、セイディがベッキーにいった名前でした。メイ・ベスに尋ねると、リラはセイディのミドルネームだと教えてくれました。

ウエスト・マクレイ（電話）：じゃあ、セイディはべつの名前で車を買っているんですね……セイディは見つかりたくないと思っているんじゃないでしょうか。

メイ・ベス・フォスター（電話）：最初はそうだったとしても、何かが変わったのよ、聞いてる？　何かがおかしい。そんな気がする。

ウエスト・マクレイ（電話）：先をつづけるには「気」より多くのものが必要なんですよ。

セイディ

インターネットのなかの人生を生きたい。そこではすべてが完璧だから。
ケンダル・ベイカーを、図書館のコンピューターで見つけた。どこか途中にあった、名前も忘れてしまったような町で立ち寄った図書館だった。ケンダルはきれいだ。輝くばかりの少女。十八歳だが、本のなかで描かれるような十八歳だ。苦痛など感じる間もなく生きる十八歳。

自分の命が永遠じゃないなどと信じる理由を何一つ持たない少女だ。

ケンダルのインスタグラムのフィードをスクロールしながら、そこに公開されている生活は、彼女がやっているようにフィルターをかけなくたって充分すばらしいのに、と思った。ケンダル・ベイカーはじつに多忙な社会生活を送っている。平日は完璧な娘にして完璧な友人でいることに費やされるが、週末は、そういう見せかけを保つためのストレス解消にあてられる。フィードや写真についたコメントを通して、ケンダルと、その兄のノアと、特別に選ばれた少数の仲間たちが多くの週末を過ごす店を見つける。彼らは自分たちの町モンゴメリーを出て、車を一時間ほど運転し、〈クーパーズ〉という地味なバーへ行くのだ。

クーパーズは、あたしがいまいる場所だ。ワグナーからは何百キロも離れている。木曜日に到着し、店から通りをはさんだ向かいに車を停めて待つ。

彼らは土曜日まで現れない。

ケンダル・ベイカーはサイラス・ベイカー、つまりマーリーの兄への糸口だ。兄はすべてを手に入れた、大学へ行った、といったとき、マーリーは嘘をついていたわけではなかった。サイラスは大学を出た。その後、上手な投資をたくさんして、自分のコミュニティに再投資をした。サイラスの資金の多くが、町の大半のビジネスと結びついている。六年前には〝コロラド州モンゴメリーを、わたしたちが誇りを持って故郷と呼べる町にするために多大なる貢献をした〟ことに対し、モンゴメリー優良市民賞を受賞している。あたしが見つけた新聞記事の写真のサイラスは、輝くばかりの白い肌とブロンドの髪をして、妻と子供たちに囲まれていた。あたしの狙いはキースにつながる人間であるサイラスだが、近づくことにしたのはその子供たちだった。

そしていま、ケンダル・ベイカーの人生に病的なほどのめりこんでいる。

ケンダルのフィードからべつのいくつかのフィードへ飛ぶうち、ケンダルを取り巻く世界を想像できるようになった。ケンダルの友人の一人、ハヴィアー・クルーズは——仲間内ではハヴィと呼ばれ、名前のスペルはJではじまるが、そのJはサイレントだ——彼が撮ったケンダルの写真から察するに、ケンダルに思いを寄せている。一方ケンダルの様子はといえば、どうやらハヴィアーのことはなんとも思っていない。こんな動画があった。動画のなかでみんながいるのはここ、クーパーズだと思うのだが、ハヴィアーがケンダルを録画している。ケンダルは映画の一場面であるかのように踊っている。両腕を差し伸べ、両手が体のまえで浮いている。あたしはくり返しそれを再生して、ハヴィアーがケンダルの魔法にかかっている様子に見入った。あたし自身は、されたいと思うようなやり方でキスをされたことがないし、されたいと思うようなやり方で触れられたこともない。ふだんはそれを考えないようにしているけれど、あの動画を見てから、考えずにはいられなくなっている。

クーパーズは安っぽい木造の二階建てで、二階にはいくつか貸室が並んでいる。車はできるだけ正面入口の近くに停めた。それから車を離れ、バイクの列を通り過ぎ、ざらついたギターのリフを追ってなかへ入る。壁は赤い室内灯を浴びてダークチェリーの色になっている。部屋の反対側にバンドがいて、ダンスフロアがバンドの正面まで延びている。ダンスフロアでは、一人で、あるいはお互いに体をぶつけあいながら、人々が踊っている。

中年とそれ以上の年齢層からなる不毛な人ごみのなかに、特異な一団――〝絶対にここに属してはいないが、そのことに気づいていない〟風の完璧な十代の子たち――がいる。隅のボックス席に固まって座り、手に手にパブストブルーリボン・ビールを握っている。生きて動いている彼らを見るのは妙な気分で、ソーシャルメディアをこっそり覗くことでいつのまにか彼らに有名人のような輝きをぼんやり感じるようになっていたことに気づく。ケンダル・ベイカーとノア・ベイカーは叔母のマーリーとおなじようなブロンドだが、叔母に見られた空腹や睡眠不足やストレスによる血色の悪さは彼らにはない。肌は日焼けで金色になっている。ケンダルの髪はゆるく二つに結んであり、唇はピンクでふっくらしている。退屈そうな雰囲気が板についているが、ほかにやりたいことがあるわけでもないようだ。ノアはこざっぱりしたスポーツ刈りの頭で、肩幅が広い。二人のうちではノアのほうが父親に似ている。ハヴィはブラウンのシャギーヘアに、明るいブラウンの肌、鼻筋の通った顔立ちで、体はほっそりしている。彼らのインスタのフィードで見かけたけれど、名前のわからなかった女の子が、ハヴィの隣に座り、頭をうしろへ傾けて、ノアがいった言葉に大笑いしている。きれいなブラウンのカールが滝のように肩へ流れ落ちていて、肌は金色がかった温かみのあるブラウンだ。ダイヤモンドの鼻ピアスをしていて、それが明かりを捉えるたびにキラキラ光る。彼女はケンダルより美人だが、どうやら自分ではそのことに気づいていないようだ。それこそ悲劇だ、とほんとうに思う。人が自分の価値に気づかないのは悲しいことだ。

バーへ向かい、ウイスキーをワンショット頼む。バーテンダーはがっちりした体格の白人で、長い黒髪をグリースで撫でつけてあるが、絶対に切ったほうがいい。ベルトに引っかけたタオルで両手を拭き、疑わしげな目をあたしに向けていう。「ちょっと若すぎるように見えるけど」

声はバンドの音とおなじくらいざらついている。

あたしは部屋の向こうの十代の一団へ向けてうなずいてみせる。

「あ、あの人たちもね」

バーテンダーはショットグラスに酒を注いで出し、もし酔っぱらってトラブルになっても自分で責任を取ってくれというが、そんなことにはならない、とあたしは思う。ワンショットをぐっと飲みほし、刺激に顔をしかめて、効いてくるのを待つ。素面と酔った状態のあいだに吃音をやわらげる完璧なラインがある。そのラインまで飲むと、しゃべるのが楽になる。両手で髪を梳き、もうワンショット頼んで、刺すような感触を楽しみながら飲みくだす。その後、いくつか質問をする特権が手に入る程度にはお金を使っただろうと判断する。

口をひらくまえに、カウンターのなかほどにいる男と女に気を取られる。男の顔は見えないが、女のほうは見える。完璧なかたちの青白い頬、ピンクのクリップでうしろに留められたブロンドの細い髪。酔っている。顔をあげておくこともできないほどに。女は母親を思わせる。母親がキースと出会ったのもバーだった。〈ジョエルズ〉という店。母親は酔って、キースが家に送ってきた。ときどき二人の出会いを思い描く。母親が、ドラッグと酒でかすれた不機嫌そうな声で、女手一つで小さな女の子二人を育てるのがいかに大変か話すところを想像する。キースは俄然興味を示し、子供たちの名前を尋ねる。あたしの頭のなかでは、母親はしばらく考えないとそれを思いだせない。酒で濁った目には何も映っていない。

それから、母親はあたしたちの名を明かす。

バーテンダーは空になったあたしのグラスをさらってから、カウンター沿いに向こうへ行こうとする。

「ね、ねえ」あたしはバーテンダーを呼び戻す。「あそこの、こ、子たちを知ってる?」

バーテンダーはうなずく。「もちろん」

「知ってることを、お、教えて」

「ええと、あのうちの二人はサイ・ベイカーのところの子だ。一緒にいる二人はその友達」

「サ、サイラス・ベイカーを知ってるの？」

バーテンダーは笑う。「もちろん、誰でも知ってる程度には知ってる。このバーの所有者だが、彼のような男はここに入り浸ったりはしない。おれは直接話したりしない。あれが彼の子供たちだっていうのも、二人があんなに自分で宣伝しなければ知ることもなかった」

あたしは曖昧(あいまい)な返事をして十代のグループのほうへ向きなおり、彼らを見つめる。やがてハヴィがそれを感じとり、顔をあげて室内を見まわす。あたしは視線をかわしてお手洗いへ向かう。この状態で見られたくはない。シンクの上のひび割れた鏡で自分の姿を点検する。ここまで運転してくるのに長い時間がかかったので、そのあいだに皮が剝けて日焼けがおちつき、彼らのなかに入ってもおかしくないような肌の色になった。ポケットのなかにゴムバンドを見つけ、髪を頭のてっぺんでゆるく丸める。短パンの裾を、彼らの視線を捉えられるくらい腿の上まで巻きあげ、Tシャツの裾をウエストのところで固く結ぶ。腕を上へ伸ばし、腹部の肌が覗くのを確かめる。間の悪いことにおなかが鳴る。消化すべきものを必死に求めているのだ。頰をつまみ、唇を嚙んで、その両方が色づくまで待つ。

ドアを押しあけて戻ると、バンドは十五分の休憩を取っていて、代わりに音響システムが働いている。スピーカーから流れる曲は夢見るようなスローテンポだ。ここの客の趣味には合わないらしく、人々は散り散りにカウンターへ戻る。十代のグループのボックス席をちらりと見やると、ケンダルがフロアを見ている。ノアとハヴィともうひとりの少女の全員がケンダルをボックス席から押しだそうとしているようだ。たぶん、あたしが見たあの動画、ケンダルが踊っていたあの動画は、予期せぬすばらしい瞬間を撮ったものなんかじゃなくて、よくあることなのだろう。

その瞬間をあたしが彼女から奪ったらどうなるだろう？

ケンダルはノアを乗り越えて立とうとするが、そのときにはすでにあたしが彼女の場所を占めている。あたしはフロアのまんなかに移動していた。ケンダルはあたしを見て動きを止める。人から動きを止められることに慣れていないようだ。ケンダルの目があたしを捉え、次いで彼ら全員の目があたしを捉えるのに充分なだけ、そこに佇む。

全員の好奇の視線が重く感じられる。

ケンダルの完璧な口が〝いったいなんなの？〟というかたちに動く。

この女。

何をするつもり？

あたしは腕を横に伸ばして体を揺らす。目をとじ、音楽に身を任せて、自分を若い女のイデアに変える。いや、架空の女のイデアに――映画に出てくるステレオタイプの若い女に――変える。みんながもう飽きたというようなタイプの女だ。しかしその飽きたというのが本心かどうかはわからない。みんなが長く愛する、あるいは深く愛することはないけれど、かといって手放したくもないような女だ。

目をあけると、ケンダルがすさまじい顔をしている。ノアとブルネットはどうしたらいいかわからないような顔だ。ハヴィは自分のビールをごくごく飲んで、テーブルのほうへ身を乗りだし、ケンダルに向かって何かつぶやく。ケンダルが肩をすくめると、ハヴィはボックス席を出て、あたしのほうへやってくる。心臓の鼓動が速くなる。あなたの名前を知っている、とあたしは思う。あたしはあなたの名前を知っていて、あなたはあたしが誰かまったく知らない。ハヴィは思ったより背が高い。緊張しているように見える。あたしが手を差し伸べると、ハヴィははっきり見えるほど息を呑んでから、あたしの手を取る。ハヴィの手のひらは汗で湿っている。あたしはハヴィをリードしてフロアのなかほどへ進み、ハヴィの手を腰へ導く。その手はあたしの体の一番やわらかい場所を見つける。見つかるとは思いもよらなかったような場所を。あたしは手をハヴィのうなじへ持っていき、指先で髪の生え際をくすぐって、これはどんな刺激になるのだろうと思う。いままでこんなふうに誰かに触れたことはなかった。ハヴィは汗のにおいがするが、それは感じのいいにおいで、目を合わせるとなんとなく考えが読める。これは現実じゃない、自分でつくりながら主演することのかなわない映画みたいだ――ただしいまだけはちがう、ミステリアスな女が自分のためにここにいるのだから――と思っているように見える。

ラブストーリーを求めない人なんているだろうか？

これがラブストーリーならいいのに、と思う。ぴったりはまるパズルのピースのように唇と唇が重なる恋人たちの話なら。自分の名前が相手の口から出たときの電撃が走るような感覚――いままで誰にもそんなふうに呼ばれたことがなかった――についての話なら。一緒に夜を過ごし、すべての星座が心に刻まれるまで星を眺める人々の話ならいいのに。たいていのキャラクターがそうであるように、曖昧なところがあったっていいし、架空の人生のなかの完璧につくりこまれたワンシーンは、現実に知っていたり生きてきたりした人生よりもリアルだ。ラブストーリーやロマンスには、〝末永く幸せに暮らしました〟で終わる安心感がある。そんな物語をほしがらない人がいるだろうか？　あたしはこれがラブストーリーならよかったのにと思う。なぜなら、あたしみたいな人間の物語では、救済の瞬間は台詞（せりふ）と台詞のあいだにしかないから。だが、これから起こるすべての出来事についてくるはずの鋭い刃を鈍らせるために、あたしが自分にいい聞かせていることが一つある。

最悪の出来事はすでに起こっている。

曲が終わる。

「ねえ」ハヴィの声は深く心地よい。

それを聞いて、あたしは震える。

あたしはあなたの名前を知っている。

「な、なに」

「一杯おごらせてもらえるかな？」

「え、ええ」と答えてから、いい添える。「あたし、き、吃音があるの」

ハヴィの口もとに温かい笑みが浮かぶ。

「悪くないね。ぼくはハヴィ」

「じゃあ、新しくここへ来たのね」ひととおり自己紹介が済んだあと、ケンダルがいう。

ケンダルの声は、ほかの部分よりも大人っぽい。長年ウイスキーを飲んだり、フィルターなしの煙草を吸ったりした人の声だ。どうしてそうなるのかはわからないけれど、こういう声の女の子はときどきいる。ケンダルは女子によくある辛辣(しんらつ)な態度であたしに探りを入れてくるが、あたしは吃音のせいでじろじろ見られることに慣れている。いい気分ではないけれど、やり過ごすことはできる。ケンダルはやり過ごされることには慣れていないようで、その点ではいまのところあたしが有利だ。

名前はリラといってある。

「そ、そう」あたしはハヴィともう一人の女子、キャリー・サンドヴァルのあいだで押しつぶされるようにして座っている。ハヴィの腿はあたしの腿にくっついている。キャリーはくっついていない。この接触のあるなしは絶対にわざとだ。「こ、越してきた、ば、ばかり」

ハヴィが買ってきてくれたパブストのビールを勢いよく飲む。小便みたいな味だけど、これとさっきのウイスキーの酔いで、鼻歌気分で考える。なぜ母親はここで止められなかったのだろう。気分がよく、なおかつ自制がきくのはこれくらいのときなのに。あたしが初めて飲んだのは、自分が飲めるかどうか確認するためだった。メイ・ベスはあたしを怖がらせて飲酒から遠ざけようとして、母親の病気はうつるもの、遺伝するもので、睡眠障害は血筋だといっていた。運がよければその病気が目覚めないかもしれないのに、なぜそれを誘発するような真似をするのか？　というわけだ。あたしは試した。試さなければ気が済まなかった。で、どうなったか？　依存症にはならなかった。メイ・ベスがあたしを止めようとしたほんとうの理由はこっちだったのかもしれない。あたしにとっては、母親を許せない理由が一つ増えたから。

「それでどうして……たどりついたの……ここへ？」ケンダルが尋ねる。「よりによってクーパーズへ？」

「そ、そうね」あたしはビールのラベルをいじる。「あなたのインスタでは、い、いい店みたいに、み、見えたから」

ノアは薄笑いを浮かべる。ハヴィはあんぐりと口をあけて、首をすくめる。ケンダルとキャリーは信じられない、というような顔をする。ケンダルがいう。「あたしをネットストーキングしたってこと？」

「あ、あなたが、ど、どれくらい見栄っ張りか、た、確かめたかっただけ」

ハヴィは吹きだし、口に拳を当てて笑いを抑えようとする。あたしはケンダルを見つめ、こんなにぱっとしない切り返しに効きめがあるなんて、どれだけ甘やかされて暮らしているんだろうと思う。ケンダルの目に火が灯ったので、このへんで引き返したほうがいいとわかる。もし彼女の父親に近づきたいなら。

結局のところ、それこそあたしがここにいる目的なのだから。

「それで、いままで見ていてどう思うの？」ケンダルは冷淡に尋ねる。

「まだ判断するに、は、早すぎる」

「気に入ったよ、リラ」ノアがそう宣言し、ボトルをあたしのほうへ傾ける。あたしは自分のボトルをノアのボトルにカチリと当てる。ノア・ベイカーは、ニュース番組のアンカーみたいな声をしている。アンカーがちょっと酔っぱらったような声。「ここにいていいよ」

「で、どこに住んでるの?」ハヴィが尋ね、立ち入ったことを訊きすぎたとでもいうように、すぐに顔を赤らめる。ついさっき両手をあたしの腰に置いていたというのに。ケンダルはあきれたようにぐるりと目をまわすが、体の力を抜いてボックス席の椅子にもたれる。キャリーがパチリと指を鳴らし、鈴の音のように快い声でいう。「ねえ、待って……コーネルさんがいた場所に引っ越してきたんじゃない? あなたは……ホールデン家の人でしょ?」

これが街のいいところだ。絶えず人の流れがある。これとおなじように、コールド・クリークに何かの見こみがあって人が出たり入ったりするのは見た記憶がない。コールド・クリークでは、人の出入りがあるのは生まれるときと死ぬときだけだ。コーネル家の土地。ホールデン家。とても都合がいい。これに乗らない手はない。

「そう」あたしはいう。

「ぼくの家から通り三本くらいのところだよ」ハヴィがいう。

「わたしの義理の姉がそこを売ったの」キャリーがいう。「すんごくいい場所よ。サウナとかがあって、裏にツリーハウスみたいなのがあるでしょ？」

あたしはうなずく。当然だ。

ノアがあたしを見る。「親がうまくやってるんだな」

「あなたのところと、お、おなじくらいね」

「うちの親の何を知ってるのよ？」ケンダルが尋ねる。

「お、お父さんが、お、大物みたいじゃない」あたしはケンダルと目を合わせていう。ノアが肯定の意味でテーブルをコツコツとたたき、大きく一口ビールを飲む。

「あ、あなたたちは」あたしは四人全員に向かってうなずいてみせる。「み、みんな一緒に、そ、育ったの？」

「あなたが教えてよ」ケンダルがいう。「なんでも知ってるみたいだから」

「うちの家族は、わたしが三年生くらいのときにモンゴメリーに引っ越してきたの」キャリーがいう。それからハヴィとノアとケンダルのほうを身振りで示してつづける。「だけどこの三人は生まれたときから一緒」

「二人のお父さんはぼくのティーボールのコーチだったんだ」ハヴィがノアのほうへうな

ずきながらいう。ノアはボトルの残りを思いきりよく一気に飲みほしてから、テーブル越しに手を伸ばし、ハヴィの腕をたたく。

「ほら、空けちゃえよ。次に行こうぜ。おれのおごりだ」ノアは明るい笑みをあたしに向ける。「新しい友達を迎えたお祝いに」

「あたしはまだ、だ、大丈夫。ありがとう」

そういって、まだほとんど中身の減っていないボトルを爪で弾いてみせた。これ以上飲んだらよくない気がする。男二人が席を立つ。あたしはケンダルのほうを向く。「ジ、ジャック・ハーシュって名前の、お、男を知ってる?」

ケンダルは一方の眉をあげる。「誰?」

「べ、べつに」すこしの間のあとにつづける。「それか、ダ、ダレン・マ、マーシャルは?」

「いったいなんの話よ?」

あたしたちは黙ってそこに座っている。女の子が相手だと、どうしていいかわからない。とくに美人の女の子が相手だと。好かれたいとは思う。それは奇妙な、理屈抜きの欲求みたいなもので、体のなかにあって、そのせいで自分がばかで弱い人間みたいに感じる。この感情は、もとをたどれば母親に行きつくとわかっているからだ。もっと悪いのは、自分のなかにあるこの欲求を認識しながら、それを満足させるための正しい行動がとれないことだ。マティが殺されるまえでさえ、あたしにいったい何人友達がいたかは見ればわかるだろう。

「すごい登場だったよね」キャリーがいう。褒められているのか、侮辱されているのか、あたしにはわからない。

ケンダルの唇が曲がる。ケンダルはいう。「どうかな。べつに、よくあることだと思うけど」

妙なプライドが体のなかを駆け抜ける。あれはばかげた――恥知らずの演技だった。

しかしあれでよかったのだ、あたしはいまここにいるのだから。

「ハヴィが夢中になってたじゃない」キャリーはいう。

ケンダルは長いまつげの下からあたしを見つめる。「ハヴィはけっこう気が弱いから、あんなふうに行動に出たってだけで驚きなんだけど。やさしくしてあげてよね」

「ハヴィは、け、けっこういいと思う」まだカウンターのまえにいる男たちを一瞥（いちべつ）する。

「ノアはどんなふう？」

「ノアにはボーイフレンドがいる」

あたしが自分のパブストブルーリボン・ビールを飲み終えるころ、ケンダルの電話が鳴る。ケンダルがポケットから電話を引っぱりだすと、スクリーンの明かりが彼女の顔を照らす。「マットからだ」

「出たら駄目」キャリーはいう。

「出ないわけにはいかないの」ケンダルはぴしりといい返す。「前回もあなたに出るなっていわれて、そのとおりにしたでしょ。だから今回は出なきゃ。じゃないと、マットは――」

「なんだっていうのよ？　もっとあなたを粗末にするようになるってわけ？」

「誰？」あたしは尋ねる。

「マット・ブレナン。ケンダルのろくでもない彼氏」キャリーはケンダルを睨みつける。ケンダルにはまったく効きめがない。「そのうちMHSで会えるよ、もしそれまでにケンダルがあの男を捨てていなければ。ちゃんと現実を直視すれば、あんな男なんか捨てて当然――」

「エ、MHSって？」

この質問に、ケンダルは電話から視線をあげた。

「モンゴメリー・ハイスクールのことだけど？」〝そんなこともわかんないって、ばかなの？〟という意味が言外に含まれているらしい。

あたしは無理やり笑い声をたてた。「ま、まだ、頭のなかで、ひ、引っ越しが終わってないみたい」

「まえの学校はどんなところだったの？」キャリーが尋ねる。

こわばった笑みをキャリーに向け、高校のことを思いだそうとする。学校が好きだったためしはない。言葉のことでからかう以外には誰もあたしに興味を持たなかったし、クラスメイトからの関心が薄れるころには、こっちの関心も薄れていた。高校のことはずっと入念な嘘のように——一日のうち一定の時間とじこめられるつくりもののテーマパークかなにかのように——感じていた。その向こうにあるのは母親が出ていったトレーラーのドアで、ドアの内側には妹がいて、妹はあたしを必要としていた。そんな状況で代数になんの意味がある？　意味があったことなんかなかった。

ケンダルの電話がまた鳴り、あたしを助けた。

キャリーがうなるようにいう。「死ねばいいのに」

「誰が？」ボックス席のあたしの隣にすべりこみながら、ハヴィが尋ねる。ノアがすぐうしろにいる。

「マット」キャリーはケンダルからの警告の視線を無視して答える。

ノアが手を伸ばしてケンダルから電話を引ったくる。ケンダルは、返してよ、ばか、返して、と騒ぐが、キャリーがいう。「あとになったらわたしたちに感謝することになるって」ノアはいう。「おいおい、ケンダル、もしあいつを捨てる気がないとしても、すくなくとも謝らせろよ」

「電話を返して」ケンダルはいう。

「約束しただろ」ノアはその電話をケンダルの顔の正面で振ってみせてから、自分のポケットに押しこむ。「今夜はこいつを家に置いて出かけるって約束しただろう。もし守らなかったらこうするっていってあったよな」ケンダルが抗議しはじめると、ノアはテーブル越しに手を伸ばしてケンダルの口をふさぐ。あたしだったら、もし男にこんなことをされたら――たとえそれが兄弟であっても――そいつの腕を肩からもぎ取ってやると思う。

「もうマットのことなんかいわずに、おれが買ってきてやった酒を飲んでろ」

ケンダルは顔をしかめるが、新しいビールを反抗的な態度で大きく一口飲む。あいているほうの手でノアに向かって中指を立てながら。

「ねえ」ハヴィがあたしにいう。

「なに」

「いまはつかえなかったね」ハヴィはいい、あたしは顔を赤らめるが、どんなに長時間そばにいようと二度と顔を赤くするまいと誓う。「ぼくのいとこも昔、吃音があったんだけど、歌は歌えたよ。つまり、歌うときは吃音が出なかったんだ。きみもそう？」

あたしは首を横に振る。じつは歌うときには吃音は出ないのだが、歌は下手だし、隠し芸を披露したいような気分でもない。

「ひ、一人でいるときは、で、出ない」

「いいね」ハヴィはいう。あたしなら使わない言葉だ。「いとこは、年とともにおさまった」

「運が、よ、よかったのね」

ケンダルが睨むようにあたしを見る。「それは緊張してると出るの？　よくわかんないんだけど」

あんたにわかんなくたって、どうだっていい、といい返したい衝動をなんとか呑みくだす。

ハヴィは自分の後頭部の髪に指を絡める。「それで、いままでのところモンゴメリーの印象はどう？　きみの一家はどうしてここへ越してきたの？」

「あたしたち……」あたしはしばらくテーブルを見つめ、やがて、充分なだけほんとうのことを染みこませた嘘をつくのが楽だろうと判断する。そのほうが、話の筋道を自分で見失うことがないから。「い、妹が、し、死んだの。それで場所を、か、変える必要があった」全員が黙るべくして黙った。顔をあげると、ケンダルの表情がやわらいでいた。彼女はモンスターというわけではないのだ。「でも、そ、そういうことからは、逃れられない」

「そうだね」ハヴィがいう。

「だけど、と、とにかくやってみようとは、お、思った」あたしはできるかぎり明るい声でいう。そしてケンダルに向かって小さく微笑む。「それで、あなたたちのパーティーに、お、押しかけた」

「そうか。きみがここに来た理由については気の毒に思うけど……来てくれたのはよかったよ」ハヴィはそういう。まだすこし違和感がある。「だってさ、モンゴメリーはものすごく退屈だから。新しい人が必要なんだ」

「そこまでひどくないでしょ」キャリーがいう。

「いや、実際そこまでひどいよ」ハヴィはそう答える。「毎日毎日おなじことのくり返しで……」

ノアがナプキンを丸めて、それでポンとハヴィの頭をたたく。「そのおなじことってのは、おまえがやらないことだろ、このベンチウォーマーめ」ノアはあたしのほうを向いてハヴィを指差す。「新しい人が必要なのはこいつだよ。リラ、男に興味ある?」

「黙れよ」ハヴィはいう。

あたしは肩をすくめる。「と、ときどきは」

「おまえはこの子に飲み物を買ってこいよ」ノアはハヴィにいい、それからあたしにいう。

「で、きみはこいつと寝るんだ」

ハヴィの顔が、自然界には存在しないんじゃないかと思えるほどの赤に染まる。

「とんでもないクソ野郎だな」ハヴィはつぶやくようにいう。

ノアはクソ野郎風の特大のニヤニヤ笑いをハヴィに向ける。「なあ、彼女に飲み物を買わないとしても、おれに買ってきてくれたっていいんだぜ」

「さっき買いにいったばっかりだろ！」

ノアはボトルを逆さにする。「もう飲んじまった」

「一緒に、い、行こう」あたしはハヴィにいい、その場はそれで済んだ。

「ごめん」ボックス席を出たあと、ハヴィはいう。なかばふり向いてしっかり気持ちを伝えようとしたせいで、ハヴィは自分の足につまずく。「あいつ、ほんとに――」

「き、気にしないで」

カウンターに着くと、バーテンダーが酒の入ったショットグラスを並べるが、それを持って戻る代わりに、ハヴィは一つを飲みほしてノアにメールを打つ。そして送信ボタンを押すまえに画面をあたしに見せる。〝飲みたきゃ自分で取りにこい〟。ハヴィはべつのショットグラスを選び、あたしのほうへ軽く押す。

「きみの妹に」ハヴィはそういう。

予想もしなかった言葉を聞いて、気がつくと涙をこらえようとしている。ハヴィの思いやりがあたしの一部を盗んでいった。震える手でショットグラスをつかむ。「い、妹に」火のようなそのアルコールを、あたしはほとんど呑みくだすことができず、手のひらに向けてむせる。「な、なにこれ？」

「イェーガー」ハヴィはいい、あたしはもう二度と自分がイェーガーを飲めないことを知る。きっとこの瞬間を、妹のことを、向こうがあたしの名を知るまえにあたしのほうは名前を知っていた男の子のまえで自分の悲しみにむせたことを、思いだすようになるから。

「きみはさ、その」ハヴィはいったん口をつぐんでからつづける。「きみが踊ってるのを見たとき、すげえって思った」

酒のせいで口が軽くなっているようだ。

「な、何か、あ、新しいものでも相手にしてるみたいな態度ね」

「きみはおもしろい人だねっていおうとしてるだけだよ」ハヴィは小声でいう。

ノアがこっちへ向かっていることに気づく。あたしは……スペースがほしかった。ハヴィと二人だけのこの瞬間をもっと長引かせたいと思う。そう思うと、なんだか恥ずかしくなる。そのためにここにいるわけじゃないのに。いや、そのためかもしれない。そんなふうに思うなんて、たぶんあたしはちょっと酔っている。

「そ、外の空気が、す、吸いたくない？」

「ああ」ハヴィは熱心にうなずく。「そうだね、いいね」

バーを出て、心底気分が晴れる。きれいな空気を深く吸いこむまで、クーパーズのなかがどんなにむっとしていたか気づいていなかった。

「ノ、ノアのあなたへの、た、態度は、ずいぶんひどいのね」

「そんなに見え見えだった？」ハヴィは両手をポケットに突っこむ。

「な、なんのこと？　べ、ベンチウォーマーって？」

ハヴィは顔を赤らめる。「ああ……ぼくは絶対にあいつにはなれない、ってことだよ。つまり、ぼくにとっては簡単なことじゃないんだ……」ハヴィは言葉を探すが、見つけられない。「だからこそノアやケンダルと付き合ってるともいえる。あの二人はすくなくとも行動を起こそうとする。そこが大きなジョークで――ぼくはただサイドラインの外側に座って、仲間に入ってるふりをしてるだけなんだ」

「だ、だけど、あの人たちはあたしと一緒に、お、踊らなかった」

ハヴィは小さな、それでいてひたむきな笑みを見せる。自分がこんなに誰かを喜ばせたことがあったかどうか、あたしは思いだせない。そう考えると泣きたい気持ちになる。

「そうだね」ハヴィは穏やかに同意する。まるでそれが何か大事な意味を持つことみたいに。

「よ、よかった、あなたは踊ってくれて」

「あした、ノアとケンダルの家へ遊びにいくんだ。きみも来ればいいのに」

「彼女は、い、いやがらない？」

「ケンダルには揺さぶりが必要だよ」ハヴィは肩をすくめる。「ケンダルがきみを見る目ときたら。彼女だって刺激が必要だってわかってるんだ。いっただろ、モンゴメリーは……田舎町みたいなものだからさ。だからぼくたちは毎週ここに来るんだよ。あそこから逃れるだけのために」

「り、両親は、家に、い、いる？」

「ああ、たぶんいるんじゃないかな」

「ど、どこに、す、住んでるの？」

「ヤング・ストリート、二の十二」

あたしのなかでやわらかなカチリという音がする。ピースが一つはまった音だ。これできっとサイラスにつながる、そしてサイラスからキースへつながる。それまでは……

これがどうなるか見届けるのもいいかもしれない。

「た、楽しそうね」

「ああ」

二人で駐車場の端を歩く。墨のように黒い空に点々と散る星を見あげる。バーから離れれば離れるほど星は増える。それはとても美しくて、その美しさに胸が痛くなる。こういう話を、マティにはあまりできなかったような気がする。夜空の星とか、星は冬のほうがはるかに明るく見えるとか、そういう小さな奇跡の話。太陽が昇って、沈んで、また昇るとか。あたしはこれをハヴィに話すことにする。ただ自分を解放するためだけに。ハヴィは小さく微笑んでいう。「小さな奇跡か。気に入ったよ」

ハヴィはあたしがいうことならなんでも気に入るんだと思う。

こんなことは初めてだ。

あたしは指差す。あたしの車のまえにいる。

「そ、そこが、あたしの、す、住んでる場所」

「え?」

「じ、冗談。だけどそれが、あ、あたしの車」

自分が何をしているかよく考えるまえに、ロックを解除してドアをあける。

ハヴィは後部座席に乗りこんでいう。「居心地がいいね」あたしもハヴィのあとにつづき、彼の横顔をじっと見る。見つめられて、ハヴィは気まずそうに身動きする。あたしは手のひらをハヴィの胸に押しつけるところを、自分の体をハヴィに押しつけるところを想像する。手のひらに鼓動を感じるところを想像する。ハヴィにキスをしたら、唇はきっとほかの部分とおなじくらいやわらかくてやさしいだろうと想像する。あたしはハヴィのやさしさがどこかべつの場所へ連れていってくれるのに身を任せるだろう。誰かのものになるのがどういうことか、わかったような気になるだろう。ハヴィの目から前髪をよけて、その目があたしを見ているのを確かめるだろう、それでもこれはラブストーリーじゃない……だけどこの小さなスペースで、お互いの呼吸が聞こえるなかで、これをラブストーリーにするにはどうしたらいいのだろう、と思う。

あたしはぐっと息を呑み、唇をなめる。さっきの一杯の味がまだかすかに残っている。

いい、きみの妹に。

身を乗りだしてまえの座席に手を伸ばし、グローブボックスをあけてサインペンをつかむ。それを手渡すと、ハヴィは困ったような顔であたしを見る。

「電話を、い、家に、お、置いてきちゃったから」そういって、腕を伸ばす。「あなたの番号を、か、書いて。あ、あした、あ、朝一番に、電話する」

ハヴィはサインペンのキャップを外して歯ではさむ。それからあたしの手首に番号を走り書きする。軽く、気づかいを感じさせるその書き方のせいで、ハヴィと一緒にいたらさっき想像したまさにそのとおりになるのだろうなと信じる気になる。ハヴィはあたしの番号を知りたがる。それはできないし、ほかにどうしていいかわからないし、それにたぶんそうしたいから、あたしはハヴィの頬にキスをする。あまり上手にできたとは思えない。あたしの唇は、うっすらとひげの生えたハヴィの顎にぎこちなくぶつかっただけ。しかしハヴィは気にしていないようだ。

「か、代わりにこれで」あたしはそういう。「もう、い、行かなきゃ」

「もう?」

「ええ、だけど、あ、あした電話するから」

「わかった」ハヴィはそういって、はにかんだような笑みを浮かべ、車を降りる。その一瞬後、ハヴィはふり向いて車内に身を乗りだし、こういう。「会えてほんとに、ほんとうによかった」あたしは電話する、とまた約束する。ほかにどう答えたらいいかわからないから。ハヴィがバーへ戻るのを見送ったあと、腕に書かれた彼の番号を見つめ、記憶にしっかり刻まれるまで、何回もそっと口に出していう。ふつうの女の子がするように。

それから運転席に移り、キーを差してエンジンをかけ、町へ向かう。

ザ・ガールズ　シーズン1、エピソード2

ウェスト・マクレイ：メイ・ベスは、セイディの車に残された所持品をわたしに調べさせてくれました。セイディがどこにいたか、どこへ向かったのか、向かっていた場所へたどり着いたのか——そして運がよければセイディがいまもまだいるかもしれない場所が——わかるといいと思っています。

まず、衣類がありました。流行(はや)りのものはなく、すべてが着心地と、機能性と、小さくたためることから選ばれたようです。Tシャツにジェギンス、レギンス、セーター、下着、ブラジャー。緑のキャンバス地のバックパックもありました。コールド・クリークにいたときにはほぼいつも持ち歩いていたもので、なかには空(から)っぽの財布と、食べかけのプロテインバーと、空(から)になってつぶされた水のボトルと、レイズ・ダイナーという店のテイクアウトメニューが入っていました。レイズ・ダイナーは、ワグナーという町の外れにあるトラック・ストップのなかの食堂です。たどれそうな手がかりはこれだけです。ファーフィールド警察はそこを調べたのかどうか、グティエレス刑事に訊いてみました。

シーラ・グティエレス刑事（電話）：レイズもざっと調べましたが、新しい情報は出てきませんでした。見こみの低い賭けのようなものでした——トラック・ストップの食堂で、人が絶えず出入りしていますから。レイズがそのメニューを周辺エリアに配布していることを考えあわせても、見こみは非常に低かったのです。わたしたちの時間とリソースはもっと効果的に、車が発見されたエリアに集中して割かれました。

（エンジンブレーキの音）

ウエスト・マクレイ：このトラック・ストップはウィトラーズという名前です。わたしはニューヨークから飛行機に乗って、火曜日の夕方に到着しました。最寄りの町ワグナーのモーテルに泊まっています。

もしシーラ・グティエレス刑事の言葉を額面どおりに受けとるとすれば、これは単なる時間の無駄遣いに終わるでしょう。一方で、メイ・ベスがファーフィールド警察を信用していないことが、わたしの頭から離れませんでした。つまり、自分で確かめるしかないのです。

セイディがどうやってこの特定の場所にたどり着いたのか――そもそもほんとうにここにたどり着いたのか――は、彼女の失踪にまつわるほかのすべてとおなじく大きな謎です。何かとくに探していたものがあったのでしょうか。それとも、たまたま途中に寄っただけだったのでしょうか。

（ダイナーの物音、小声で交わされる会話、調理する音、皿のぶつかるカチャカチャいう音）

ルビー・ロックウッド：ご注文は？

ウェスト・マクレイ：ルビー・ロックウッドは、真っ黒な巻き毛を頭のてっぺんで結った、見るからにやり手の女性です。よく見ると顔にしわがあり、見かけよりすこし年上なのだとわかります――六十代なかばです。レイズ・ダイナーで働いて三十年になります。そのうちの二十年は、オーナーであるレイの妻として働きました。

ルビー・ロックウッド：レイはあたしより十五歳上だった。働きはじめたときには、ここはいかがわしい酒場だったんだけど、あたしはただのウェイトレスだったから黙って働いた。その後、レイがあたしを好きになり、最後にはあたしもレイを好きになって、あたしたちは結婚した。それからあたしはここを特別な場所に変えようと懸命に働いたの。誰でもいいから訊いてみてよ――そこのレニーに訊いてみて。レニー・ヘンダーソン。レニー、この人はラジオ局の人なんだけど。

レニー・ヘンダーソン：そうなの？　まだラジオを聴いてる人なんていているんだ？

ルビー・ロックウッド：ここがどんなに特別な場所か、この人に教えてあげて。

レニー・ヘンダーソン：ぼくはレイズによく来るけど、すごく居心地のいい店だよ。ルビーは常連客を家族みたいに扱ってくれる。まあ、ほんとの家族は持とうとしなかったけどね（ルビーの笑い声）。それにミートローフはうちの母親がつくるよりおいしいよ。母親にはいわないでほしいんだけど。

ウェスト・マクレイ：ここに録音してしまったけど、まあ、ラジオを聴く人なんていないから。

（全員の笑い声）

ウェスト・マクレイ：ルビーが手を入れるまえのレイズがどういう店だったかはわかりませんが、彼女がここをどんなふうにしたかならお話しできます。ドアを入ってすぐに感じるのはノスタルジックな雰囲気です。いや、それより——ノスタルジアそのものです。レイズ・ダイナーは、五〇年代アメリカのイメージです。フォーマイカのカウンターに、赤いビニールの座席、それにトルコ石の色のアクセント。映画に出てくる感謝祭の食事のようなにおいがします。わたしは空腹だったのでミートローフを注文しました。レニーのいうとおり、うちの母親がつくるよりおいしかったです。

レイは数年まえに咽喉（いんこう）がんで亡くなりました。

ルビー・ロックウッド：名前をつけ直して〈ルビー&レイズ〉にしようとしていたの。新装開店祝いの大きなイベントをしようと思ってた。そんなときに、レイが病気になって。亡くなったあとには、店をべつの名で呼ぶことがふさわしくないように思えた。毎日のようにレイを恋しく思ってる。ソウルメイトだった。いまではこのダイナーで働いているときが一番レイの近くにいるように思える。あたしが召される番になるまで働くでしょうね。引退するつもりはないわ。

ウェスト・マクレイ：セイディについて、ファーフィールド警察と話はしていない、とルビーはいいます。

ルビー・ロックウッド：あたしの記憶力があてにならないっていうんでしょ――もし警察がここへ来て話をしたなら、忘れるはずがないのに。そう思ってから気がついた。ソールね。

ウェスト・マクレイ：ソールはルビーの義理の弟です。亡くなったレイ・ロックウッドの一番下の弟です。ソールは四十代になったばかり。禿げ頭で、両腕にカラフルなタトゥーを入れています。ルビーがいないときにはソールが店を監督します。わたしたちが探している少女についてファーフィールド警察が質問をしにやってきた日、ルビーは店にいませんでした。

ソール・ロックウッド：若い男だったと思う、ここに来た警官はね。この少女を見たことがないかといって、おれに写真を見せたんだ。とくに見覚えはなくて——

ルビー・ロックウッド：だけどあなたは人の顔を覚えないじゃない。

ソール・ロックウッド：それから、その警官は接客スタッフ何人かにも訊いて、スタッフ、い、い、にも写真を見せた。誰も見覚えがなかった。警官はおれのところに写真を置いていったよ、おれの記憶が正しければ。で、次のシフトの連中にも訊いてくれっていわれて……

ルビー・ロックウッド：あたしには訊かなかったじゃない。その女の子の写真を見せられた記憶がないんだけど。ソール、その写真を捨てちゃったんでしょう、ちがう？

ソール・ロックウッド：たぶんね。すくなくとも、どこにやったかは覚えてない。だってさ、そりゃそうだろ。行方不明の女だ？　このへんで？　駐車場で働いてる女の子たちを見てみなって！　みんな行方不明者だよ。おれたちにはやらなきゃならない仕事がある。大勢の人間がここを通過していく。その一人ひとりをみんな覚えてるなんて無理だよ。

ルビー・ロックウッド：ソールのいうとおり。常連客より通りすがりのお客さんのほうが多いのはほんとうよ。だけど一部の人とちがって、あたしは絶対に人の顔を忘れない。

ウエスト・マクレイ：それなら、ここに写真がありますので、この子を見たことがあるかどうか確認してください。

ルビー・ロックウッド：わかった、それをこっちにちょうだい――あら。

ウエスト・マクレイ：ルビーのいったことはほんとうでした。彼女は絶対に人の顔を忘れないのです。

セイディ

暗いなかにあってさえ、モンゴメリーは美しい。

それを憎む以外、あたしには選択の余地がない。まるで映画のセットが実生活に持ちこまれたかのようだ。ここの家々は豪華で、それぞれの通りにきちんと並び、どの家も趣味よく飾られ、整った景観の一部となっている。アメリカ国旗が無言の誇りとともに垂れさがっている。私道に並ぶ車はおそらく、見劣りのする家一軒とおなじくらいの値段だろう。メインストリートには、気取らないふうを装った、職人的美学を鼻にかけているような店がずらりと並び、これがわが町だ！　と声高に主張している。わが町特有であるか、オーガニックであるか、その両方か。クラフトビールの店。ヨガのスタジオ。大麻専門の薬局（ウィード・ディスペンサリー）。小麦若葉（ウィートグラス）のジュースを出す小さなカフェ。週末に公園でひらかれるアウトドア・コンサートのポスターがある。出演するのは聞いたこともない名前のバンドだ。ある通りは朝市に備えて屋台で埋め尽くされ、立入禁止になっている。秋学期を待つ人けのない高校を通り過ぎ、白い歯を見せて笑う何十人ものティーンエイジャーが――そのなかにはケンダル、ノア、キャリー、ハヴィもいる――そこのドアから流れでてくるところを思い描く。みんなスクールカラーの服を着ていることだろう。ほかに何を着るというのだ？　町の一方には、フリークライミング用の壁と、噴水と、すべり台と、ブランコを備えた公園があって、すべてがとても……新しい。

何かをほしがったりしないほうがいいとわかってはいたけれど、気持ちが弱ってその衝動に屈してしまったときにはいつでも、トレーラーが家に変わり、駐車区画は不快な近隣の住人の目にさらされることなく寝そべって日光浴ができるスペースのある裏庭に変わった。空(から)っぽの冷蔵庫はいっぱいになった。夏ならば、うだるように暑い部屋がどれも突然涼しくなり、冬ならば、何枚も重ねたブランケットの下で暖を取る必要もなくなった。コールド・クリークのメインストリートは数えきれないほどの店が並ぶ通りに変わり、そこではすべてが奇跡のような――〝ここにあるものすべてが買えてまだお金が余る〟――値段で売られるのだ。モンゴメリーはあたしの理解を超えている。ほしいなんて思いつきもしなかったものばかりが並んでいるからだ。それが憎い。ここに住む人々が憎い。メイ・ベスはいつも、そんなことはできないといっていた。自分より多くを手にしている人々を憎むことなどできないと。しかしメイ・ベスはまちがっている。憎むことはできるし、実際憎んでいる。憎しみは、あたし自身と切望とを隔てる——内臓を毒し、自分の中身を剝き出しにさせるような憧れを自分から切り離す——完璧な壁だ。

サイラス・ベイカーは丘の上の家に住んでいる。当然だ。マーリー本人から聞いたのでなければ、サイラスがマーリーの兄だとは信じなかっただろう。ある一人の人間からべつの人間につながる直線などない。見てわかろうとわかるまいと、本人たちの口から何がいわれようと。サイラスが妹よりキースを選んだのは妙なものだ。あたしならマティよりほかの誰かを選ぶなど考えられない。絶対に。マーリーは、キースのことをどれくらいサイラスに話したのだろう。いずれにせよ、ここにはマーリーのように貧困を示すものは何もない。ときどき、どんなに成功しても貧困が落とせない染みのように残る人がいるけれど、サイラス・ベイカーはそれをうまくこすり落とし、富で覆い隠していた。サイラスの家は大きな二階建てで、何もかもが現代風で、特大の窓がついていて、近づくことができればなかが見える。屋根は傾斜し、ソーラーパネルで覆われている。私道には小粋なブルーのベンツが停めてある。

あたしは車をゆっくり走らせて通り過ぎ、向こうから見えない程度には遠いけれど、私道と玄関がこちらのルームミラーに映る程度には近い場所に停車する。頭を窓にもたせかける。一時間近く経ったころ、巨大な赤のトラックが——ランニングボードに足を乗せるだけでも脚立が必要なたぐいの大型車が——反対の車線を駆け抜ける。トラックはベンツをかすめそうになりながらベイカー家の私道に停まる。しばらくして、ノアがよろよろと降りてくる。ノアはトラックをまわり、助手席側から妹を引っぱりだす。二人はあたしが置いて帰ったときよりもずっと酔っぱらっている。ハヴィもおなじくらいひどい状態なのだろうか。なのに愚かにも運転して帰ったのだろうか。二人はみっともなくよろめきながら玄関まで歩く。見ていて痛々しいほどだ。おまけに十分もかけて玄関の鍵を探している。二人がこんなことをしているあいだもずっと、あたしの妹は死んだままだ。

「あの子は死んだ」と小声でいう。なぜこれをあえて口にするのかはわからない。口に出していうことで、この言葉の真実味が唇のあいだを通り抜け、この世界で起きたほんとうの出来事として確認するのはつらいのに。

あの子は死んだ。これこそあたしがある男を殺す理由だ。

こういうことを自覚しながら生きている人がいったいどれくらいいるだろう？　だけどそんなことより、マティが隣にいてくれたらいいのにと思う。退屈そうに窓の外を眺める、微動だにしないその様子は、息を呑むほど完璧だろうと思う。あたしはきっとマティの髪をぐちゃぐちゃにするだろう。マティはそれをされるとすごく怒るから。マティは繊細な、糸のような髪が絡まるのをとてもいやがった。くしの歯を全部使って、聖母マリアへの祈りを十三回唱えるくらいの時間をかけないと元どおりまっすぐにならないからだ。マティはあたしの手を押しやり、あたしはマティの手首をつかんで、彼女が小さいことに——昔はもっとずっと小さかったことに——改めて驚くだろう。マティが幼児だったころ、彼女のちっちゃな拳を手のひらで包むようにして持つのが大好きだった。まるできのうのことのように感じられる。あのころと現在のあいだの時間はどこへ行ってしまったのだろう。十三年。長い時間だ。あたしはそれを生きてきた。

十三年だよ、マティ。

あたしは十三年のあいだ、あなたを生かしつづけた。

朝起こし、食事をつくり、スクールバスまで一緒に歩き、一日が終わるころにバス停で帰りを待ち、ただ生きていくだけのために骨身を削っていた。こんなふうに並べたててみると、自分がどうやってこれをこなしていたのかわからない。こういうこと全部の奥底のどこにあたしの体が見つかるのかわからない。だけどそんなことはどうだっていい。もし必要なら永遠に、何回でもおなじことをくり返してみせる。

マティを取り戻すのに、どうしてそれだけじゃ駄目なんだろう。

あの子が生まれたときのことを思いだす。母親はマティを抱っこしているときが一番マシに見えた。健康的とまではいえない——依存症者特有の衰えのようなものは変わらずあった——が、マティがいると、母親にも何かしらできることがあるように見えた。陣痛がはじまったとき、母親はあたしをメイ・ベスのところへ使いに出し、あたしは母親が赤ん坊を抱えて出てくるまでそこにいた。母親はすぐにマティをあたしに渡し、メイ・ベスの寝室に三時間こもった。〝休む〟必要があるから、といって。あたしはとてもうれしかった。姉になることにものすごく憧れていたのだ。説得されるまでもなかった。メイ・ベスは、あたしが邪魔ものを嫌うんじゃないかと心配していた。親の関心を突然分けあうことになるのを嫌う子供は大勢いるからだ。だけど持ってもいないものをマティに奪われることはなかった。そこには何かしらの約束があった。あたしには、自分がマティの全世界になれることがわかっていた。マティがあたしの全世界になることは確実だった。

あたしはただ、誰かにとって大切な人間になりたかった。

車の窓をあけ、ベイカーの家から目を離さないようにする。最初の動きは夜明けとともに起こる。何かが起こるだろうと予想していた朝の時間よりずっと早い。太陽は気配のみで、まだ空が青いわけでもなく、あたしはうとうとしかけ、よだれの滴（しずく）が顎を伝ってシャツの襟まで流れている。そんなときに、車のドアロックが解除されるかん高い音が聞こえてくる。ハッとして身を起こすと、目のまえのぼやけた光景がだんだんはっきりしてくる。

サイラス・ベイカーはネット上の写真で見るより存在感がある。マーリーとおなじブロンドだが、マーリーより健康で、明らかに、些細な物事に――ああ、たとえば家賃とか、食料品とか、何もないところで家庭を築かなきゃならないことなんかに――煩わされてはいない。大柄で肩幅が広い。きっとしっかりついているのであろう筋肉を、ビジネスカジュアルのコーディネートが隠している。なんとなく目を逸らしたくなるほど洗練されている。ケン人形みたいで、近くに寄って見ても顔にしわなんかないんじゃないかと思う。

サイラスは静かな通りを見まわしてからベンツに乗りこむ。ついていくかどうかは考えるまでもない。いったいいい、いったいなんなの？という最初の疑問から、ここで何が起ころうと謎は増えるばかりだからだ。手をキーへ持っていくが、そこであまりにも見え見えなのではないかと心配になる。まだ、気づかれたようには見えない。イグニションの上に指をさまよわせながら方法を考える。きょう、誰かのあとをつけることになるとは思わなかった。それに、いままで尾行などしたことはない。見たことならあるけれど――それは映画のなかの話だ。

ベンツは私道を出てしまい、もしついていきたいと思うならあたしも車を出すしかない。ダッシュボードの時計によれば七時十五分まえだ。二台で道を進むあいだ、手に汗をかく。サイラス・ベイカーが角を曲がり、メインストリートに出ると、多少道が混んできたので、すこし熱が引く。朝市のために売り子が到着しはじめている。あたしとサイラスのあいだに二台の車が入りこみ、さらに気が楽になる。ハイウェイに乗って町を出ようとするころには日は完全に昇り、隠れる場所もなかったけれど、自分がそんなに目立つようには感じなくなっている。そのまま七、八キロ運転したころ、サイラスが唐突にハイウェイを外れて未舗装の道路に入る。どこまで走ってもどこにもたどり着かないような道だ。あたしはその角で停まり、六十数えてからついていく。自分たちのあいだの隔たりのせいで見失うかもしれないと心配になり、アクセルを踏みこむが、これでは見つかってしまうのではないかと思ってすぐに足をゆるめる。

農地に囲まれた場所だ。道の両側にほったらかしの耕地が広がっている。世界が終わる場所。そんなふうに感じながら、何もない場所へ車を進める。サイラスがこんなところでいったい何をするつもりなのか見当もつかない。サイラスの車は左へ曲がり、視界から完全に消えてしまう。あたしもおなじように左折しかけるが、みぞおちのあたりに妙な感じがするので、急いで曲がったりせずにほんのすこしスピードを落とす。ベンツは脇道に停められていて、その道の先にあるのは——家だ。ちらりと見えた感じから、廃屋だとわかる。

サイラスはあたしが通り過ぎるのを待っているのだ。

まずい。

一キロ以上走ってようやく車を停められる場所を見つける。門のまえの小さな広場で、どこへつながるとも知れないその門には**立入禁止**の看板がかかっている。もしサイラス・ベイカーがこの道を通ればあたしの車が見えるはずだが、これは仕方のない賭けだ。イグニションからキーを抜き、それをポケットに押しこんで車を降りて、急いでドアをロックする。すでに暑くなりはじめていて、きょうもまた息が詰まるほど空気のむっとする一日になりそうだとわかる。深呼吸をしてから走りだす。サイラスが曲がった角までの一キロちょっとを走る。曲がり角に着くころには、シャツは汗でびっしょり濡れ、自分のにおいがわかる。シャワーを浴びる必要がある。ここ何日かずっとそうだったが、それはまたあとで考えればいい。家の脇に停められたベンツが見える小道に、こっそり近づく。サイラスはもう運転席にはいない。心臓が用心深く鼓動する。どういうことかわからない。家へは一本道だが、丈の高い草につまずき、その場にうずくまる。虫が顔や四肢のまわりを飛び、肌に着地して嚙みつく。草が脛(すね)をくすぐったり引っかいたりする。まえへ進みはじめ、あたしの喉とおなじくらい渇いているように思える地面の上で足を不器用に動かす。サイラスがたてる音を聞こうと耳を澄ますが、音はしない。

ゆっくり動き、永遠とも思える時間をかけて家のそばに出る。その家を形容するのに最適な言葉は〝朽ち果てた〟だ。築五十年以上のようだ。二階建てで、スクリーンドアの内側にポーチがあるのだが、そのポーチはいまにも崩れそうに見える。玄関のドアは錆びた蝶番でかろうじてくっついている程度で、一階の窓は大半が板に覆われている。ただ、一つだけ何もはまっていない窓があり、そこからなかがすっかり見える。二階の窓はすべて割れていて覆いもない。壁にはずっとまえに施されたらしき美しい落書きと醜悪な落書きがある。〝ジョーイはアンディを愛してる〟。裸の女が窓と窓のあいだに寝そべるように描かれている。蔦が土台の一番下からのぼりはじめて手の届くところまで描いてある。割れた舌を持つサタン。見張るような目がいくつか。〝キャリーはリアンヌが大嫌い〟〝ゲス野郎〟

割れた窓のところへ行ってなかを覗く。なかは外よりひどい。自然のなすがままになっている。床板の隙間から雑草が突きだし、べつの部屋へつながる戸口らしき場所からは大量のゴミが漏れでている。サイラスの姿は見えないけれど、もしいま玄関を通ってなかに入れば、ちょっと顔を向けるだけであたしがいるのは丸見えだ。

耳を澄ます。何も聞こえない。窓のそばを離れ、身を隠すのに最適な場所を探す。階上のほうへ首を伸ばし、自分からサイラスが見えないからといって、向こうにあたしが見えないとはかぎらないと気づく。まずい。おなじ場所に長くいるべきではない。

ゆっくり家の横へまわり、もうすこしというところで玄関ドアのひらく音が聞こえる。

あたしは自分を、自分の身の安全を見失い、家の角へと身を投げる。玄関ドアがバタンとしまるのと同時に、体が家の角にぶつかる。ささくれだった木材が肩に刺さるのを感じ、唇を噛む。サイラスがそこにいる。そこにいるのはわかっている。つづく沈黙の重さで、サイラスが気づいたことがわかる。しばらくして——

「誰かいるのか？」

サイラスの声は深く、冷静な命令を発することに慣れているような声だ。あたしは両方の手のひらを地面に押しつけたまま待つ。サイラスの足音が空っぽの大気のなかに響き——一歩、二歩、三歩——あたしは自分がどれほど孤立しているかに気がつく。もしサイラス・ベイカーに見つかったら、彼があたしに悲鳴をあげさせても、それを聞く者はあたしたち二人しかいない。

マティも、あの林檎園で悲鳴をあげていた。

雑草のあいだをかすかな風が流れる。海の音みたいだ。目をとじれば、自分が海にいる姿が見えるだろう。しかし目をとじるつもりはない。

「誰だ？」サイラスはまた尋ねる。さっきより小さな声で。

風が——ぱたりとやむ。

すべてが静止している。

また足音がする。サイラスの靴がやわらかく地面を踏む音が……ベンツのある場所へ向かう。エンジン音が聞こえてからやっと息を吐きだし、どこへなりとサイラスが行ってしまったことを確信できたあともしばらくは動かない。その後ゆっくり立ちあがると、痺れた関節に血液が流れこむ。長いあいだ家の壁にもたれてから、ようやく家と向きあった。

あなたはここで何をしていたの、サイラス？

家の正面にまわり、用心しながらポーチにあがって、一番腐っていそうに見えるところをよけて歩く。ドアハンドルを握るまえに一瞬ためらう。サイラスの体温がまだ残っているんじゃないかと想像する。そんなはずはないとわかっているのに。ドアを引いてあけ、家に入る。うしろでガタンとドアがしまるとビクリとする。拳を胸に当て、自分をおちつかせようとする。

一階には、あたしが外から覗くときに使った割れた窓一つを通してほんのすこしの日光がなんとか差しこんでくる程度だ。家はカビくさく、埃っぽく、朽ちたもののにおいがする。たてつづけに八回くしゃみが出て目に涙がたまり、まわりが見えなくなる。目をぬぐい、暗がりを見透かして、部屋から部屋へとまわりはじめる。ゴミや瓦礫をよけながら歩く。なんだかわかるものもあるが、大半はわからない。あたしは緊張している。自分がたてている物音が大きすぎるような気がして、サイラスが戻ってくるんじゃないかと何度も肩越しにふり返る。だが、サイラスはいない。

いまのところは。

コーラの缶を見つける。デザインから判断するに、八〇年代からここにあるんじゃないかと思える代物だ。そこまで昔じゃなくても、すくなくともあたしが生まれるよりまえのものだ。幻影のようなキッチンとダイニングとリビングをゆっくりと抜け、気がつくと、二階へつづくほぼ無傷の階段のまえにいる。日光がてっぺんの割れた窓から注ぎ、古い木の手すりに埃が積もっているところに——その埃に手のひらの跡が残っているところに——スポットライトを当てる。

こっち、こっちだという囁きが聞こえる。

なかほどまで昇ると階段が崩れていて、越えるのにかなり用心しなければならない隙間がある。サイラスくらい身長のある——百八十センチは超えているように見えた——男性なら容易なのだろう。右脚を隙間の向こうへ伸ばし、手すりにつかまって体をぐいっと引きあげ、残っている一番近くの段に足を乗せる。階段は怖いくらい前後に揺れ、小さな努力が思ったより負担になって震えと吐き気を覚える。すぐにもきちんとした食事をとったほうがいい。飢えがどういうものかは知っているし、たいていの人よりはそれにうまく対処できるけれど、資金が底をつきかけている。自分が使い物にならない状態には慣れていない。

階段がたてる不安になるような騒音を聞きながら、重い足取りで最後まで昇り、ようやく二階の床に両足がつく。外から見るよりずっと狭く、階下よりほんのすこしきれいだ。階段が崩れているので、荒らしに入ってくる人々も階上まで昇る気にならないのだろう。

あたりを見まわす。サイラスはここからどこへ行ったのだろう。手のひらの跡のような手がかりはない。寝室の一つに真鍮（しんちゅう）のベッドフレームとカビの生えたシーツ、それに壊れた家具の残骸がある。もう一つの寝室は空（から）っぽのようだが、壁に小さな森の絵がかかっている。どういうわけか、ここで何年も生き残ってきたようだ。バスルームでは、シンクは壁からもぎ取られ、壊れた薬品棚の鏡が粉々に砕けて床じゅうに散っている。染みがついてひび割れた磁器のバスタブには足がついておらず、なかに壊れた便器が入っている。床は何年にもわたって水によるダメージを受けてきたように見える。踏むのが怖い。汗をかいた額をこする。ここは暑く、息苦しい。シャツの襟をぐっと引く。

いったいなぜ、サイラス・ベイカーのような人間がこんなところに来るのか？

絵だ。

空（から）っぽの寝室に戻り、絵の正面に立つ。油絵で、署名はなく、なんだか場ちがいに見える。あまりにも……わざとらしい。指をキャンバスのでこぼこした表面に押しつけ、次いで汚れのない額縁に沿って這わせる。

埃さえついていない。

絵の隅をつかんで外し、床におろす。絵のうしろには壁をくり抜いた完璧な穴があり、穴のなかには南京錠のついた小さな金属製の箱がある。なかへ手を伸ばし、持ちあげて驚く。ひどく軽い。振ってみるとカサカサと鳴る音が耳につき、紙幣のように思える。それだけのことなのだろうか？

サイラス・ベイカーが現金を隠している……なんのために？

それが問題だろうか？

このお金はもらっておくことにする。お金はいつだって必要だ。

箱を手にして家を出る。階段の隙間を危なっかしいジャンプで跳びこえ、外へ向かう。ひとたび外に出ると、錠を壊すための石を探す。充分な力をかければなんだって壊れる。ようやく使えそうな、灰色で、ギザギザで、ある程度の重さのある石を見つけると、それを握りしめて箱をバシッと打つ。石は錠に当たり、つづいて地面に当たる。衝撃で拳が擦りむけ、目に涙が浮かぶ。拳を胸につけて押さえ、大声で泣かないように必死でこらえる。

それからもう一度打つ。

もう一度。

もう一度。

日がぐんぐん高くなる。胃がでんぐり返り、暑さで気分が悪くなる。頭に霞がかかったようになる。一度は乾いたシャツがまた汗でぐっしょり濡れる。錠は壊れないが、錠を支えていた蝶番が壊れる。それが壊れ、引きはがされても、あたしは気づかず、また金属の箱を打つ。箱は横向きにひっくり返り、あたりに中身が散らばる。

ザ・ガールズ　エピソード3

アナウンサー：ザ・ガールズは、マクミラン・パブリッシャーズの提供でお送りします。

ルビー・ロックウッド：ええ、この子なら見た。だけどブロンドだった。

ウェスト・マクレイ（電話）：それで……実際のところ、セイディに狙いを定めるのがいいと思います。具体的にどこへつながるかはわかりませんが――まあ、最初よりはいいでしょう。

ダニー・ギルクライスト（電話）：あまりうれしそうじゃないね。

ウェスト・マクレイ（電話）：セイディを見つけても、「放っといてほしい」といわれるだけかもしれない。それはわかっていますよね？

（ザ・ガールズのテーマ曲）

ウエスト・マクレイ（ダイナーにいる）：この写真とは髪の色がちがったってことですか？　ブルネットじゃなくてブロンドだった？

ルビー・ロックウッド：ええ、見た感じ、自分で脱色したみたいだった。それにガリガリに痩せてた、肉なんてかけらもついてないみたいに。しゃべり方もおかしかった。それがほかの何より際立ってた。吃音があったの。

ソール・ロックウッド：ああ！　そうか……やっと思いだしたよ。あの子は……コーヒーを注文した。おれは家出少女だと思ったんだ。何か腹の立つようなことをいわれたんじゃなかったっけ、ルー？

ウエスト・マクレイ：じゃあ、彼女と話をしたんですか？

ルビー・ロックウッド：あの子のほうがあたしに話しかけてきたのよ。ただの通りすがりじゃなかった。あの子は人を探していたの。だからわざわざあたしに訊いた。

ウェスト・マクレイ：誰を探していたんです？

ルビー・ロックウッド：父親。

ウェスト・マクレイ：え？

ルビー・ロックウッド：父親を探してるっていってた。その男の写真や何かを持っていたわ。男の名前を知っていたし、数年前にここの常連だったのを知っていた。その男と連絡を取りたがっていて、なんでもいいからあたしが話せることを知りたがってた。

ウェスト・マクレイ：何を話したんですか？

ルビー・ロックウッド：見たことのない男だといった。だけどかなり必死に見えたから、かわいそうに思って携帯電話の番号を訊いたのよ。見かけたら電話するからってといって。

ウェスト・マクレイ：その番号はまだ取ってありますか？

ルビー・ロックウッド：ちょっと、先に聞いてよ――あの子は電話はないっていってたの。それが二番めにおかしなことだった。だって近ごろじゃどんな子供だって、どんなおばあちゃんだって携帯電話くらい持ってるでしょ？　あたしは持ってる――九十歳になるあたしの母親だって持ってる。結局ここのメニューを渡したのよ。彼が現れたかどうか、確めたければ電話をくれればいいっていって。

ウェスト・マクレイ：ちょっと待って――それが二番めにおかしなことだっていいましたよね。最初におかしいと思ったのは？

ルビー・ロックウッド：あの子が訊いてきた男を知っていたんだけど、彼に子供はいないのよ。

ウェスト・マクレイ（スタジオ）：男の名前はダレン・M。本人が見つかるまで、姓は伏せておきます。その名前をネットで調べると何人もヒットしましたが、連絡を取ったダレンはみんな、わたしが探している人物とはちがいました。

ウェスト・マクレイ（ルビーに）：じゃあ、その男を知っていたんですね。

ルビー・ロックウッド：もちろん。実際、これから何年か通わせてもらうっていってたわ。通りかかったときに、アップルパイを食べようとして寄ったんでしょうね——だけどワグナーに住んでいると聞くまでは、常連になるとは思わなかった。町に住んでる女と何カ月か同棲していて、毎日一人でランチを食べに来た。いい人だった。人付き合いを避けているようなところがあって。トラブルを起こしたりはしなかった。

ウェスト・マクレイ：その男が一緒に住んでいたという女性の名前はわかりますか？

ルビー・ロックウッド：マーリー・シンガー。

ウェスト・マクレイ：いまでもダレンと連絡を取っているんですか？

ルビー・ロックウッド：いいえ。マーリーと別れたあと、来なくなったから。ときどき見かけることさえなくなった。昔は電話番号を知っていたんだけど。当時はレイがまだ生きていて、死へ向かっているところだった。ダレンは、レイが亡くなったら教えてほしいといっていたの。亡くなったときには、すごくきれいなお花を贈ってくれた。白いバラとカスミソウ。とても思いやりがあると思った。だけどもう電話番号はわからない。

ウェスト・マクレイ：もしよければ探してみてもらえませんか？　見つかったら教えてもらいたいんです。彼を見つけることができれば、ほんとうに助かります。

ルビー・ロックウッド：見つからないと思う。それに、ダレンには子供はいないのよ。

ウェスト・マクレイ：ずいぶん確信があるようですが、その男性がここに住んでいたのが短いあいだだけだったなら、あなたに知る機会のなかった物事はたくさんあると考えるのがフェアではないでしょうか。

ルビー・ロックウッド：確信があるのは、訊いてみたからよ。あの人はいまあなたがいる席に座って、なんてことない話をしてた。子供はいるのって訊いたら、いないといってい た。もしいるとしたって、だからなんなの？　あたしに嘘をついてあの人に何か得をすることがあるの？　何もないじゃない。

ウエスト・マクレイ：セイディには、あなたに嘘をついて何か得をすることがあるんですか？

ルビー・ロックウッド：（笑）ちょっとちょっと。父親っていってる相手を締めあげようとする女はあの子が初めてだとでも思ってるの？　もう一ついっておくけど、あの子はひどく無礼だったわ。

ウエスト・マクレイ：どんなふうに？

ルビー・ロックウッド：ダレンを見たことがないっていったら、あたしのことを嘘つき呼ばわりしたのよ。よく聞いて――いわせてもらえば、あの子は何か詐欺のようなことを働こうとしてるように見えた。それをあたしに見抜かれたのが気に入らなかったんでしょうよ。

ウェスト・マクレイ（スタジオ）：ルビーとの話を終えて、ダレンのことをインターネットで調べるまえに、わたしはマーリー・シンガーに連絡を取ろうとしましたが、彼女は電話に出ませんでした。次にメイ・ベスに電話をかけました。わたしからの知らせに、メイ・ベスは呆然としていました。

メイ・ベス・フォスター（電話）：まさか。ちがう、それはありえない。セイディは自分の父親が誰か知らなかった。どうだっていいって、いつもいっていた。

ウェスト・マクレイ（電話）：確かに、その男性の姓はハンターではありません。もしセイディがいっていたのがこの人のことだとしても。

メイ・ベス・フォスター（電話）：ダレン……

その名前は一度も聞いたことがない。（間）だけどそれはなんの意味もないことね。クレアのところには大勢の男が出入りしていたから。アイリーンが亡くなるまえも、亡くなったあとも……。まさか。あの子はほんとうに父親を探しているの？　その人はそういっていたの？

ウェスト・マクレイ（ダイナーで、ルビーに）：ダイナーにいたほかの人がセイディと接触した可能性はありますか？

ルビー・ロックウッド：ソールとあたし以外の人のことはわからない。あの子がここにいたのは……ほんの一時間足らずだったから。

ウェスト・マクレイ：セイディの写真を置いていったら、掲示しておいてもらえますか？お客さんに訊いてみたりとか？

ルビー・ロックウッド：もちろん。

ウェスト・マクレイ（スタジオ）：翌日、キャディ・シンクレアという男性から電話がありました。

セイディ

そのカフェは〈リリーズ〉という名前だ。

すばやくドアを入り、レジのそばのばかばかしいほど長い行列を通り過ぎて、食べ物のにおいとコーヒーのにおいを吸いこまないようにしながら店内を進む。何かを食べたいと感じることとなんて二度とないような気がする。一方で、すぐに何かを食べなければ動けなくなりそうな気もする。体が震え、ゆらゆらと揺れて、ひどく寒い。店内は暑いのに歯がカチカチ鳴っている。どうしたらこれを止められるのかわからない。止める必要がある。

お手洗いに入り、シンクで体を洗おうとして、自動的に水が出たり止まったりするセンサーに苛立つ。ただ、きれいに洗いたいだけなのに。安っぽい花の香りの石鹸とざらざらのペーパータオルを使って、かすかに立っただけの泡を震える手で腕と脚にこすりつける。あの家でついた泥は落ち、気がついていなかった無数の小さな脛の傷だけが残る。草のあいだを歩いていてついたものだ。手をシャツのなかへ入れて上へすべらせ、胸の下の汗を落とす。髪はあと一日のうちに洗う方法を探せば大丈夫だろう。まとめてひねり、固く丸めて留める。シンクのうえに身を乗りだして、大丈夫、大丈夫と囁きながら嗚咽(おえつ)を漏らす。指に触れる磁器が冷たくなってくるまで。

〝兄はダレンの面倒を見るみたいに、とくに念を入れて親切に接するようになった〟。くそったれマーリー。兄はダレンの面倒を――

くそったれマーリー。サイラスは感じとったのだ、きっと。キースの皮の下におなじ病んだ魂が潜んでいることを。キースがおなじ魂を持つ人間であることを。サイラスは、ただキースより隠すのがうまかっただけだ。だがマーリーは知っていたはずだ、絶対に。

〝もう兄とは連絡を取っていないの〟。経済的に援助してもらえるかもしれない唯一の人間との関係を絶つのに、ほかにどんな理由がある？　拳でシンクを強打する。殴れるものがほかにないからだ。マーリーは。知っていた。

そしていまではあたしも知っている。

手で口をこする。目は大きく見ひらかれ、荒れくるい、奥まで見通せない。映るものが見えるだけだ。

彼を殺すのか？

あたしはサイラス・ベイカーを殺すのだろうか？

キースの飛び出しナイフは、母親がキースを追いだした夜に盗んだ。

あの夜は多くの点で予定外の終わり方をしたのだが、あたしはいまの半分の歳の気ままな少女だったころでさえキースを殺せると思っていた。いや、もしかしたら殺そうとは思っていなかったかもしれない。そこまで決定的な、取り返しのつかないことを思い描くには幼すぎたかもしれない。だが、ひどい怪我をさせてやりたいとは思っていた。キースがあたしを——あたしにとって必要なかたちで——恐れるように。

いま、あたしを恐れるべきなのとおなじように。

キースはナイフを母親の寝室のナイトテーブルの上に置いていた。聖書の横に。一度、一緒に住むようになってから数週間経ったころ、あたしを寝室に呼び入れて膝の上に座らせ、そのナイフを見せた。〝セイディ、これを見るんだ〟。キースはそういって、それがナイフだとあたしが気づきもしないうちに、ハンドルから刃をさっと出してみせた。そして、〝これが先端部だ〟といいながらナイフの先を指差した。〝これには絶対に手を出すなよ、わかったか?〟

手をポケットにもぐりこませ、指先で輪郭をたどって、手がいまよりずっと小さかったときに、これを握ったところがどんなふうに見えたか思いだす。ずいぶんちぐはぐだった。

ところがキャディに突きつけたときには、あまりにしっくりきたので驚いた。

見つけたものをそのままにして、この町を通り過ぎることはできない。

指を額に押しつける。

これを止めなければ。

だけど、キースは。

でも待って。

女性が一人入ってくる。あたしは彼女のほうをふり向く。頭をものすごく速く働かせる。女性は中年で黒い肌をしている。とてもやさしく、大丈夫かと尋ねてくる。あたしは平気だと答え、電話を貸してもらえないか尋ねる。その質問は、ふだんよりも壊れたかたちで口から出てくる。いろいろな要因によるストレスで吃音が悪化している。「もちろん、どうぞ」と彼女はこのうえなく穏やかな声でいい、その声にまつわる何かがさらにあたしを破壊する。こんな世界にもやさしさが存在することへの安堵のせいなのか、あるいはこんな世界にはもったいないやさしさが存在することへのうしろめたさのせいなのか、よくわからない。あたしはハヴィに電話をかける。ハヴィは三回めの呼び出し音で電話に出て、ああ、寝起きの声でしゃべる。この店に来てほしいと伝えると、ハヴィは興奮して早口で、ああ、わかった、すぐに行くからそこにいてという。電話を返すと、女性はあたしに向かって微笑む。

カフェのフロアへ戻り、ドアロで待ちながら爪をいじっていると、血が出てしまう。ハヴィは八分後に現れ、必死で何気ないふうを装うが、胸が上下している様子から、ここまで走ってきたにちがいないとわかる。肌にはかすかに具合の悪そうな陰りがあり、汗にはかすかに酒のにおいがする。昨夜の名残りだ。

いまのあたしには昨夜が大昔に思える。

「やあ」とハヴィはいう。あたしはどうしても笑みを返すことができない。ハヴィはそれに気づかない。ハヴィは背中を反らし、視線をレジのあたりにさまよわせてから、パチンと両手を合わせる。次の言葉は緊張したように大急ぎで出てくる。「ノアの家へ向かうにはまだちょっと早い。二人が起きるまでもうすこし時間をあげてもいいかな？　ぼくも朝食すらまだだし。おなかは減ってる？　何か食べよう。おごるよ。何がいい？」

何も食べたくない。

でも、食べなきゃならない。

これがふつうの状況だったら、あたしは食べるものを慎重に選ぼうとしただろうか。小食なふりをしたり、あるいは、もっといいのは食欲などないように見せることだと思ったりしたのだろうか。あたしはハヴィに、プロテインミールセットを食べながら一番カロリーの高いスムージーの特大サイズを飲みたいという。ハヴィは驚いた顔をするが、すぐに立ちなおって注文しにいく。ほどなく二人で食べ物を持って、あたしの希望でできるかぎり喧騒から距離をおいて、カフェの奥の隅のテーブル席に体を押しこむ。ハヴィはあたしの食欲に合わせるようにして自分の食事を注文したけれど、食べるのを見ているとそこまでおなかは空いていないらしい。素面のいま、きのうよりさらに内気で自信がなさそうに見える。

あたしは自分の食べ物を睨む。食べることを考えただけで胃がでんぐり返るが、食べなければならない。

次の行動を起こしたいなら、食べなければならない。

一瞬目をとじてから、林檎を一切れ口にすべりこませ、ペースト状になるまでよく嚙んでから気づく。味がしない。舌に何も感じない。パニックが起こりそうになるのを無視してもう一口林檎をかじり、おかしなことはすべて無視して、甘く新鮮なぱりぱりの食べ物に到達しようとする。

苦痛の一瞬のあと、味蕾に味が染みてくるが、そうなると今度は甘すぎる。

そういえば、林檎を好きだったことは一度もなかった。

メイ・ベスがいうには、まだ小さくてひとりっ子だったころ、あたしはいつも飢えているといっていいくらいおなかを空かしていて、食べ物を求めて手を伸ばしたけれど、そのときでさえ好き嫌いが激しかったらしい。メイ・ベスの話では、あたしに理解できたのは砂糖と油のおいしさだけで、骨を成長させるような良質なものを食べさせようとすると目が腫れてふさがるほど泣いたそうだ。そういうときには、メイ・ベスはあたしを騙した。林檎のかけらをあたしの舌に置き、それをキャンディだといった。あたしがその嘘を見破り、血が出るほどメイ・ベスの手に嚙みつくまでに、そう長くはかからなかった。しかしその後マティがやってきて、メイ・ベスにこういわれた。あんたがいいお手本を示さないと、この子はあんたよりも好き嫌いが激しくなるよ、小さな妹が食べられるものがなくて苦しむところを見たいの？

あたしにとってそれ以上にいやなことはなかった。

「訊いてもいいかな？」

チーズを一切れ舌の上に置くと、それがいつまでも口のなかに残る。無理やり呑みこむためにスムージーを大量に飲まなければならない。

「も、もちろん」

ハヴィはまえに身を乗りだす。ハヴィの目があたしの顔を探る。

「リラ、何かあった？」

「こ、これを食べさせて」あたしはハヴィにいう。「ま、まず食事を、お、終わらせたい」

ハヴィがきまり悪そうに、それでも辛抱強くそこに座っているあいだ、あたしはハヴィが買ってくれた朝食に取り組む。それはおぞましくもばかばかしい自己保存の行為だ。口に食べ物を入れ、呑みこめと意識してみずからに指図する。そうしないと、食べ物がずっと口のなかに居座りつづけるからだ。こんなことを、次の瞬間まで生きつづけるだけのためにやる。ハヴィはあたしに向かって小さく微笑み、あたしには昨夜、ハヴィがバーの騒音のなかで発した声がまた聞こえている。〝二人のお父さんはぼくのティーボールのコーチだったんだ〟

ときどき、自分をつくっているのはマティの不在なんじゃないか、つまりあたしの中身は完全に空(から)っぽなんじゃないかと思う。そんな考えをなんとか鎮め、耐えることができているのは、ひとえに動いているからだ。マティが殺されたこととのあいだに距離を置き、キースの命を奪うという誓いへ向けて自分を押しやっているからだ。それでも胸は痛む。ずっと痛いままだ。ほかには、重みを感じるだけのときもある。すべての重み、セイディとして生きてきたすべての瞬間の重み、セイディとしてなしたすべての選択の重み、もしかしたらひどいまちがいの結果いまここにいるのかもしれないという事実の重み。いま。

こんなふうに。たった一人で。

スムージーを半分まで飲みくだしたところで、とうとう胃がもう無理と音をあげ、あたしはテーブルの端をつかんで、体が起こそうとするごくふつうの自動的な拒絶反応に抗う。こんなふうになったのはマティが死んだとき以来だ。

「リラ」ハヴィがテーブルの向こうから手を伸ばし、あたしの腕に触れる。「どうしたの？」

ザ・ガールズ　シーズン1、エピソード3

ウエスト・マクレイ：キャディ・シンクレアは長身痩軀（そうく）の白人男性で三十代なかば、ワグナーで兄弟とアパートメントをシェアしています。たいていの日はウィトラーズ・トラック・ストップの屋外でぶらつくか、あるいは——手持ちに余裕があるときは——ルビーの名物料理を食べて過ごします。地元ではちょっとした伝説的人物です。誰もがキャディの名前を知っていて、本人によれば、それが問題なのだそうです。

キャディ・シンクレア：放っておいてもらいたいんだよ。

ウエスト・マクレイ：それならなおさら、連絡をくれたことに感謝します。

キャディ・シンクレア：いや、まあ、あんたのために一肌脱ごうってわけでもない。もしこの女が見つかったら、知りたいんだよ。

ウェスト・マクレイ（スタジオ）：キャディは興味深い矛盾を抱えています。放っておいてもらいたいというようになるまえは――グーグルで名前をさっと検索してみると――次のエミネムになることを熱望していた十代の若者だったことがわかります。musiccamp.comに移動して、〈シック・キャディ〉というユーザー名を検索すると、キャディが友人宅の地下室で録音した六曲が試聴できます。もしみなさんが、わたしたちの公式サイトからのストリーミングでこれを聴いているなら、このエピソードのページにプレイヤーが埋めこんであります。けれども、みなさんにお願いがあります。お試しになるまえに、内容に関する警告を必ず読んでください。

キャディ・シンクレア：あれはまたちがうんだよ……ばかだったころの話だ。そのことを話すつもりはない。ガキってのはみんな、自分にはすごいものがつくれると思ってるんだよ。どんなクズでもな。で、しばらくすると、何者でもない状態のほうがマシだって知るんだ。（咳）それで、この女のことが知りたいんだろう？　行方不明だって？

ウェスト・マクレイ：そう、行方不明なんです。わたしは家族が彼女を見つける手伝いをしているんです。

キャディ・シンクレア：おそらく死んでるな。

ウェスト・マクレイ：何か知っているんですか？

キャディ・シンクレア：いいや。煙草を吸ってもいいかな？（間。ライターをつける音）おれが最後に見たときには生きてたよ。だが、おれが会ったときとおなじくらい正気をなくしていて、おれに向かってきたのとおなじようにまちがった相手に向かっていくなら……まあ、この世界ではもっとずっとくだらないことで命を落とすやつもいる。

ウェスト・マクレイ：ちょっと待ってください。電話で話をしたときには、セイディはダレンの情報を求めてあなたのところへ来たといっていましたよね。わたしが知るかぎり、セイディがワグナーを訪れたのは初めてのはずですが、あなたと話をしたほうがいいとどうしてわかったんでしょうか？

キャディ・シンクレア：店のなかの誰かがおれのことを教えたんだろ。知らねえけど。だが、そこは重要じゃない。誰だって教えられたはずだ、おれはこのあたりじゃ頼りにされてるからな。何かほしいものがあると――つまり、何かほしい情報があると、みんなおれのところへ来る。このあたりで何が起こってるか、いつだってわかってるから。なぜかって、ただ……自然とわかるんだよ。

ウェスト・マクレイ：ダレンを知っていましたか？

キャディ・シンクレア：友達ってわけじゃなかったが、ダイナーで会えば話くらいはした。ルビーのほうがよく知ってる。おれはあいつに娘がいるのは知らなかった。

ウェスト・マクレイ：セイディはそう名乗ったんですね――ダレンの娘だと。

キャディ・シンクレア：ああ、写真を見せられてな。確かにダレンだったよ。

ウェスト・マクレイ：ダレンの写真を持っていたりしませんか？
キャディ・シンクレア：いや、だがどんな見かけか話すことならできる。白人で、背が高くて、肩幅が広い。髪は黒。ふつうの男だ。とくに目立つところはない。
ウェスト・マクレイ：その後、何があったか教えてください。
キャディ・シンクレア：あの女はおれにナイフを突きつけた。
ウェスト・マクレイ：ほんとうに？　そんなことを？
キャディ・シンクレア：ああ。ダレンについて知っていることを全部話せ、さもないと、ってな。
ウェスト・マクレイ：話したんですか？

キャディ・シンクレア：おれは生きてるように見えるだろ？

ウェスト・マクレイ：セイディに何を話したんですか？

キャディ・シンクレア：ほんとうのことを話したよ。ダレンについて知ってたことをほとんど話した。数年まえ、マーリー・シンガーと一緒に暮らしていたから、おそらくマーリーのほうがおれよりよく知っているだろうって。マーリーがワグナーに住んでいることも話した。そうしたらあのガキはすぐに消えたよ。とても正気には見えなかった。もし見つけたら知らせてくれ。このことは記録に残しておきたいんだよ、あのクソ女を暴行で訴えてやるつもりなんだ。飛び出しナイフも違法だしな。

ウェスト・マクレイ：どうもありがとうございました。

ウェスト・マクレイ（電話）：メイ・ベス、セイディは暴力的でしたか？

メイ・ベス・フォスター（電話）：いいえ。まさか！　それはない。つまり……暴力を振るうことはできたかもしれないけど、それはふつうに考えられるようなかたちじゃなかった。暴力的だったわけじゃない。そういう質(たち)じゃなかった。いってる意味がわかるかしら。

ウェスト・マクレイ（電話）：キャディは、セイディが飛び出しナイフを持っていたといっていました。それを突きつけられた、と。所持品のなかに飛び出しナイフはありませんでしたね。

メイ・ベス・フォスター（電話）：だったらその男が嘘をついているのよ。セイディは——あの子は……所持品のなかにないなら、男は嘘をついている。

ウェスト・マクレイ（電話）：あるいは、セイディがまだ持っているか。

ウェスト・マクレイ（スタジオ）：まだ持っていようと持っていまいと、ほんとうに問うべきは、なぜセイディがそれを必要としていたか、ではないでしょうか。

セイディ

あたしはまたサイラス・ベイカーの家の外にいる。

ベンツのうしろに車を停めると、冷たい汗が不意にうなじを流れる。これがあるということは、サイラスは家にいるにちがいない。リリーズでとった食事が胃のなかで不安定にぐるぐるまわる。車を降り、キーをポケットに入れて玄関へ向かっていると、笑い声が――ケンダルとノアのようだ――家の裏から聞こえてくる。あたしはゆっくりと家をまわり、裏庭にたどり着いて、二人がプールのそばでぶらぶらしているのを見つける。

ベイカー家の地所は、プライベートな裏側も、パブリックな正面と変わらず印象的だ。プールは埋めこみ式で、長く、幅も広く、深く、飛びこみ台もついている。デッキチェアが四つあり、洒落た金属製のテーブルをはさんで二つずつ向かい合わせに置いてある。

裏庭は青々としている。エメラルドのような草が育ちのいい野菜とともに生え、その向かいは花壇で占められている。マツ材のデッキが家に入るためのガラスのスライディングドアまでつづく。ノアは浮き輪に乗って水の上を漂っている。ケンダルはちっちゃな赤のビキニを身に着け、モノグラムの入ったやわらかいタオルを敷いて、まばゆいばかりの姿で日光浴をしている。まわりじゅうの何もかもがここにあることを祝福されているかに見える。あたしはその贅沢さを、いま見えているすべてときょう見てきたすべての対比を、脳内で処理しようとする。到達することのできる唯一の結論は、これは現実じゃない……

「ハヴィはどこだい？」あたしのほうへ頭を傾けながら、ノアが尋ねる。

「わ、わからない」あたしは肩をすくめる。「こ、ここで、あ、会おうって、いってた」

「ふーん」ノアはおなかの上に置いてあった電話をつかみ、親指を動かしてメッセージを打つ。一分待ってからいう。「返事がない。たぶん、こっちへ向かっているんだろう」

「それ、きのうも着てなかった？」ケンダルがあたしに尋ねる。ノアが笑う。

「き、きのうの夜、家に、か、帰らなかったから」

ケンダルは肘をついてすこし身を持ちあげ、その動きのせいで見事な胸がまえへ押しだされる。あたしを怖気づかせようとしているらしい。「なんで？」

「家に、い、いるのが、つ、つらいから」

「まあ、午前中ずっとこんなふうにしていてもかまわないならいいんだけど」ノアはいう。

「われわれは出かけられないんだ。きのうの夜、帰宅したときに誰かさんが」――ノアは

責めるように妹を指差しながらつづける――「素面のふりをする程度の良識も持ちあわせ

なかったものだから。一カ月の外出禁止を食らった」

あたしはふり返っていう。「ひどい、ば、罰ね」

ノアは笑みを浮かべる。「リラ、きみのことはまだよくわかっていないけど、すこしばかり皮肉がこもっているように聞こえたよ」

「ほんの、す、すこしね」あたしはいい返す。「ご、ご両親は、ど、どこ？」

あたしは家を見あげる。ひょっとすると窓からサイラス・ベイカーの顔が見えるのではないか、サイラスはこのプールサイドの一場面を見おろしているのではないかと思いながら。サイラス、い、い、いい、どこにいるの……？

「父さんは例の花屋に行ったみたい」ケンダルがそう告げる。

「なんだよ」ノアは一方の眉をあげる。「またかよ？」

ケンダルは気怠げに体を伸ばす。両腕は頭の上まで伸び、爪先は遠くを指差す。「母さんが物音を聞いたって。父さんが夜明けに起きだしてオフィスに行くのが聞こえたんだって。それにきのうの夜はティーボールから帰ってくるのがものすごく遅かったっていってた。父さんは週末ずっと家にいる、仕事はしないって約束したのに、嘘だったたってわけ。日曜夜ので、母さんは怒っちゃって、ジーンと一緒に出かけてるうえに電話にも出ない。

食卓はとっても素敵なものになりそう」

「ケ、ケンダル」あたしは突然話しかける。「水着を、か、貸してくれない？」

「サイズが合わないいんじゃない」ケンダルは自分の胸に目を向けてうなずく。

「おいおい」ノアがいう。ノアにも自分なりの限界があるのだろう。「タンクトップとか短パンとか、何かしら貸せるものくらいあるだろ」ノアは水を蹴り、浮き輪をプールの端へ押しやって水から上がる。「おれはもう一回ハヴィに連絡してみる。返事を寄こさないなんてあいつらしくない」

「お好きにどうぞ」ケンダルはいう。それからうめき声を出し、世界中で一番やりたくないことをやろうとしているかのように立ちあがる。その様子にあたしは思わずカッとして、これよりはるかに悪いことがあるのをいますぐ突きつけてやりたくなる。

ケンダルは父親がモンスターであることを知らない。

「来て」ケンダルがつぶやくようにいい、あたしは彼女について家のなかに入る。「ノアのトランクスと古いシャツでも借りたらいいわ……」

「じ、自分のものは、か、貸したくないってわけ」

「怒らないでほしいんだけど、あんたはシャワーを浴びたほうがいいみたい」

「お、怒らないで、ほ、ほしいんだけど、あんたは意地悪女みたい」

ケンダルは足を止め、こちらをふり向いて素敵な笑みを浮かべる。

「気に入らないなら帰ってくれてもいいんですけど？」

あたしは何もいわない。ケンダルは、この話はこれでおしまい、とでもいうように首を横に振り、二人で裏口から家に入る。ただここが自分の家だから、自分はここに住んでいるからという理由でこのドアを毎日通るのはどんな気分だろう。モンゴメリーに最初に足を踏み入れたときにもおなじように感じた。自分の手に入らないのなら、破壊されるところが見たいと思う。

屋内はまったくのモノクロだ。壁に貼られた家族写真はプロが撮ったもので、白黒で、どれも外の花壇の横で撮影されている。通りすがりに一枚一枚をじっくり見ながら、ノアとケンダルの成長を追う。乳児から幼児へ、扱いづらい思春期まえへ、そしていまへ。二人の母親は、しなやかな体つきをしたブロンドの巻き毛の女性で、年を追うごとに髪がどんどん短くなっている。サイラスは変わっていない。サイラスに関して一番有害なのは、無害に見えるところだ。

家族写真が突然、サイラスを見た人は誰でも、彼を安全な人間だと思うだろう。

「ハヴィがいるよ」ケンダルはそういって、あたしをドキッとさせる。

ケンダルは写真のなかのハヴィを指差す。あたしは目を向けることができない。

「どうしたのよ？」ケンダルは尋ねる。

「ち、ちょっと、ふ、二日酔いなだけ」

「あたしは大丈夫」ケンダルはうれしそうにいう。

ケンダルのあとについてリビングを抜ける。リビングには白いソファがあって、それを見るだけで昔を思いだして緊張する。マティは九歳のとき、とても不器用だった。実際には、すこし大きくなってもその不器用さが完全に抜けることはなかったが、九歳の時が最悪だった。マティはトレーラー内の隅から隅までどこにでも何かをこぼしていた。

ケンダルはあたしを従えたままキッチンに入る。灰色と白の大理石でできた調理台があり、ステンレス製の電化製品がある。テーブルは庭に臨む窓の正面に置かれ、ポーチの端だけが見える。キッチンの残りの部分は玄関へ伸びている。

「ちょっと待ってて」ケンダルは冷蔵庫をあける。「おなかが空いてるの」

玄関のドアがひらく。

「ケンダル、外のあれは誰の車だ？」

体が氷に変わる。

サイラスはこちらに背を向けてドアをしめている。白いバラとカスミソウの花束を一方の手に持っている。もう一方の手で頭のうしろの短いブロンドの髪をしごいてから、サイラスはこっちを向く。視線がすぐにあたしの上に落ちる。

「誰だい？」サイラスは尋ねる。

「父さん、こちらはリラ・ホールデン」ケンダルがいう。「町へ越してきたばかりなの。きのうの夜、リラのこと話したっけ？　覚えてないんだけど」

「まあそうだろうね」サイラスは素っ気なくいい、頭をかすかにうしろへ傾け、あたしの品定めをする。あたしの指がピクッと引きつる。「ホールデン一家か……コーネルの家に越してきたばかりだったね？」あたしはなんとかうなずく。「娘がいるというのは聞いていたよ。あそこにあるのはきみの車かい？」

サイラスは笑顔でそう質問する。歯が大きく見える笑顔だ。

あたしはケンダルに目を向ける。ケンダルの体は半分冷蔵庫に入っている。

「お、お手洗いを、か、借りてもいい？」

サイラスがあたしの吃音に反応し、ふつうなら気がつかない程度に顔をしかめる。

「もちろん」サイラスはいう。「二階にあるよ。右側の三番めのドアだ」

礼もいわず、サイラスをかわすようにしてそばを通り過ぎ、階段へつながる角を曲がる。ようやくサイラスの視界の外に出ると、ほっとして体の力が抜ける。一方の足をもう一方の足のまえへ出すのに意識的な努力を要し、やっとのことで階段のてっぺんにたどり着く。

そこで聞き耳を立てる。

低いつぶやきが聞こえる。サイラスの声。ケンダルのハスキーボイス。足音を抑えつつ廊下を進み、バスルームを見つける。ドアを押しあけ、ショックを受けて一歩退く。

「で、出ていって！」少女が叫ぶ。「こ、ここから、で、で、出ていってよ！」

少女は十一歳、裸でバスタブのなかにいる。膝を曲げて胸に引き寄せ、両腕を交差させてしっかり膝を押さえる。そうやって、バラの蕾（つぼみ）のような胸を必死で隠そうとしている。身をまえに乗りだして背中をさらすと、背骨がぼこぼこと出っ張って見えて痛々しい。少女は頭を膝に押しつけ、憎しみに満ちた視線を左へ、洗面台にもたれている男へ向ける。男がいるせいでバスルームはいっぱいだ。腕を組みはするが、男は動かない。少女はどうしても男を出ていかせたいし、はっきり口に出してそういったのに、男は動こうとしない。

「そんなふうに大声を出す必要はないんだよ」男はゆっくりとそういう。

「あ、あっちへ、い、行って！　か、母さんは、ど、どこ？　母さん！」

「母さんが何をしてくれると思うんだい？」

少女はひらきかけた口をとじ、男は小さく笑みを浮かべる。悲しげといえなくもない笑みだ、たったいま少女に対して認めた事実を、あえて耳にする必要はないとでもいうような。少女は男から顔を背ける。あたしには、息を吸ったり吐いたりするたびに小さく上下する少女の肩が見え、脈拍の速さから少女がどんなに怒っているかわかる。湯はどんどん冷えていく。少女には、男がいなくなるまでそこを出るつもりはない。

だが、男は出ていこうとしない。

「セイディ」男は少女にいう。「ぼくたちはもう家族なんだから」

階下でどっと笑い声が起こる。そちらをふり返り、空(から)っぽのバスルームに視線を戻す。心臓が激しく鼓動している。マティが死んでからずっとこんなふうだ、こんなふうに醜悪な出来事が浮かんできて、あたしは無理やりそれを目撃させられる。経験しただけでは充分でないとでもいうように。マティが生きていたときは、こういうものを自分のなかに押しこんでおくことができた。やるべきことがあったから。マティの面倒を見なきゃならなかったから。

そして、いま……

いまもまだやるべきことがある。

両手で目を押さえ、すぐに手をおろしてあたりを見まわす。当然ながらこのバスルームも家のほかの場所と比べて見劣りしない。トイレのある部屋にしては不当なほど広い。仕切られたシャワーとバスタブがある。棚の上のタオルは、いままでにあたしが手を拭いたことのあるどんなタオルよりもやわらかそうに見える。二つ並んだ洗面台の上の大きな鏡は明かりに囲まれている。

階下で二人が聞き耳を立てているといけないので、大きな音をさせてドアをしめ、それから廊下を先まで進む。サイラスとその妻のものであろう寝室を見つける。部屋のまんなかにキングサイズのベッドがあり、清潔な白いカバーがかかっている。ウォークインクローゼットのドアは半分あいたままだ。部屋の片隅にドレッサーがあり、その反対側の隅にマホガニーの机があって、ノートパソコンが置いてある。忍び足でそこへ行き、カーソルを動かす。画面が明るくなり、アクセスのためのパスワードを促してくる。くそ……机の上にはサイラスと子供たちのカラー写真がある。それを手に取って裏返すが、何も書かれていない。ノートパソコンを持ちあげてみる。何もない。

すべての引出しをあけ、なかのものをぱらぱらとめくり、書類やら紙くずやらのなかをあさって、本やメモ帳といったパスワードのリストがはさんでありそうなものを探す——いまでもそういうばかなことをする人は大勢いるのではないか？——が、何も見つからない。最後の引出しをたたきつけるようにしてとじたい衝動に抗い、いらいらしながら髪を顔からよける。もうずいぶん長くここにいる。

戻らなければ。

こっそり寝室を出ると、バスルームに入ってトイレを流してから階下へ向かう。

サイラスがまだキッチンにいて、アイランド型の作業台にもたれ、携帯電話の画面をスクロールしている。

サイラスの電話。

ケンダルの姿はない。窓のほうを向く。ノアとケンダルの話し声が窓ガラスを通してかすかに聞こえる。

「何か飲むかい、リラ？」

あたしはサイラスを見ずにうなずく。サイラスは電話を置いて冷蔵庫へ向かう。あたしはすばやく手を伸ばして、ロックがかからないように電話の画面に触れるが、電話をポケットに入れる時間はない。

サイラスは何がいいか尋ねもせずに、あたしたちのあいだに水のボトルを置く。それから自分の分も出し、あたしが見ているまえでキャップをひねって外す。サイラスの手は大きく、手の甲に血管が浮いていて、指は太い。

その手はとても……強そうに見える。

「ご近所へようこそ」サイラスは水のほうへうなずいてみせ、あたしはボトルをあける。

「妻が、きみのご両親のためにバスケットに贈り物を詰めていたよ。この週末のうちに届けるつもりだったが、きみが持って帰ってくれてもいい。これまでのところ、モンゴメリーは気に入っているかな？」

あたしは肩をすくめ、水を一口飲む。からからに渇いた喉に、よく冷えた水が気持ちい。まだロックのかかっていない電話の画面へ視線が漂う。画面が自然と消えるまでにどれくらいかかるだろう。二、三分か、五分か、運がよければ十分か……

「コーネルの家はすばらしいよ」

「え、ええ」

たまには口をひらかなきゃならないから、そう答える。

「きみはあの家のどこが一番好き？」

「よ、四つの、か、壁と屋根が」

「モンゴメリーにとってもほんとうにありがたいことだよ、きみの両親をコミュニティに迎え入れることができて。きみにとっては生活をごっそり移すのは愉快なことじゃないだろうけどね、とくに最終学年となると。きみのお父さんの研究は……」声が先細りになり、サイラスは顔をしかめる。「なんだっけ？」

「な、何か……」まずい。「重要なこと」

サイラスはやわらかな笑い声をあげる。目の端にしわが寄る。「オーケイ」その後すぐに笑いがぴたりとやむ。まばたきをするより速くこんなふうに切り替えができる人は怖い。

「きみの車——さっき見たような気がするよ」

あたしは水を置く。

「ど、どこで？」

あたしたちのあいだの沈黙は重く、あたしに考えられるのは、この男から離れたい、ということだけだ。離れたい、いますぐこの男から離れたい……

すこしの間を置いてサイラスはいう。「まあ、いいさ」

奥のスライディングドアがあき、ノアが顔を出して、硬材の床にぽたぽたと水を垂らす。

「ねえ、父さん、何か飲み物と、冷蔵庫に残ってるローストビーフ・サンドを取ってくれない？ リラ、外に戻ってくるだろ？」

「いいよ」サイラスがいう。

「ノア——」

ノアがケンダルの声にふり向く。サイラスはこちらに背を向け、冷蔵庫をあける。あたしはサイラスの電話をつかみ、ポケットに入れて、それから——

正面の廊下を急いで進んだのはよく覚えていない。玄関のドアをあけたりしめたりしたのも覚えていない。気がつくと外にいた。マラソンでもしたみたいに荒く息をつきながら、うまく動かない手で車のドアをあけ、運転席に体を半分押しこむ。汗をかいた手でサイラスの携帯電話のアドレス帳をひらく。そのなかにキースはいない。ダレンもいない。だが、ジャックは――ジャック・Hは――いる。ラングフォード。ラングフォードという名前の場所だ。トワイニング・ストリート四五一番地、ラングフォード……四五一――

「いますぐ電話を返してもらおうか」

ザ・ガールズ　シーズン1、エピソード3

ウェスト・マクレイ：いくつかの点で、ワグナーの町はコールド・クリークを思わせます。メイン・ストリート沿いの店舗はあるべき数よりいくらかすくなく、建ち並ぶ家はなんというか……戦いに敗れたかのように見えます。しかし一つだけ、コールド・クリークにないものがあります――それは明るい見通しです。

この郊外の町はうまく根を張りつつあります。新たな開発が、うまくすれば経済の回復を促すでしょう――しかしそうなると、生活費の上昇によって昔からの住人の一部はここに住めなくなるかもしれません。マーリー・シンガーはそうした住人の一人です。三十代後半、白みがかったブロンドの女性で、一歳半の男児の母親です。小学校の校庭の向かいに住んでいます。学校がある時期の午後には、校庭はすべり台で遊ぶ子供やブランコの順番を争う子供でいっぱいになります。

わたしはニューヨークへ戻るフライトを予約してあった日に、ようやくマーリーを電話で捕まえることができました。セイディとダレンについて話が聞きたいと伝えると、話せることは何一つないと答えるところを録音することにだけ同意してくれました。マーリーとダレンが一緒に暮らしたのはほんの短いあいだで、うまくいかなかった、そしてもちろんもう連絡を取りあってはいない、とのことです。電話番号も知らなければ、ダレンの写真もない、この時期のことは思いだしたくもないといわれて、もういくつか彼女が進んで答えたがらない質問をすることになりました。

マーリー・シンガー（電話）：三カ月つづいた仲だった。娘のことは何も聞いてない。もう連絡を取りあっていないし、あたしには彼を見つける方法がない。あたしにとってはそのほうがいいの。いまじゃ考えもしない。誰かが持ちだしてきたりしないかぎりね——まったく、ありがたい電話だわ。

ウエスト・マクレイ（電話）：だけどキャディ・シンクレアが、セイディ・ハンターにあなたのことを教えたといっていたんですよ。ダレンのことを訊いてみろといったそうです。セイディがあなたのところへ向かったのは明らかだと思うのですが。わたしは何があったか調べようとしているだけなんです。

マーリー・シンガー（電話）……だからいってるでしょう、あたしはその子に会ってないし、その子があたしを探してここらをうろついていたとしても、それについては何も知らないって。

ウェスト・マクレイ（スタジオ）……マーリー・シンガーの言葉をそのまま信じるしかありませんでした――しかし信じるべきかどうか、確信はありません。念のためフライトは延期してありましたので、わたしはモーテルの部屋で、セイディの失踪についていままでにわかったことをすべて見なおしました。次の調査へつながりそうなのに見落としている事柄は一つもありません。とりわけもどかしいのは、髪をブロンドに染めて、人と話をするときはミドルネームを名乗っているということ以外、セイディが特別に足跡を隠そうとはしていないように見える点です。つまり、探しだすのがこんなに大変なはずはないのです。わたしはメイ・ベスにそう伝えました。

メイ・ベス・フォスター（電話）：考えてみたんだけど……クレアは大勢の男を連れこんだけれど、ふつうより長くとどまった男は数人しかいなかった。その人たちなら何か知っているかもしれない。まず、キース——子供たちが小さかったときにしばらくいたわ。それからアーサー・マクウォーリー。でもこの人はもう亡くなってる。あとはポールね。ポールは、クレアが出ていくまえにそばに置いた最後の男よ。それなりに関係の深かった人がこのなかにいれば、そのダレンとかいう男についてクレアが何か漏らしているかもしれない。

ウェスト・マクレイ（電話）：では、その存命の二人が話をしてくれるかどうか、確認してみます。

メイ・ベス・フォスター（電話）：でも、セイディの父親……そこがぜんぜん理解できない。セイディがその男に何を求めているのか、まったくわからない。手助け？　お金？　いってくれればあたしがなんだって差しだすのに、あの子にはそれがわかっていなかったの？　あたしはずっとあの子たちを助けてきた。それをやめるつもりなんかなかった。

ウェスト・マクレイ（電話）‥そうですね、メイ・ベス。

メイ・ベス・フォスター（電話）‥じゃあ――さっきいった男たちを調べてみて。

セイディ

悪夢はキースだけで充分だと思っていた。

キースの暴力がこんなふうに蔓（つる）を伸ばしてあたしをべつの悪夢へ導こうとは予想もしなかった。サイラス・ベイカーはものすごく怒っている。怒っていない見せかけを保とうとしながら怒っているのだが、あたしにはそれが透けて見える。あたしはこの町で唯一、サイラスを透かして見ることのできる人間だ。サイラスの手は突きだされ、あたしの手はサイラスの電話を持っている。ラングフォード、トワイニング・ストリート四五一番地。トワイニング・ストリート四五一番地――サイラスはあたしの手から電話をもぎ取る。あたしはまったくひるまない。ラングフォード。トワイニング・ストリート四五一番地。

「おまえは誰だ？」サイラスは低く危険な声でいう。

「――」

「誰なんだ？」

「リ、リラ。ホ――」

「いいや。ちがうな」サイラスは誰もいない通りを見やる。「けさ、ホールデン一家に会った。一家には娘がいたが、おまえじゃなかった」サイラスはあたしに視線を戻す。一方の手はあたしの車のフレームを握り、もう一方の手はひらいた車のドアのてっぺんを握っている。「おれのあとをつけていたな」

あたしは首を横に振る。

「けさ、おれのあとをつけていた。おまえの車が見えた」

「な、何を、い、いってるのか、わ、わからない」

ドアを握る手に力が入る。サイラスの指の関節が白くなるのが見える。視線はあたしの体をたどり、目へ到達する。あたしが誰か知ろうとして。実際に知っているかどうか、知っていたことがあるかどうか、知っているはずかどうか思いだそうとして。サイラスの関心があたしを越えて、車のなかへ移る。後部座席に放りだされた汚れ物や、くしゃくしゃに丸められた食べ物の包装紙を見る。助手席側に緑色のバッグがある。サイラスはあたしの上から手を伸ばしてそれを取ろうとし、あたしは強く押し返してサイラスをよろめかせ、必死で手を伸ばしてドアをしめようとするが、サイラスはすばやく体を立てなおし、ドアをぐいと引いて軋ませながら全開にする。

「おれの電話を取ったな。ほかに何を盗んだ？」

「あ、あっちへ――あっちへ行け！」

サイラスはあたしをシートに押しつけ、手であたしの喉を押さえて動けないようにする。そして車内に身を乗りだし、またあたしのバッグを取ろうとする。あたしは押さえられて息ができない。指でポケットのなかを探り、飛び出しナイフを見つける。それを取りだし、ボタンを押して、鋭い刃の先端をサイラスの腹に突きつける。サイラスは困惑したようにナイフを見つめ、次いでゆっくりあたしと視線を合わせる。よし、とあたしは思う。

ここでサイラス・ベイカーを殺す。

ナイフを突きだすと同時に、サイラスの手があたしのうなじにまわる。サイラスはあたしの顔をハンドルにたたきつける。その衝撃が、その痛みが大きすぎて、体から力が抜ける。飛び出しナイフが指からすべり、足もとに落ちる。サイラスはあたしを車から引きずりだし、あたしは自分に血がついていることをぼんやりと認識するが、それはサイラスの血ではない。

血を流すのはサイラスだったはずなのに。

それに――やっぱりだ。目のくらむような痛みの衝撃が遅れて来る。サイラスはあたしの鼻を折ったのだろうか？　サイラスにつかまれているところがあざになりつつある。鼻から血が流れ、それがサイラスにもかかっている。
「おまえは誰だ?」
目でこちらの端からあちらの端まで探る。周辺の家の窓に誰かが顔を押しつけていると
ころが見えないか、警察に電話しようとしている人はいないかと思って。しかし誰もいな
い。聞こえるのはサイラスの苦しげな呼吸だけだ。サイラスの胸が持ちあがる。あたしは
唇をなめる。銅みたいな味がする。
「どれだけ厄介な状況かわかっているのか? 警察を呼ぶぞ」
「あ、ありえない」あたしは不明瞭にそういってから、いい直す。「よ、呼べないはず」
あたしたちのあいだにわずかばかり残っていたうわべだけの〝ふり〟が、消えてなくな
る。
「何を知っているつもりになってる?」サイラスは歯の隙間から絞りだすようにいう。サ
イラスの熱い息が顔にかかる。耐えがたいほど近い。答えずにいると、サイラスはキース
みたいにあたしの頬をぎゅっとつかむ。「何を知っているつもりになってるんだ、え?
金がほしいのか、目的はそれか? いったい何を――」
両手を使ってサイラスを引き離す。サイラスはあたしを地面に押しつける。あたしは顎
から先に私道にぶつかり、皮膚が地面にこすれる。あたしは唾を吐き、転がって仰向けに

なり、サイラスを睨みつけてから悲鳴をあげる。サイラスが向かってくるので、あたしは急いでうしろへさがる。泥や砂利で肘が擦りむける。あたしはさらに大声で叫び、声でサイラスの完璧な人生にはっきりと、醜いしるしを残そうとする。

「父さん、いったい何やって――」

息子の声が聞こえるとサイラスは数歩さがる。

「ちょっと、やだ、父さん――」

ケンダルだ。

ノアとケンダルは自分たちの目のまえの光景をどう考えていいかわからないまま、ばかみたいに見つめる。血が見え、地べたの上のあたしが見え、父親があたしのそばにそびえるように立っているのが見えているのに、二人は動かない。どちらもあたしを助けようとはしない。

「こいつは自分でいっていたような人間じゃない」サイラスはあたしを指差していう。「あたしは鼻から流れる血が地面に模様を描くのを見ながら、ゆっくりと立ちあがる。「おれはホールデン一家に会った――けさ会ったんだよ。こいつはあの家の娘じゃない。どこかの……流れ者だ。こそ泥なんだよ！　電話を盗もうとして、おれにナイフを突きつけて――

――」

「なんてこと」ケンダルが家へ向かう。

「警察に電話して──」

「駄目だ！」サイラスが怒鳴り、ケンダルは途中で足を止める。サイラスはあたしを指差していう。「おまえは──出ていけ、おれの家から出ていけ──ここから出ていけ！」

放心したように、たどたどしい足取りで車へ向かう。サイラスがあたしから離れると、ケンダルが駆け寄って父親の腕をつかみ、自分のほうへ引き寄せる。あたしは鼻をすすり、すぐにそれを後悔する。金属のような濃い血の味が喉の奥にへばりつく。ゆっくり車に乗りこみ、私道を出る。通りの端に着くころにはひどく震えていて、自分がどうやって運転しているのかもわからない。頭のなかには三つ、いや、四つの単語が巡っている。

ラングフォード、トワイニング・ストリート四五一番地……トワイニング・ストリート四五一番地……ラングフォード。

サイラス・ベイカーの家が充分遠くなったように思えたところで車を停める。

ずっとまえ、母親が家を出ていってすぐ、あたしは四十度を超える熱を出した。メイ・ベスは家族を訪ねて遠く離れた州に行っていた。あたしはひどく具合が悪くて、マティに何回呼びかけられても自分の名前がわからなかった。

セイディ、あんたは病気だと思う。

セイディ、どうしたらいいか教えて……

セイディ、このままじゃ死んじゃう。

マティは結局、あたしのバイト先のボスに電話をかけた。ボスのマーティはあたしをピックアップトラックに押しこんで、一時間離れた病院へ連れていってくれた。そこで点滴を打たれ、体温計の数字が下がるのを待った。メイ・ベスは、あたしの面倒を見るだけのために家族との休暇を切りあげた。あたしはみんなにひどく腹を立て、全員と一週間口をきかなかった。

結局のところ、誰にとっても大きな負担になった。

自分の姿を見おろす。シャツは血でぐっしょり濡れ、鼻からはまだ血が出ている。マティにこれを見られなくてよかった。きっとマティは、あたしの横でなすすべもなく手をひらひら動かしているだけだろう。あたしに何かが必要なとき、あたしに助けが必要なとき、どうしたらいいかマティにはわかったためしがないのだから。一度も。だけどそれでマティを責めることはできない。マティはまだほんの子供だった。

子供はそういうことを心配しなくていい。

心配しなきゃならないなんて、まちがってる。

ザ・ガールズ　エピソード4

（ザ・ガールズのテーマ曲）

アナウンサー：ザ・ガールズは、マクミラン・パブリッシャーズの提供でお送りします。

ウェスト・マクレイ：アーサー、キース、ポール。

これがメイ・ベス・フォスターから明かされた名前です。クレアと比較的長い期間をともに過ごした男たちで、ダレン・Mについて、つまりセイディが自分の父親だと主張する男について、何か知っていてもおかしくありません。

アーサーは亡くなっています。これはメイ・ベスがいっていたとおりです。アーサーは、クレアと娘たちと六カ月のあいだともに過ごしました。セイディが十三歳、マティが七歳だったときのことです。そしてその二年後に薬物の過剰摂取で亡くなりました。アーサーについて、メイ・ベスには話せることがほとんどないそうです。アーサーは売人でした。キースについてはどこにも記録がありません。現在、チームを設置して探しているところです。メイ・ベスの説明によれば、キースが一番長くつづいたそうです。キースが少女たちの暮らしに加わったのは、マティが五歳で、セイディが十一歳のときでした。

メイ・ベス・フォスター：キースはほんとうにがんばっていた。クレアが許す範囲で精一杯あの子たちの面倒を見たの。あたしはキースが一番気に入っていた。

ウェスト・マクレイ：なぜですか？

メイ・ベス・フォスター：そうね、クレアが男を家に連れこんだときにはいつだって、そう……ものすごく気が重かった。必ず、はじまったときよりも悪化して終わったから。それに、はじまりだっていつもひどいものだった。キースとのはじまりは悪くなかった。キースはジョエルズというバーでクレアに声をかけた。そこで出会ったの——クレアはよくその店にいたから……それで、キースはクレアを家に送ってきた。完全に素面でね。それが目についた。悪いことじゃなかった。だって、ふだんのクレアは自分とおなじくらい酔っぱらった男を連れてきたから。その最初の晩、キースはクレアをベッドに寝かせて、あたしのところへ自己紹介しにきた。

　あたしはすぐにキースが気に入った。キースの態度は……キースはあたしに敬意をもって接した。あたしが子供たちの血を分けた祖母であるかのように接してきた。それはあたしにとっては意味のあることだった。その後、キースが信心深い男だとわかって、あたし自身も祈りの力を信じるようになった。キースは子供たちにもすこし信仰について教えた。それが――あたしはそれをすごくいいことだと思った。最初、キースは週末のあいだ滞在するだけのはずだった。それが長引いて一年になったのだけど、あたしの好きにできるなら、ずっといてもらいたかった。

ウェスト・マクレイ：キースと少女たちの関係はどうでしたか。

メイ・ベス・フォスター：キースは、ずっと子供がほしかった、いまがその望みに一番近い状態で、おそらく今後もうこういうことはないだろうといっていた。マティは彼をすばらしい人だと思ってた……キースには子供っぽいユーモアのセンスがあって、マティはそれを楽しめるくらい幼かった。セイディは——そうね、決してキースを好きにならなかった。

ウェスト・マクレイ：なぜですか？

メイ・ベス・フォスター：キースは素面だったっていったでしょう。こんなことをいうのもなんだけど……キースはドラッグもやらなかったの。クレアがやるのを止めはしなかったけれど、自分はやらなかった。クレアについてはただありのままを受けいれて、自分も三人の生活の一部になりたがっていた。クレアの権限を認めるっていうのは、もしかしたらそれ自体病的なことなのかもしれない……だけどキースは子供たちのために何か仕組みをつくろうとしていた。まえまでは、セイディがそれを自分の仕事だと思ってた。キースは、セイディの目から見れば侵入者だった。

ウェスト・マクレイ：セイディが、自分でもすこしはそういう安定を求めていたとは思いませんか――生活のなかに本物の大人がいれば、自分もまた子供に戻れるんですから。

メイ・ベス・フォスター：セイディは子供でいる方法を知らなかった。マティはセイディの生きる目的に強く結びついていたから、セイディはそれを失うのをひどく怖がっていた。

ウェスト・マクレイ：クレアとキースは、どんなふうに終わったんですか？

メイ・ベス・フォスター：ひどい終わり方だった。いつもとおなじパターンだった。クレアは真夜中にキースを追いだした。区画の向こうから、クレアがキースに向かってわめいているのが聞こえた。誰にも警察を呼ばれなかったなんて奇跡よ。窓から外を見ると、クレアがキースの持ち物を全部芝生の上に放りだしたところで、キースはクレアに向かって怒鳴り返していた。

クレアは二人の関係に飽きたんだろうね。もうこれ以上手に入るものは何もないとわかると、終わりにしなきゃ気が済まなかった。このときも変わらなかった。キースは所持品をかき集めて出ていった。ここを通り過ぎたときに、あたしが窓から見ているのに気がついて、さよならと手を振った。キースのことはその後、一度も見ていない。

ほんとうのことをいうと、あの人がいなくなったときには泣いたわ。

ウェスト・マクレイ：ポール・グッドはノースウエストの木材会社で働いています。まさにそういう外見です。背が高く、筋骨隆々とした赤毛の男性で、頬ひげを生やし、日焼けした顔、日光にあたってくたびれた肌をしています。ポールを探しだすのはそんなにむずかしいことではありませんでしたが、録音しながら話をしてもいいかどうかポールが決めるまでに一週間近くかかりました。ポールは確かに八カ月ほどクレア・サザンと一緒に過ごしましたが、それはポールの人生のなかでは困難な時期でした。ポールはドラッグの常用者でした。鬱（うつ）気味でもありました。ドラッグをやめて四年になるいま、自分がこの時期のことをもう一度考えたいかどうか、ポールには確信がありませんでした。

ポール・グッド（電話）：話すことがそんなにたくさんあるかどうか……それに、具体的にどういう話が求められているのかも、よくわからない。

あのころをふり返ると、思うのは……おれはガキだった。混乱してた。いまじゃ家族がいる。妻がいて、自分の娘もいる。当時、自分が何をしているつもりになってたのか、いまはもうわからない。いや……それは嘘だな（笑）。おれは、自分がクレアを愛していると思ってた。

ウェスト・マクレイ（電話）：どんなふうに出会ったんですか？

ポール・グッド（電話）：ああ、そうだな。おれはバーから家に向かって車を走らせていた――当時、アバナシーに家があったんだ。酔っていた。こんなことはいうべきじゃないが。ばかだった、だがいまはもうそんな暮らしはしていない。それで、クレアは歩いていたんだ。暗がりのなか、歩くべきじゃない側を歩いてた（笑）。轢き殺さずに済んだのが驚きだよ。おれは車を停めて、足が必要かとクレアに尋ねた。クレアはイエスと答え、車に乗ったとたんに泣きだした。ひどい夜だったらしくて、飲んだのはそのせいもあった――しかしおれよりは酔ってなかった。家に着くまで、ずっと一人でしゃべってた。家に着くと、聞き上手なのね、とクレアはおれにいい、今度また話を聞いてほしい、ともいった。その晩は家のなかには招かれなかったが……まあ、それで捕まったようなものだった。

最初は電話だけの関係だった。で、おれはクレアが話した彼女の人生が好きになった。ただしそれは現実とは大きくちがっていた……クレアの話では、母親が病気だったときには面倒を見ていて、その後妊娠したらしい。それから母親が死んで、クレアはまた妊娠して、一人で二人の女の子を育ててるといっていた。かなり献身的に面倒を見てるみたいな話しぶりだったし、おれ自身も昔から子供がほしかった。

おれは三人のところへ移った。ほんとうのことがわかったのはそのあとだった。クレアが何かしら問題を抱えているしるしはそこらじゅうにあった……クレアは酒を飲みすぎた——電話でも、クレアが飲んでいるときはわかった。うとうとしたりしていたからね。しかしほんとうはヘロインだった。そこまでわかったときには、クレアがもう心の中心にいた。子供たちのことはあまり気にかけなかったが、おれはクレアを愛してた。それで自分でもドラッグをやりはじめた。クレアのために自分を病気にしたんだ。

ウェスト・マクレイ：ポールが少女たちの暮らしに登場したのは、セイディが十五歳、マティが九歳のときでした。

ポール・グッド（電話）：子供たちはおれを憎んだりはしていなかった、ただ求めていないだけだった。だからおれはあの子たちの邪魔をしないようにしたし、あの子たちもおれの邪魔をしなかった。だけど、たぶんもっとよくしてやるべきだった。子供たちの生活はまったく安定していなかったが、セイディがマティに安定した暮らしを与えようとしているのはわかった。おれはそれを彼女に任せた。

ウェスト・マクレイ（電話）：セイディはどんなふうでしたか？

ポール・グッド（電話）：ひどく頑固だったね。母親を嫌ってた。マティのことに関するかぎり、クレアより自分のほうがよくわかってると思ってた。おそらくそれは正しかったよ、ほんとうのところ。だがセイディとクレアは絶えずいがみあっていた……で、クレアはマティのことは気に入ってたもんだから、ときどきひどく醜い争いになった。まあ、よくはわからないが。さっきもいったとおり、おれたちはお互いの邪魔をしなかったし、怒鳴りあいのけんかがはじまりそうになると、おれは逃げたからね。おれにとって大事なのはクレアとクラックだけだった。

ウェスト・マクレイ（電話）…どうして終わったのか話してください。

ポール・グッド（電話）…クレアがおれに飽きて、おれのほうは金が尽きかけていた。ある日、家に帰って、クレアがべつの男といるのを見つけた。それで終わりだった。クレアはおれに敬意を払わなかった。腹立たしいことにおれはまだクレアを愛していたが、そのあとはもう一緒にはいられなかった。しかし一番むかついたのは……

ウェスト・マクレイ（電話）…なんですか？

ポール・グッド（電話）…別れたあと、頭のなかで霧が晴れたようになって気がついたんだ。おれはあんな暮らしを送るべきじゃなかった、べつに依存症者になりたいわけじゃなかったんだって。それで、荷物をまとめて町を出た……結局、ここにたどり着いてドラッグをやめた。こんなふうにいうと単純なことに聞こえるだろうね。実際には単純なことなんか何一つなかった。だが、クレアの領域から抜けだすことが第一歩だった。あの家は——あの子供たちは……あの感じだと……いや、こんなことはいうべきじゃないんだろうな。

ウェスト・マクレイ（電話）：ぜひ聞きたいです。

ポール・グッド（電話）：あの三人はもう終わっているように見えた。まえまえから、あの三人がハッピーエンドを迎えることはないだろうと思っていたような気がするんだよ。あんたが電話をくれて、あの三人がどうなったか教えてくれたとき……いや、どうかな。驚いたよ、といいたいところだが、驚きはない。だが、悲しいよ。ひどく悲しい。

ウェスト・マクレイ（電話）：ポール、クレアと一緒にいたときに、ダレンという名前を聞いたことがありますか？

ポール・グッド（電話）：ないと思う。

ウェスト・マクレイ（電話）：それなら、この名前を聞くのは初めてでした？

ポール・グッド（電話）：そうだね。

ウェスト・マクレイ：ポールとの話を終え、メイ・ベスに電話をかけました。

ウェスト・マクレイ（電話）：いまほかに何ができるかといわれると、ひとまず行き止まりと答えるしかありませんね。

メイ・ベス・フォスター（電話）：それはどういう意味？　あきらめるってこと？

ウェスト・マクレイ（電話）：いや、もっと掘り進んで、新しい糸口を探さなきゃならないという意味です。もしそれが見つからなければ、当面は、事態に何か進展があることを望むだけです。

メイ・ベス・フォスター（電話）：それはあたしにはあきらめてるように聞こえるけど。そんな時間はないの。セイディはどこかにいて、何かが——あの子に何が起こってもおかしくない——

ウェスト・マクレイ（**電話**）：こういう話を進めるには長い時間がかかることもあるんですよ、メイ・ベス。こんなことは聞きたくないでしょうけれど、もっと辛抱強くなってください、いいですか？　ここはこらえどころなんです。

（長い間(ま)）

メイ・ベス・フォスター（**電話**）：ちょっとした手がかりがあるかもしれない。

ウェスト・マクレイ（**電話**）：なんですって？

メイ・ベス・フォスター（**電話**）：もしかしたら……調査に使える、ちょっとした手がかりを持ってるかもしれない。わからないけど。（間）あの子をトラブルに巻きこみたくないのよ……だけど、もし――もしもうすでにトラブルに巻きこまれていて、これがあの子を見つける助けになるなら……

ウェスト・マクレイ（**電話**）：なんですか？　何を知っているんですか？

メイ・ベス・フォスター（電話）：わからない。どうしたらいいか、わからない。このことでトラブルになってほしくないのよ、ただ——あの子に無事でいてほしいだけで。あの子にここにいてほしいだけ。（間）でも、困ったことになってほしくないの。もう充分つらい思いをしたんだから。

ウエスト・マクレイ（電話）：そうですか……オーケイ、メイ・ベス、最初にわたしに電話をかけてきたとき、なんていったか覚えていますか？

メイ・ベス・フォスター（電話）：助けてほしい、といったわね。

ウエスト・マクレイ（電話）：ええ、そうです、だけどそれをどんなふうにいったか覚えていますか？　あなたはこういったんです、もう一人……

（長い間）

メイ・ベス・フォスター（電話）：もう一人まで死なせるわけにはいかない。

ウエスト・マクレイ（電話）：だったら、あなたが持っているのがどんな情報であれ……その情報がセイディの発見時の生死を分けるようなことにはなってほしくない、そうですよね？　セイディが生きているなら、そしてあなたの知っていることがセイディを何かトラブルに巻きこむかもしれないと思うなら、彼女が生きてそれを解決できるように面倒を見ればいい、そうでしょう？　生きているかぎり、セイディはそれを解決できる。わたしたちみんなで解決できる。

メイ・ベス・フォスター（電話）：わかってる、だけど……

ウエスト・マクレイ（電話）：すべての情報が手に入らなければ、セイディを見つけることは、ましてや助けることはできません。この調査を先に進めるなら、わたしはあなたを信用できるようでないといけない。その情報はオフレコにすることもできます、もしそれが助けになるのなら。そうしたいですか？

メイ・ベス・フォスター（電話）：ええ。お願い。

ウェスト・マクレイ（電話）：わかりました、ではそうしましょう。

セイディ

〝太陽輝くLAからこんにちは！　あなたがここにいればいいのに！〟

モンゴメリーを出かかったところで、車を路肩に停める。

どうしても、すこしのあいだ休む必要があった。

裏面に椰子の木の並ぶ絵葉書を見つめる。

それをゆっくりとひっくり返す。

〝あたしのいい子でいてちょうだいね、マッツ〟

母親が出ていくまえの晩、あたしはソファで眠っていた。なぜベッドで寝なかったのかは覚えていない。とにかくベッドにはいなかったが、母親を待っていたわけでもなかった。そんなことは一度もしたことがなかったから。あたしはただそこにいて、ひどい姿勢で体を伸ばしていた。足は肘掛けから垂れさがり、頭はクッションのまんなかに沈みこんでいた。母親は、ときどき飲み物をおごらせたり小銭をせびったりするためにうしろのポケットにキープしておきたいけれど家に連れてくるほどではない、という男たちの一人と出かけていた。母親の指が軽く髪に置かれた感触に目を覚まし、あたしはとても小さな子供になったような気がした。そんなことは初めてだった。マティは母親のお気に入りだから、よくこんなふうに感じていたにちがいない。

母親はリモコンに手を伸ばし、テレビの音を小さくして、しばらくチャンネルを次々替えてからあきらめた。顔をあたしの顔に近づけて、指にあたしの髪を巻きつけ、ぼんやりした様子でそれを耳のうしろに押しこむ。触れられて筋肉が緊張し、起きていることがばれてしまったせいで母親が手を引っこめたらどうしよう、と思ったのを覚えている。母親は撫でるのをやめなかった。あたしたちはそのゲームをつづけた。あたしは眠っているふりをした。母親の手があたしの額に置かれ、それから指が慎重に、なだめるように髪を梳いた。そんなふうにして……一時間ほどが過ぎた。もしかしたらもうすこし短かったかもしれない。

誰かの娘でいるってこういうことなんだな、とあたしは思った。

ああ、マティが母親を大好きなのも当然だ、とあたしは思った。

それから母親は、顔をあたしの顔にぐっと寄せて耳に囁いた。「あたしがあんたをつくったのよ」

母親が素面だったことに気づいたのはそのときだった。ふだんなら酔っているのがあたりまえだった。母親が素面であることには、おなかにパンチを食らうのとおなじくらいの衝撃があった。それくらい、目にするのが珍しい出来事だった。ほんとうはつねに素面でいてもらいたかった、それであたしが余計に嫌われることになったとしても。あたしたちはしばらくそんなふうに過ごして、やがてあたしはほんとうに眠りに落ち、朝になると母親がいなくなっていたので、あたしにはわかった。もう二度と戻るつもりはないのだとわかったし、マティに説明する方法がないのもわかった。マティはこれを乗り越えられそうになかった。

しかしその後、こういうことになった……あたしは絵葉書の縁をたどる。避けられないものが、ちょっと遅れただけ。

あたしは十六歳だった。高校を中退したが、それは思ったほどむずかしくなかった。パークデール高校の外にしばらく佇んだのを覚えている。誰かが止めてくれるのを、将来を投げ捨てるようなものだぞといってくれるのを待っていた。だが、あたしはそんな想像が当てはまるような場所に住んでいるわけではなかった。一部の人々にとっては、目のまえの未来はチャンスだ。そうでない人々にとっては、未来というのは単にまだ迎えていないだけの時間で、あたしが住んでいた場所では後者だった。そんなものを守るために無駄に息をしたりはしない。ただ生き延びようとするだけだ、それができなくなる日が来るまで。

頭をシートにもたせかけて息をする。シャツを脱ぎ、じかに空気が触れると鳥肌が立つ。シャツの前面は犯罪現場みたいに見える。バッグから水のボトルをつかみだし、シャツのきれいな背面を濡らす。それを使って顔と、ぼろぼろの肘を拭く。もう一度持ち物をかきまわし、見つかった一番きれいなシャツを引っぱりだして着る。血の染みたシャツを後部座席の下に押しこみ、見なくて済むようにしてから、鏡で顔を確認する。顎の擦り傷が醜い。鼻は腫れてうずき、ちょっとでも触れると痛む。折れているかどうかはわからない。折れているとしても、どうしたらいいかわからない。

すくなくとも新しく向から先ができた。だからこれは無駄だったわけじゃない。手で顔をさすると、ものすごく痛む。それになんだか……重く感じる。ひどく疲れている。本格的に停まる必要がある。でもそうするまえに、もっと遠くまで進んでおかなければ。身をまえに乗りだし、フロントガラスから外を覗く。空は灰色になっていて、地平線の上に雷雨が見える。路肩を離れるころにはすでに雨が降りだしている。車の下に消える道路を見つめる。よく見えない何かの縁をよろよろと歩いているような気がする。

ラングフォード、トワイニング・ストリート四五一番地。

電話を持っていたら、それがいったいどこにあるのか、どれくらい離れているのか、調べられたのに。次の町……次の町でまた図書館を探そう。燃料計を一瞥する。残り半分。目をとじる。駄目だ。すぐにこすって目をあけ、向かってくるヘッドライトがまぶしくてまばたきをする。

ハヴィ。意識して彼のことを考えようとする。ハヴィのことを思うと、ちょっと目が覚める程度には血が熱くなるから。ハヴィはあたしの弱点だった。べつの人生を味わいたくてたまらなかった。あまりにも空腹で疲労も激しく、はっきりものを考えることができない。やれるだけやった、とあたしは自分にいい聞かせる。すくなくとも、やってみた。しかしサイラス・ベイカーがまだ生きていて、野放しになっているのに、あたしがやったことに何か意味があるのだろうか。あんたなんか大嫌いよ、ハヴィ。一瞬ぎゅっと目をとじて、あの家で見つけたものを——

あたしはナイフをサイラス・ベイカーの腹に突きつけた。

やれるだけやった。

だが結局失敗するなら、やってみることがなんの役に立つだろう。

すべてを頭から押しだして、車を停めようとスピードを落とす。目のまえに赤信号が迫っているからだ。信号を見つめ、輪郭がぼやけてから青に変わるまで眺める。そのすぐあとに、〈モンゴメリーはここまで〉の看板をようやく通り過ぎる。

雨が強くなる。雨が世界を陰鬱な水彩画に変える。ときどき空に雷が閃き、雲ごと明るくなる。ほんとうに天気が変わるのはこれからだと感じられる。空気が帯電し、肌がびりびりして、天候がさらに悪化することがわかる。ハイウェイはどことも知れない場所へ向かって無限に伸びているように見えるが、ふと道端の人影が目につく。雨を透かして目を凝らす。親指を突きあげている。いまでもそんなことをする人がいるなんて知らなかった。よく見えるように、通り過ぎるときにスピードを落とす。なかなかはっきりとは見えないけれど……

女だ。

慎重に車を寄せる。彼女が気づくのに丸一分くらいかかる。まるで、誰かがほんとうに車を停めてくれたことが信じられない、とでも思っているように。それでちょっと胸が痛む。だが、やさしい気持ちになることもあるからといって、ばかなわけではない。あたしが助手席側の窓をあけると、女が身を乗りだしてくる。フードのついた上着を着ているが、あまり風雨から身を守る役には立っていない。ブロンドにもブルネットにも見える。髪が乾いてみるまでわからない。白い肌は雨の刺激で発疹が出たように赤くなっているが、それでも見かけはあたしよりマシだ。

「へ、変質者じゃ、な、ないよね？」

雨に目をしばたたきながら、女はいう。「前回確認したときはちがったけど。あなたは？」エンジンがアイドリングする音と雨音のせいで、声の感じがよくわからない。

「た、たぶんちがう。ど、どこへ行きたいの？」

「マーケット」そういって前方を指差す。「あっちの方向へ、だいたい六十五キロくらいのところ。ずっとまっすぐ」

「ラ、ラングフォードがどこか、し、知らない？　あたしはそこに、い、行きたいんだけど」

「知らないけど、たぶん電話で探せる」

「それなら、た、たぶん、の、乗せてあげられる」

「それはすごくありがたい」

女はあたしがドアをあけるのを待つ。あたしはためらう。

「こ、こんなこと、は、初めて」

「お金を出せるよ」女はいう。「現金でも、次のスタンドでガソリンを入れるときにでも」

あたしはドアのロックを外す。

女は車に乗りこんできてから謝りどおしだ。彼女のせいでシートがずぶ濡れになったから。上着を脱ぐと、なかのタンクトップはそこまで濡れていないのがわかる。ジーンズはペンキをかぶったようなありさまだ。さぞかし気持ちが悪いだろうと思うと気の毒だが、何をしてあげたらいいかはわからない。

女はシートにぐっと背を押しつけて両脚を伸ばし、ポケットから財布を引っぱりだす。それから財布をあけて、なかの紙幣とクレジットカードをあたしに見せる。もし拾ったのが男だったら、彼女がこんなばかなことをするとは思えない。かすかに、侮辱されたように感じる。

あたしは危険なのに。そういってやりたい。

だけどきょうのことがあってから、自分でもだんだんそれが信じられなくなっている。「これで嘘をいってないってわかってもらえるでしょう」こうしてちゃんと聞こえるようになってみると、彼女の言葉にはまとまった流れがある。昔の映画で女優がしゃべっているみたいに。自分の言葉がこんなふうに聞こえるなら、あたしだったらずっとしゃべっているだろう。

「わかった」

それから彼女は電話を出して、あなたが探している場所の名前をもう一度いって、という。ラ、ン、グ、フ、ォ、ー、ド、・ト、ワ、イ、ニ、ン、グ、・ス、ト、リ、ー、ト、四、五、一、番、地。それを打ちこんで一瞬ののち、六百五十キロくらい離れた場所だよ、と知らせてくる。あたしは彼女に、グローブボックスからペンと紙を出して、どう行ったらたどり着けるか、詳しい道順を全部書いておいてと頼む。彼女がメモするあいだ、車内は静かになる。ペンのたてる音と彼女の呼吸音のせいで、またあの靄のかかった場所へ引きこまれそうになる。あたしはラジオをつける。どこかの男の声が車内いっぱいに響く。

「WNRKのウェスト・マクレイです。きょう登場してもらうのは……」

その声はこちらがおちつかなくなるくらいクリーンで、穏やかで、サイラス・ベイカーの話し方とまったくおなじなめらかさがあり、耳にしたとたん胃が飛びだしそうになったので、自分はいま男の声を聞きたくないのだとわかる。あたしはラジオを切る。女は歪んだ笑みを浮かべてみせ、道順を書き終え、メモを渡してくる。あたしはそれを半眼でちらりと見てからダッシュボードに置く。

「あ、あなたの名前は?」

「キャット」

「セ、セイディ」

つかのま目をとじる。教えるつもりのない名前をいってしまった。

「乗せてくれてありがとう、セイディ」

「ど、どういたしまして、キャット」

「あたしたち二人とも、モンゴメリーを出ようとしてたところだったのね」キャットはいう。「こんなふうに移動する生活をして……どれくらいになるかな。だけどね、毎回、最悪だと思う場所が一番マシなのよ。与えるものがたくさんありそうな場所ほど、人は何も与えない。何も搾り取ることができないの、すこしも」

「し、搾り取ろうとすることは、よくあるの？」

キャットは顔をこちらへ向ける。髪がいくらか乾きはじめていて、みすぼらしいブロンドのもつれが目につく。キャットは笑みだけで答え、あたしにこう訊いてくる。「で、その顔はどうしたの？」

あたしは鼻をすすり、すぐにそれを後悔する。「こ、転んだの」

「痛そう」

「ち、ちょっとね」

「ジーンズを穿き替えてもいい？　すごく気持ち悪くて」

あたしが肩をすくめると、キャットはぐっしょり濡れたバッグをつかんで、なかをかきまわす。聞こえてきた小声の悪態から判断するに、雨を逃れられたものはあまりなさそうだ。しばらくして勝ち誇ったような声が聞こえてくる。「よし！」そしてバッグのなかでぐちゃぐちゃに丸まった黒いレギンスを引っぱりだす。が、それが出てきたとたんに残りの中身も全部出てきて車の床じゅうに飛び散る。

「ああ、もう」

キャットは次の数分を、シートのあいだ、シートの下など、まわりじゅうを探って過ごす。すべて回収できたことを確認するためで、その姿を見ていると、所持品を失う余裕などないのだとわかる。

確認が済んで満足すると、キャットは固いジーンズと、下着まで脱いで——ウエストから下は裸になって——乾いたレギンスに脚を入れる。

着替えが済むとキャットは満足げなため息を漏らす。「マシになった」

いま、キャットは生き残りを懸けているのだ。あたしにも覚えがある。女は自分を十倍の大きさに見せることでブルドーザーのように目のまえの人間を押しのけようとする。あたしのまえではそんなことをしなくていいとキャットにいいたかったが、それを伝えたところでなんの意味もない。

「それで、あなたは何をしているの？」キャットが尋ね、あたしは運転していると答える。

キャットは笑う。「だから、どうしてコロラド州ラングフォードのトワイニング・ストリート四五一番地に向かっているの？」この住所がまったくの他人の口から完璧にくり返されるのを聞いて不意を突かれるが、道順を書き留めているうちに覚えてしまったのだろう。

「り、旅行。お、女きょうだいと、い、一緒に」

「いいなあ」キャットは車内を見まわし、空っぽの後部座席に目を向ける。「彼女はどこ？」

「向こうで、ひ、拾うの」

「ラングフォードのトワイニング・ストリート四五一番地で？」

「そ、そのつもり」

「なのに行き方を知らなかったの？」キャットは尋ねる。あたしは息を呑むが、なんというべきか思いつかない。キャットにじっと見られているのを感じる。だが、キャットはこだわらない。「あたしにはきょうだいがいないの。まあ、そのほうがいいと思ってるけどね。彼女はいくつ？」キャットは指でトントンとドアハンドルをたたいている。それを見て、自分が彼女を緊張させていることに気がつく。「年下？　年上？」

「十三歳。あたしは、じ——あたしは十九」

キャットは口笛を吹く。「うわ。十三とはね。あたしにとっては十年近くまえの話だわ。あなたはそのころのこと、覚えてる？　なんでも知ってるみたいに見えるけど」

「う、うん」

「やれやれ」キャットは小声でそういうが、彼女が記憶している十三歳がどんなものであれ、おそらくそれはあたしが記憶している十三歳とはちがう、そんな印象を受ける。あのころの母親はアーサーとかいう男とつきあっていて……それが半年くらいつづいた。アーサー・なんとか。その男のことはあまり覚えていない。キースのあとのことは全部夢みたいに感じられるが、アーサーは確か……つやつやの黒髪と大きな鼻の男だった。声が不快なほどかん高かった。母親はこの男のどこがいいんだろう、と思ったが、やがてわかった。アーサーはいつもお金を持っていて、そのうえいつもドラッグを持っていた。売人だったのだ。最後には別れて、アーサーは一人で自分の商品にどっぷり浸かることになった。二人が別れたときには、アーサーはもう何も持っていなかった。

その後、死んだ。

マティは八歳で、うちの母親はどこかおかしいと気づきはじめたころだった。そのころには学校で友達ができて、ほかの子供たちのお母さんは朝食のテーブルで薬を飲んだりしないし、お昼までにちゃんとした文章を口にする能力を失ったりしないし、夕食の席で気を失ったりしないと気づかずにいるのはむずかしかった。マティと一緒にトレーラーの外に腰をおろし、メイ・ベスが考えだしたすばらしい言い訳をいって聞かせたのを覚えている。そういうふうにマティに気を配って、マティが母親を好きでいられるようにしてやらないと、あたしみたいにべつの母親を望むことで人生を台無しにしてしまうとメイ・ベスにいわれたからだった。メイ・ベスのことは大好きだけど、あたしにそれをさせたことについては恨んでいる。しかもいまに至るまで、メイ・ベスはそれがあたし自身の考えだったかのようにふるまいつづけている。

母さんは病気なんだよ、マティ、わかる？　それは母さんのせいじゃない。たとえば、がんになったからといって、その人を責めることはできないでしょう。

「……あたしはひどい意地悪女だった」キャットの話の途中が耳に入る。ずっとしゃべっていたのだ。「あのころは二十歳になることさえ想像もできなかったけど、まあ、いずれ全部はっきりするだろうと思ってた。どんなふうになりたかったかっていうと……」キャットはいったん口をつぐんでからつづける。「こんなふう、かな。やりたいことをなんでもやってやる、と思ってた。道端に立ってヒッチハイクをするとかね」キャットは笑う。「頭のなかではそんなに醜悪なことでもなかった」いままでのヒッチハイクがどんなふうに醜悪だったのか尋ねるより先に、キャットのほうが訊いてきた。「あなたはどう？」

「――」あたしが言葉に詰まっているあいだ、キャットはこちらをじっと見つめる。一瞬が過ぎたあと、あたしは顔が熱くなるのを感じ、ふだんなら絶対にしないことをする。言葉が出なかったことを謝る。「ご、ごめん」

「いいのよ」

「つ、疲れてると、こ、こうなる」あたしは額をかき、これもいわなきゃよかったと思う。

「ああ。ど、どうだろう。妹の、せ、世話はたくさんしたから。うちの母親は、あ、あんまり……」力なく手を振って最後までいう。「母親らしくなかったから」

「それは大変だね。妹の名前は？」

「マ、マティ」

声に出して誰かにマティの名前をいうのは耐えがたい。ハヴィにさえいわなかった。この名前を口に出すところを人に聞かせるのは、ものすごく久しぶりだった。メイ・ベスとのあいだでも、ある時点からマティは彼女になった。彼女。なぜならあたしには――あたしには、口に出すことができなかったから。

「どうしたの？」何もかも顔に出ていたせいか、キャットが尋ねる。

「なんでもない」

「ごめん、もしあたしが……」

「なんでもない。た、ただ、しばらくあの子に、あ、会ってないから」

そういって、震える息を吐きだす。あまり具合がよくないような気がする。熱に浮かされて見る夢から浮かびあがったところみたいな感じだ。サイラスの家の私道にいる自分を思い返す。さっき体から拭きとったばかりの血を思いだす。もう何年もまえのように感じるが、時計を見るとまだ何時間も経っていない。

「彼女はどんな人？」

「誰が？」

「あなたの妹」

車の外の道路を見つめ、どこで雨がやむか見きわめようとするが、天候がますます悪化しているのがわかるだけだ。もともと視界が悪かったが、すっかり見えなくなっている。空は黒に近い色。この車がハイドロプレーニングを起こしはじめたらどうやって停まろうかと、ちょうどぼんやり考えていたところだった。

車のコントロールが効かなくなる。

車が旋回して反対車線へ飛びだすあいだ、キャットの手がさっとドアハンドルに伸びる。キャットが〝うわ、やばい〟と小声でいうのを聞きながら、あたしはハンドルを反対方向にぐっと切るが、これはまちがいだった。車を立てなおす正しい方法を必死に思いだそうとする。ブレーキを強く踏みこむ。これも正しくない。車の回転が止まったときには道路のまんなかで車体が横向きになっていて、生きた心地がしない。対向車線の車が強くクラクションを鳴らしながら、どうにか水にタイヤを取られずにあたしたちをよけていく。その後、あたりは静まり返り、ニアミス後のショックと安堵から出る自分たちの喘ぎだけが聞こえる。

永遠とも思える時間が経ったあと、キャットがいう。「ちょっとのあいだ、休んだほうがいいんじゃない？」

「そ、そうだね」嚙みしめていた歯がようやくゆるむ。あたしは車をまっすぐにして正しい車線に戻り、正しいほうを向く。

十五キロほど先で車を停められる場所が見つかる。スリップしたときの操作方法はよく知らなくても、すくなくともライトを消して路肩に車を停めない程度の頭はある。結局、湖へつながる野原の横に停める。キャットはいくらかおちつきを取り戻していて、またあいう状況になったらどうしたらいいかをあたしに説明しようとするので、頭にくる。それくらい知っている。ゆるくブレーキをかけること、流れに任せて曲がることくらい知っている。ただ、その瞬間には思いだせなかっただけ。その瞬間はいつもとちがうのだから。あたしは目をとじ、キャットも自分の押しつけにようやく気がついて、こういう。「助けになってないね」

あたしは目をあける。「そうだね」

キャットは自分側の窓にもたれ、鼻をガラスにくっつける。

「いつになったらやむんだろうね」

「わ、わからない」

「もうハンドルを離していいんだよ」

あたしは顔を赤らめ、死に物ぐるいで握っていたハンドルから指をほどく。それから指をこすって感覚を取り戻そうとする。キャットはまえに身を屈めて床からバッグを拾い、持ち物をいくつか取りだす――濡れた地図、ビニール袋を丸めたもの、膨らんだノート。そしてそれをダッシュボードに置く。「ちょっと乾かしてもいいかと思って」

あたしはノートを指差す。「そ、それは、なに？」

「日記」キャットはあたしに笑いかけ、それをつかんでパラパラめくり、ほんのすこし見せる。あたしに見えるのはインクだけだ。大半が流れかけている。紙片がはさまれているページもある。チケットや何かほかのものがテープで留めてある。

「記録をつけてるの。行った場所とか、会った人とか。その人をどう思うかとか」

「あたしのことは、なんて、か、書くつもり？」

「まだ決めてない」キャットはノートをひらき、ダッシュボードに伏せて置く。「あたしは家出人なの。家を出てもう数年になる」

「み、見ればわかる」

「家出人はどんなふうに見えるわけ？」

あたしは肩をすくめる。「あ、あなたみたいに」

キャットは小さく笑みを浮かべる。それからまた窓のほうを向き、外の野原を見やる。遠くに納屋がある。溶けているみたいに見える。あたしは強く目をしばたたき頭を振る。

「あ、あたしの妹も、家出をしたことがある」

「そうなの？」

「い、一度だけ」

うなじの肌がチクチクして、後部座席に誰もいないことを確かめたくなり、肩越しにちらりとふり返る。

「小さな厄介者ってわけね」

「そう」

「まったく、十代ってやつは」

「実際、お、恩知らずだった。あ、あの子はいつも、あ、あらゆる厄介ごとを、お、起こした。ぜんぜん気が、ぬ、抜けなかった。いつも、あ、あたしから、逃げようとしてた」

疲れた状態というのは酔っぱらうより悪い。いいたくもなかったことが口をついて出てきて止められず、こんなことをいうべきじゃなかったと気づくころにはもう遅い。裏切ってしまったような気分だ。たとえほんとうのことだとしても、口にしたすべての言葉を引っこめたい。マティについてこんなふうに誰かに話すことなんかないのだから。自分一人でそう思うことはあっても、家族についてこんなふうに他人に話すべきじゃない。マティのためなら死ねる、そういいたい。もしキャットが何か知らなきゃならないなら、知ってもらいたいのはそっちだから。マティが十三歳だったから、十三歳なんてそんなものだからという理由で、マティがあたしを怒らせたときのことなんかじゃなくて。

「二人でちゃんと話しあったほうがいいかもね」

「あ、あなたには、誰かいないの？」自分について明かすつもりのなかったすべてと引き換えにキャットから何かを引きだしたくて、あたしはそう尋ねる。

「どういうこと？」

「り、両親とか？」

「まあ、いるけど」

「ふ、二人のことは好き？」

「まあ、ふつう」

「だ、だったら、なぜ、い、家出したの？」

「それが正しいことだったから」

「なぜ？」

「父親がくそったれだから」

「まあふつうって、い、いったじゃない」

「そうだね」キャットは笑う。「誰彼かまわず自分の人生の物語を聞かせる必要もないと思って……でも、聞かれたからって何かされるわけでもないんだけどね。あたしの父親は全体的にくそったれで、あたしはあいつのサンドバッグになることにうんざりだった、それだけ。かなり険悪だった。母親がつく側をまちがえてね。そんなつまらない話」

「そ、それは悲しいね」あたしはいい、キャットは肩をすくめる。「あたしには、父親が、い、いない」

「そうなの？」

「は、母親には、ろくでもない男がたくさんいた」

「すくなくとも、それなら割って入れるじゃない」

「母親が男と寝てまわるのは、ど、どうしようもない」

「お母さんを尊重して。女にはいろんなニーズがあるの」キャットはけらけら笑う。あたしは笑わない。キャットはあたしの顔を探る。「何人いたの？　どれが最悪だった？」

あたしは肩をすくめる。

「教えてよ」

「――」誰彼かまわずあたしの人生の物語を聞かせる必要なんかないけれど、キャットもいっていたように、聞かれたからって何かされるわけでもない。あたしは一方の手をハンドルに置いたまま、もう一方の手でうなじから髪を持ちあげ、煙草の火傷痕を探る。探りあてると、見て、とキャットにいう。「こ、これをやったやつ」

「ひどい。そいつが押しつけたの？」

「そ、そんなところ」

キャットは手を伸ばし、盛りあがってしわになった肌の上に指先をすべらせ、それからその指を長いことそこに置いたままにする。そこだけ温かくなったせいで身震いが出る。この傷をこんなふうに感じることはもう二度とないだろう。

「何があったの？」

〝おれがしゃべっているときはおれのほうを見ろ〟

必死になって思いだす価値のある記憶ではない、いまこの車のなかでは。

あたしはそれを頭から押しのける。

「それについては、は、話したくない」

「わかった」

「それより、ど、どんなふうなの？　そ、そういう移動は？」

キャットは肩をすくめる。「男の車に乗せてもらうと、たいていのやつはヤリたいと思ってるだけ。女の車に乗せてもらうと、相手はしゃべりたいだけ。だけど絶対そうというわけでもない。ときには反対のこともある」

「あなたは、き、きれいだから」それが理由になるかのように、あたしはいう。それから、顔がものすごく赤くなるのが自分でもわかって、なんとか取り繕おうとする。「き、きれいな、か、顔に向かって話すほうが、簡単じゃない？　わからないけど」

キャットはあたしのほうを向く。「ところで、その吃音はどれくらいまえからあるの？」

「生まれた、と、ときから」

「ちょっとかわいいよね」

あたしは車の天井を見る。そういわれて、かすかに侮辱されたような気持ちと、妙にうれしい気持ちが同時に湧く。あたしが自分でそういわないかぎり、あたしの吃音はかわいくなんかないし、そんなふうにいう気には絶対にならない。たいていは消耗するだけ。それでも、キャットがついてくれた嘘に価値を認めることにはどこか心地よいものがある。

苦痛でしかないものがほんのすこし軽くなったように感じられるだけで充分に気分がいい。マティが一度、こう尋ねてきたことがあった……ジョナ・スイートンという男の子に熱をあげて帰ってきて、誰かを好きになったときにどうしたらそれがわかるの、あたしとおなじように男の子を好きになったことがある？　と訊かれたのだ。あたしはなんと答えていいかわからなかった。そういうことは考えないようにしてきた。とてもつらいし、自分の手に入るものとも思えなかったから。実際、誰かを好きになったときには、いつだって心のまんなかまでまっすぐに痛みが走った。相手が誰だろうとほんとうのところたいした問題ではなく、そのことにはかなり早いうちに気がついた。

話を聞いてくれる相手なら誰でも、最後にはほんのすこし好きになる。

キャットのほうを向くと、彼女はあたしを見つめていて、あたしもキャットを見つめ返す。だが、やがて耐えられなくなって目を逸らす。ラジオをつけると歌が流れる。きのうの夜、バーでかかっていたのとおなじ曲。あれはほんの前日のことだったのだ……いつのまにか目をとじていて、どれくらいそのままでいたのだろう。はっと目を覚まし、息を吸う。

「ご、ごめん」恥ずかしくなって、そういう。

「打ちのめされたように見える」キャットはいう。「文字どおりの意味でも、比喩的にも」

鏡に目をやり、鼻の横と目の下を眺めると、まえよりもさらにすこし腫れたりあざが濃くなったりしている。しんどそうな目のまわりの黒い隈が、ダメージをさらに悪く見せている。

「痛む？」

あたしは肩をすくめるが、もちろん痛む。痛みは車に乗るまえより悪化しているし、あすにはもっと悪化するだろう。だけどそれより何よりとにかく——疲れた。

キャットが手を伸ばす。その手が顔をかすめると、あたしはひるんで身を引く。「ごめん、どうして触れようとしたのか、自分でもよくわからない」あたしはこういいたい。ご、めん、どうやって触れさせたらいいのか、よくわからない。どうしてわからないのだろう？　後部座席にいたハヴィのことを、ハヴィと一緒にいたあのときに思わず自分を抑えたことを考える。なんのために？　確かにラブストーリーにはならないかもしれないが、なぜ、自分には一瞬のやさしさに浸る価値もないと思ってしまうのだろう？

なぜ？

「い、いいよ」それからなけなしの勇気をかき集めてつづける。「かまわない……あ、あなたが、そう、し、したいなら」

キャットは手を伸ばし、その手でそっとあたしの顔を包んで、悲しげな笑みを浮かべてみせる。それで、あたしは思った以上に内心をさらけだしてしまったのだとわかる。弱くて欠けたところのある心を広い世界にさらしてしまったのだとわかる。目をとじて、感触だけに、頬に当たるキャットの手のひらの熱だけに気持ちを集中する。キャットがあたしにキスをする。キャットの唇はやわらかくて、思いがけないことだけど正しいような気もする。あたしは目をあける。

「車に乗せてくれてありがとう」キャットはいう。

「このために、ひ、拾ったわけじゃない」

「わかってる。ただお礼がいいたくなっただけ」

ハンドルに頭をもたせかけて、雨があがるのを待つ。うっかりとじてしまった目をまたあける。ものすごく疲れている。もしもう一度でも目をとじたらそれでおしまいだとわかる。キャットのキスがもたらした浮き立つような感じは消え、悲しい現実が戻ってくる。鼻梁(びりょう)をつまみ、ひっと声をあげる。だけど鈍った部分が痛みで鋭くなったりはしない。

「もし眠りたいなら、眠ればいい」

あたしは手をおろす。

「眠りたく、な、ない」意地を張っていう。

「選択の余地はなさそうだけど」キャットはそう返す。「いいんだよ、セイディ」

でも、よくはない。

窓の外を見つめ、額に軽く押しつけられた母親の指を思いだす。〝あたしがあんたをつくったのよ〟。どこにいるにせよ、マティがどうなったか知っているのだろうか。母親は、もうあたししか残っていないことを知っているのだろうか。

ザ・ガールズ　シーズン1、エピソード4

ウェスト・マクレイ：マティがいなくなった日も、はじまりはほかの日とおなじでした。メイ・ベスはそれを鮮明に覚えています。毎晩、夢に見るそうです。

メイ・ベス・フォスター：あの朝、マティがやってきた。あたしにはこういうルールがある――朝九時よりまえに人を煩わせないこと。だからマティが好きなのは、それよりまえに起きた場合、九時一分にあたしのところのドアをたたいて、すぐにぱっとドアをあけて、あたしのトレーラーのなかに向かって大声で「おはよう！」ということだった。ほんとうに、あたしの顔のまんまえでね。ドアをあけるとすぐにキッチンなんだから。（小声で笑う）

あの日もそうだった。マティはドアを大きくあけて、あたしがテーブルについてコーヒーを飲んでいるところに向かって叫んだ。「おはよう、メイ・ベス！」首を絞めてやりたかったよ、そのくらいには愛していたからね。だけどただ笑いかけてこう訊くだけにした。「きょうはどこへ行くの、マッツ？」いつもとおなじ質問に、マティもいつもとおなじように答えた。「どこへでも」

姉さんと仲直りしなさいよ、とりあえずは面倒を起こさないようにね、とあたしはあの子にいった。

ウェスト・マクレイ：マティとセイディは、その週のあいだずっとけんかをしていました。

メイ・ベス・フォスター：もちろん、原因はクレアのことだった。

マティはロスに行きたがったけれど、そんなお金がないのはわかっていた。だからそのことでけんかを吹っかけるときも、いつだって心の奥底では、それはできないとわかっていた——すくなくとも、あたしはそう思ってる。マティは癇癪（かんしゃく）を爆発させてはおちついて、しばらくするとまた爆発させた。

だけどどういうわけか、マティはセイディが万一に備えて現金を取ってあるのを見つけてしまった。もしそれが必要にならなければマティが大学に行くときの足しになる、とセイディはあたしにいっていた。でもお金のことを知ってしまったものだから、マティはロス行きの飛行機に乗ってクレアを探しに行けると思った。当然セイディは、そんなことはしないといって聞かせた。

その日の午後は、早めの夕食にあの子たちを呼んだんだけど、二人は口もきかなかった。いやな雰囲気だった。ふだんならセイディがなんとか丸く収めようとするんだけど、そのときはちがった。あとでセイディに訊いてみると、あの子はこういった。それが忘れられない。こういったのよ。「マティには、あたしだけじゃ足りないんだと思う」

マティは、姉がいるだけでは満足しなかった。

ウェスト・マクレイ：セイディはその夜、ガソリンスタンドのアルバイトに行きました。

マーティ・マキノン：セイディはものすごく率直な女の子というわけじゃなかったかもしれんが、何か動揺するようなことがあったのははっきりわかった。あとになって知ったよ、それがあのけんかだったんだ。

ウエスト・マクレイ：けんかの件はセイディ自身がアバナシー警察に伝えましたが、マティの殺人事件を捜査するにあたっては、とくに重要視されませんでした。すでに大げさな扱いを受けているように見える物語に、さらなる悲劇の厚みを加えただけでした。

マーティ・マキノン：長いシフトだったよ、よく覚えてる。セイディがどうしても金が必要だっていうから、何時間か余分に働いてもらったんだ。タイムカードの退勤時刻もすごく遅くなって――

メイ・ベス・フォスター：あたしのところへ帰ってきたの。いつもってわけじゃなかった、あの子が来るのはほんとうに疲れたときだけ……あとはたぶん、ちょっと世話を焼いてほしいときね。あたしは喜んでそうした。セイディの世話を焼いてあげられる機会なんてめったになかったから。いずれにせよ、あの子はうちのソファで眠りに落ちて、あんまり安らかな顔で眠っていたものだから起こしたくなかった。起こすべきだった。あのときもし起こしていたらと考えずにはいられない。たぶん、二人は顔を合わせたでしょうね、マティがあのトラックに乗りこむまえに……だって、いつもそうだったから——二人のあいだに何があろうと、セイディはいつだってマティが何か必要としていないか確認してたから。食事はつねにテーブルの上にあるか、温めるだけで食べられるようにして冷蔵庫のなかに入れてあった。妹にどんなに腹を立てているときでも、セイディは絶対にマティの世話をするのをやめなかった。

だけどあの夜は、あたしがそれをさせなかった。あの子を起こさなかった。そのほうがマティのためにもなると思った——ちょっと距離を置いて姉の不在に気がついたほうがいい、たとえセイディはわかってくれないとマティが思っていたとしても、どれだけのことをしてもらっているか知ったほうがいいと思ったのよ。だからマティにメッセージを打って、セイディはうちにいる、きょうは帰らないと知らせたの。

ウェスト・マクレイ：マティがそのメッセージを受けとることはありませんでした。電話をトレーラーに置いていったからです。セイディがそれを見つけたのは翌日、マティがどこにいるか知ろうと、取り乱していくつもメッセージを打ったあとでした。メッセージは次のようにつづきます。

ごめん、マティ。眠っちゃって。

どこにいるの？

意地悪しようとしてやったんじゃないよ、ほんとに。

怖がらせないで――どこにいるか教えて。

こんなことしないで。

メイ・ベス・フォスター：絶対忘れられない。セイディがあたしのところへ戻ってきて、マティがいなくなったといったの。あたしはこういった。「町のどこかにいるんでしょうよ。ちょっと意地悪してやろうと思ってるだけじゃないの？」このとおりにいったのよ。

自分が許せない。セイディはあたしを見て、こういった。「これはいつもとちがう気がする」セイディのいうとおりだった。

ウェスト・マクレイ：このときの話をするメイ・ベスがどんなふうだったかは、わたしが絵に描いてみせるまでもないでしょう。メイ・ベスの苦しみは声にすっかり表れていると思います。それでも、みなさんにも知っておいてもらいたいのです。テーブルをはさんでわたしの向かいに座っているあいだずっと、メイ・ベスの目はわたしには見えないものを見つめ、手はテーブルクロスを握りしめていました。苦痛から逃げず、胸の内をわたしに明かしてくれるのはほんとうにありがたいことです。しかしメイ・ベスの必死の試みから、わたしが目にしている苦痛はまだほんの表面に過ぎないのだとわかります。正直なところ、彼女がどうやってそれを乗り越えているのかわかりません。本人にもわかっていないように思えます。

メイ・ベス・フォスター：毎日すこしずつ蝕(むしば)まれている。あたしでさえこうなら、セイディはどう受けとめているのか、想像もつかない。セイディは……かつてセイディだった人間の抜け殻になってしまった。あの子のことも、毎日すこしずつ失っている。

ウエスト・マクレイ：こうなると、セイディがこれ以上傷つかないように守りたいと思うメイ・ベスの気持ちも理解できます。いままで隠してきた情報を明かすことを、メイ・ベスはとても怖がっています。わたしはその情報を手に入れるだけのためにまたコールド・クリークへ飛びました。あなたを信用していないわけじゃないんだけど、じかに話すほうが安心できる、とメイ・ベスはいいます。

メイ・ベスのところに到着すると、わたしはマイクを切り、メイ・ベスは知っていることを話してくれました。その五日後、わたしは新たな糸口をつかみました。メイ・ベスは、セイディが見つかったときに自分の明かした内容が問題になることはないと納得すると、わたしがポッドキャストのために話を再開することに同意してくれました。

メイ・ベス・フォスター：これをいえば、なぜあたしがファーフィールド警察をあまり信用していないかわかってもらえるはず。警察が主張するとおり真面目に捜査していたなら、セイディに何があったかほんとうに全力で調べたなら、これを見つけていたはずだし、これについて調べたはずでしょう。これはセイディの車の助手席の下にあったんだから。

ウェスト・マクレイ：それはクレジットカードでした。コールド・クリークに住んでいたとき、セイディはクレジットカードを持っていませんでした。そして、見つかったカードはセイディのものではありません。キャット・マザーという名前の女性のものです。キャット・マザーを見つけるのは、そうむずかしくありませんでした。

セイディ

小さな、壊れた遺体がたくさん出てくる夢を見る。うつぶせにされ、傷つけられ、分類され、神聖なものとして暗い場所に保管されている。みんな、わけがわからない状態からやがて痛みを、それから無を受けいれたような目をしている。まっすぐこちらを見ていることもあれば、中空を見つめていることもある。あたしにできることは何もない。もう遅すぎる。

夢にマティの顔が出てくる。

はっと目を覚まし、頭の横をフロントガラスにぶつける。鼻がずきずきと痛んで耐えがたいほどだ——でも死ぬほどじゃない。

いい、死ぬほどじゃない、と自分にいい聞かせる。

車の電源を入れ、ちらりと時計を見ると、一時間も眠らなかったことがわかる。眠気に負けるまえよりさらに疲れている気がする。骨が痛んでベッドが、〝家〟が恋しくなる。

だが、あのトレーラーは家じゃない。出てきたときにもう家じゃなくなっていた。なかにいるのが自分だけなら家ではない。

あくびをする。目を覚ましたのは、横でごそごそ動く気配があったからだ。キャットがそのへんを引っかきまわしていたのだろうけれど、あたしが目をあけたときには身動きもせず隣に座り、外の道路を見つめていた。キャットの視線を追う。雨があがっている。ちょうどあがったところなのだろう。午後なかばの太陽が顔を出し、歩道をキラキラさせている。

キャットは様子が変だった。さっきダッシュボードに並べたものは全部なくなっている。たぶんバッグのなかに戻したのだろう。一時間では完全に乾くとは思えないけれど。

「ど、どうかした？」あたしは尋ねる。

「え？　なんでもない。ただあなたが起きるのを待っていただけ」

「お、起きたよ」咳ばらいをしてからつづける。「もうここを、で、出たい？」

「そうだね」

あたしは車を路上に戻し、そのあいだ、キャットは身を固くしたまま隣に座っている。それからの一時間は黙って進んだ。キャットはさっきまでとちがう。理由はわからない――あたしは眠っていただけなのだから。窓をあけ、深く息を吸いこむ。雨あがりで濃い靄になった空気が見える。

「ねえ、ねえ」キャットが一方の手であたしの腕をとんとんとたたき、もう一方の手で左を指差す。道端に小さなガソリンスタンドがある。あたしたちはどこでもない場所からどこかへたどり着く途中なのだろう。ガソリンスタンドが意外なほど混んでいるところを見ると。正面に給油機が二つあり、奥のほうには、おそらく世界一汚れたお手洗いがある。あたしは車を入れる。給油機の横の看板には、**セルフサービス（現金払いのみ、支払いは店内で）**と書いてある。

利用可能な選択肢のなかではマシなほうだ。店員が出てきて必要なものをいいつけられるのを待つ店よりは、しゃべる機会がすくなくて済む。だけどいまはそれでも気が進まない。マティがいれば代わりにしゃべってもらったのに。マティは、あたしを〝あの目つき〟、あるいはもっと悪いものから助けだす責任者の真似事をするのが好きだった。iのつくベッキーより質（たち）の悪い人は大勢いて——ベッキーを氷山の一角と思えばいい——あたしはそういう人たちに多く会ってきたと断言できる。世のなかには、他人の声を笑いものにして自分は気分よく過ごそうとする人がたくさんいる。

キャットはシートベルトを外し、くしゃくしゃに丸まったお金をあたしの手に押しつける。

「これで充分でしょ」キャットは早口でいう。黄色いトラックがあたしたちのうしろに停まる。「あー、ちょっと体を伸ばして……あと、お手洗いに行ってくる」

「わかった」

キャットは車を降りる。

キャットがスタンドをまわっていくのを見送り、一分くらい座ったままでいる。いや、もしかしたら一分よりずっと長かったかもしれない。気がつくと年配の男に拳で窓をたたかれていて、あたしは天井にぶつかるほど驚いた。窓をあけて目を凝らす。男は銀色の髪とぼさぼさの眉をして、日焼けが浸透した顔の肌がなめし革のようになっているせいで、この世に生まれてから実際のところどれくらい経つのか判断がむずかしい。四十歳。六十歳。よくわからない。

「やあ！　おどかすつもりはなかったんだよ」かすかにしゃがれた声が年齢を感じさせる。「だけど、セルフサービスなのにずっと座ってるから、看板を見落としたのかと思ってね。うしろに列ができちゃってるから……」

「――」もちろん、あたしは言葉に詰まる。口のなかで単語が必死に外に出ようとしているのを感じる。ようやく出てきたときには、こんなかたちになっている。「すすすすみません」

酔っているように聞こえる。

「飲んでるのかい？」男が尋ねる。

酔っぱらっているかどうか訊かれるのが、ばかだと思われるよりすこしはマシなのかどうかぜんぜんわからないけれど、それが指し示すところはおなじだと思う――あたしには根本的におかしなところがあり、人はそれを感じとると逃げだしたくなるのだ。

「もし飲んでるなら、このまま車でここを出てもらっちゃ困るね」

「と、止めないでよ。せっかく」――ここでにっこり笑ってみせる――「さ、幸先のいい、ス、スタートを切ったんだから」お先に一杯引っかけたよ、という意味にもとれる皮肉だ。

熱が首へ、耳へ、頬へと花ひらいて顔全体がトマトみたいに真っ赤になるまで、あたしは笑みを顔に貼りつけたままでいる。険しかった茶色の目がゆるむ。男はあたしをかわいそうに思っているか、自分を恥じているか、どちらかだ。それがどっちかは、彼のほうが口をひらくまでわからない。

男は咳ばらいをして、和解の申し出をする。「おれがガソリンを入れてあげるってことでどうかな」

「じゃあ、あたしは、な、な、な――」

あきらめて、建物のほうへうなずいてみせる。

エアコンのおかげで建物のなかの空気はちょっとちがい、腕や脚の産毛が逆立つ。食料や水をすこし補充する必要があるが、ここみたいな店でそれをするのはあまり賢いとはいえない。健康的とはとてもいえない食料品に目が飛び出そうな値がついているうえ、深夜に入荷した食べ物はプレミア価格で売っているからだ。冷蔵コーナーで水のボトルをつかみ、奥のほうの棚からピーナッツバターの埃っぽい瓶を取る。コーヒーのカウンターでプラスティックのスプーンをもらい、金属製の古いパーコレーターで淹れたコーヒーに七十五セント払うかどうかよく考え、そのお金で食べ物を買ったほうがいいと判断する。そんなわけでコーヒーはなしだけど、歪んだ金属に映った自分の姿を見て、人からもこんなふうに見られたいと思う――顔の皮膚はありえないくらい上下に伸び、目はどこかまんなかあたりでまどろみ、鼻はピンで刺してあけたような穴が二つついた細長い帯になっている。キャンバスに流されてかたちを保てず滲んだ水彩絵の具みたいに、全体が妙にぼやけている。

ドアの上のベルが途切れ途切れに鳴り、年配の男が入ってきたことを告げる。つづいてキャットも入ってくると思ったのに、彼女はいない。あたしはピーナッツバターと水を手に、男のうしろについてカウンターに向かう。これとガソリンの合計で――キャットの援助があってさえ――財布がひどく軽くなる。

お金はすばやく消える。それを知るのは年齢が進んだからといって楽になるわけではないが、幼いうちに知るとなおさらつらい。子供時代のすばらしさは生活費の全体像が見えていないところにある。食べ物は何もしなくても冷蔵庫に現れる。みんなそうだから、自分の頭の上にも屋根があってあたりまえ。電気はハリー・ポッターか何かの魔法で出してるんでしょ、だって誰が明かりに値段なんてつけるの？　いや、たぶん魔法を信じているわけでもない。こういうことをどれも本気で考えなくていいだけだ。その後、いままでずっとカミソリの刃の上を歩いていたようなものだったとわかる日がやってくるのだ。

「あ、ありがとう」あたしは男にいう。

外に戻ると、キャットはどこにもいないけれど、あたしの車のうしろにできた列は、並んでいる人がちょっといらつく程度では済まなくなってきている。車に乗りこみ、まえへ進めて駐車場に入れる。そのとき、まえの座席からキャットの荷物が全部なくなっていることに気がつく。

「なんなのよ」とつぶやく。あたしはまた車を降りる。スタンドはちょっとまえよりも混雑しているようだ。人々が店に入っては出ていく。

口の両脇に手を当てて呼ぶ。「キ、キャット？」

いくつかの顔がこちらを向くが、そのなかにキャットはいない。小走りで建物をまわりこんでお手洗いへ行くと、店内で鍵を受けとってください、とドアにかかった看板に書いてある——が、キャットはそうしなかった。車を降りて、建物の裏へ歩いて、いまは……いない。

ガソリンスタンドの裏手は野原へつづく急斜面に面している。野原は一キロ半くらい延びた先でハイウェイにぶつかっている。見えるところには誰もいない。胸がぎゅっと締まる。何かあったのだろうか？　誰か……

誰かがキャットを連れていったのだろうか？

あたしはふり返る。心臓が激しく鼓動し、肌が粟立つ。キャットを、よく知らない女を思い描く。彼女がここにいて、ドアをあけようとしているところを想像する。キャットは鍵が必要なんだと思う。鍵が必要だから取ってきて、だけど戻ってくると誰かがうしろにいて、うしろからまわりこんでキャットを——

ちがう。

やめろ。

コールド・クリークで最もさびれた、最も人けのない場所を巡った自分の不器用な捜索を思いだす。マティの名前を大声で完璧に、しっかりと呼びながら、自分の言葉が砕ける瞬間を待っていた。なぜなら言葉が砕けるならあたしは一人じゃない、マティが戻ってきた証拠になるから。

人生でたった一度、吃音が出ることを望んだ時間だった。

マティの名を呼びながら探しつづけた。探すのをやめることがどうしてもできなかった。泣く気にもなれなかった。いままで一度だって、マティに見られる危険があるところで泣いたことなどなかった。マティのまえでは、あたしは強くなきゃいけなかったから。

とうとう降参した瞬間、現実を押し返す力が尽きた瞬間を思いだす。涙が流れるに任せ、そのとたんにメイ・ベスからメッセージが届いた。

〝警察が来てる。戻ってきて〟

女が一人、すぐそばを通り過ぎ、あたしはビクッとする。

「失礼」彼女は小声でそういいながらお手洗いのドアをあける。手に鍵を持っている。

キャットはいったいどこ？　スタンドの正面へ駆け戻り、自分を抑えきれずにドアを強くあける。ベルが狂ったように鳴る。店の男がびっくりして、勢いよく顔をあげる。

「女を、み、見なかった？　ここまで、い、一緒に来たんだけど。み、み、見つからなくて」男は顔をしかめる。「ブ、ブロンドで、ま、巻き毛なんだけど……？」

男はパチンと指を鳴らす。「あの人があんたと一緒だとは知らなかった。見たよ。黄色いトラックの男に、乗せていってくれといってた。あんたがこの建物のなかにいるあいだに二人は出ていったよ」

あたしは一歩さがる。

「そう。ありがとう」

「いいってことよ」

車まで歩いて戻るうちに、体のなかのパニックが薄れてわけのわからない恥ずかしさに変わる。

指を唇に当てる。

キャットはあたしを置き去りにしたのだ。

べつにかまわない。

あたしたちはべつに――

なんでもない……

車に戻ると、後部座席の散らかり具合がキャットを拾うまえとちがっていることに気がつく……

あたしの持ち物を調べたのだ、何かを探して――何を？

ドアをあけると、血が目につく。染みのついたシャツが、押しこんでおいた座席の下から引っぱりだされ、フロアマットの上でくしゃくしゃに丸まっている。その横に飛び出しナイフがある。あたしは乱暴にドアをしめ、運転席に戻る。

キャットが誰の車に乗り換えたにせよ、運転手があたしよりマシな人間だといいと思う。

ザ・ガールズ　シーズン1、エピソード4

ウエスト・マクレイ：キャット・マザーはカンザス州トピーカに住んでいます。

彼女も行方不明になっていたことがありました。

グーグルでキャットの名前を検索して最初に見つけたのは、彼女の母方のおば、サリー・クィンの必死のメッセージでした。彼女がフェイスブックに公開で投稿し、姪（めい）の居場所を尋ねたもので、どれも二年近くまえの投稿です。この投稿のあとまもなく、サリーはもう探すのはやめたと友人たちに告げます。そもそもキャットは家族から逃げていて、誰とも連絡を取りたがっていないので、それならそれで仕方がない、というのです。ただの家出人でした。

キャットは多くの面で、わたしの想像するセイディのような人物です。おちつきがなく、向こう見ずで、ドラマティック。キャット自身のフェイスブックのプロフィールは、舌を突きだした写真でいっぱいです。髪は明るく派手な色に染めています。たいてい、アナーキーなロゴの入ったシャツを着ています。すくなくとも当時はそうでした。わかりやすい書き方で個人的な不幸をほのめかす更新をくり返していたのもこのころでした。〝こんな家族クソくらえ〞とか、〝この星を停めて、あたしは降りるから〞とか。最後の投稿後まもなくキャットは姿を消し、その後二年をあちこち移動して過ごしました。そしてほんの数カ月まえに、盗難車の運転席にいるところを捕まったのです。

現在、キャットは公判の日を待ちながら、サリーと一緒に暮らしています。

当初、キャットはわたしと関わりたがりませんでした。彼女にとってはプライバシーが大事でしたし、犯罪歴が公になるのも喜ばしいことではありませんでした。けれどもわたしがセイディのことを説明し、セイディの車のなかでキャットのクレジットカードが見つかったことを伝えると、キャットも話してくれる気になりました。

キャット・マザー：そう、彼女と一緒にいた。ほんのすこしのあいだだけど。車に乗せてくれたの。だけどちょっと怖かった。よくわからないけど。

ウエスト・マクレイ：キャット・マザーの現在の外見はこうです――二十三歳の白人女性で、こんなトラブルにはそぐわない、地味で控えめな顔つきをしています。おばのサリーが玄関でわたしを迎えてくれました。サリーは人あたりのいい黒髪の中年女性で、姪の待つリビングに向かう短い時間のうちに、マザー一家に関する基礎知識を教えてくれました。

サリー・クイン：あの子はわたしの女きょうだいの娘なの。母娘はもう長いこと疎遠になってる。家族の問題でね。ひどい話よ。キャットは十九のときにいなくなった。わたしはずっと、この……不愉快な出来事のせいでなんとか一家が和解すればいいと思っていたんだけど、そうはならなかった。でも、もしかしたらこれからなんとかなるかも。ほんとうにそう願うわ、だってキャットの父親は――

キャット・マザー：ちょっと、サリー。あたしにもすこしくらいしゃべることを残しておいてくれない？

サリー・クィン：（笑）ということで、こちらがキャット。

がんばってね。

ウエスト・マクレイ：サリーがいなくなるとすぐに、キャットはある一つのことをはっきりさせます。

キャット・マザー：あたしたちはセイディの話をするためにここにいる。話すのはそれだけ。いい？

ウエスト・マクレイ：かまいませんよ。あなたに連絡をしたときにわたしがまず気づいたのは、セイディを知っているかどうか尋ねられたあなたが、知っていると即答した点でした。セイディは、ほかの人たちにはべつの名前を名乗っていたんですが、あなたと会ったときには正直に話したようで、ほんとうの名前を口にしたのです。

キャット・マザー：ほかの人にはなんて名乗っていたの？
ウエスト・マクレイ：リラ。どうしてセイディはあなたのクレジットカードを持つことになったんですか？
キャット・マザー：カードはバッグに入れていたの。万が一のために持ち歩いてたんだけど、ふだんは現金を使うほうがよかったから。彼女と一緒にいたときに落としたんだと思う。
ウエスト・マクレイ：セイディはカードを使いませんでした。
キャット・マザー：使おうと思っても使えなかったのよ。なくしたことにすぐ気がついて、止めたから。
ウエスト・マクレイ：どんなふうに出会ったのか教えてください。

キャット・マザー：二人とも、モンゴメリーっていう町を出ようとしていたの、おなじタイミングで。あたしはヒッチハイクをしていて、彼女が拾ってくれた。

ウエスト・マクレイ：セイディがモンゴメリーで何をしていたか知っていますか？

キャット・マザー：知らない。

ウエスト・マクレイ（スタジオ）：モンゴメリーはいかにも絵葉書になりそうな町（ポストカード・タウン）です。

実際には、街（シティ）といったほうがいい規模ですが、ダニーはある種の場所をそう呼ぶのを好みます。あなたがここにいればいいのに、と口にしたくなるような場所です。以前わたしが、コールド・クリークはアメリカ人が夢見るような町ではない、といったのを覚えていますか？　モンゴメリーはアメリカ人が夢見るような町です。美しい絵のような大学町で、景気も上向きです。人口の多くを占めるのは学生で、ほかには、若い人たちの輝きを浴びながら引退生活を送りたいと思うような裕福なベビーブーマーが見受けられます。もし行ったことがなければ、ぜひ足を運んでみてください。遠すぎるようであれば、テレビ映画の『ラヴ・ザ・ワン・ユーアー・ウィズ』や『ある晴れた秋の日』、『最後のダンス』を見てみてください。モンゴメリーで撮影がおこなわれた作品です。

キャット・マザー：彼女は町を出たがっていた。あたしもそうだったからわかった。ああいう場所、ほら、リアルに思えないくらい素敵に見える町ってあるでしょ？　思いつくかぎり最悪の出来事はああいう場所で起こるの。あたしの勘はまちがってない。ニュースを見たでしょう？

ウェスト・マクレイ（スタジオ）：つい最近、モンゴメリーはコミュニティの中心人物に関わるグロテスクなスキャンダルによって打撃を受けたばかりです。

サイラス・ベイカーは地元のビジネスマンとして評判が高く――すくなくとも、以前はそうでした――モンゴメリーの経済的成功のために一役買った人物です。娯楽のための合法マリファナのブームに乗った投資で財を成し、その後、自分の町に再投資しました。デパートをいくつかと、地元のバー、クーパーズと、食料雑貨店を所有し、町なかのほかのいくつかの人気ビジネスともつながりがあります。この功績により、サイラス・ベイカーは六年まえにモンゴメリーの優良市民賞を受賞しています。

数カ月まえ、サイラス・ベイカーはここ七年にわたりコーチをしてきたティーボールのチームの幼い子供たちに対し、性的虐待をはたらいた容疑で逮捕されました。五歳から八歳までの子供たちが被害者でした。

キャット・マザー：……あたしのことを気の毒に思ってくれたんだと思う。信じられないくらい雨が降ってたから。五十センチ先も見えないほどで、あたしは全身びっしょり濡れてた。彼女は通りすがりにちょっとスピードを落として、それから車を停めた。黒い車だった――シボレーじゃなかった？

ウェスト・マクレイ：そうですね、セイディが運転していたのはそれです。

キャット・マザー：とにかく、彼女はあたしに変質者じゃないよねって訊いてきて、あたしもおなじことを訊き返して、お互いそうじゃないってわかると、あたしは車に乗りこんだ。彼女には吃音があった。ちょっと混乱してるみたいだった。だけどそれは吃音のせいじゃない。そういう意味じゃないの。

ウェスト・マクレイ：どういうことですか？

キャット・マザー：誰かに殴られたみたいな顔をしてたの。鼻が腫れていて、目にちょっと黒いあざがあって、顎に擦り傷があった。あの日のうちにあったことだと思う。一緒にいるあいだに傷が悪化したみたいに見えたから。

ウェスト・マクレイ：セイディは、何があったかあなたに話しましたか？

キャット・マザー：転んだっていってたけど、明らかに嘘でしょ。

ウェスト・マクレイ：じゃあ、話はしたんですね。

キャット・マザー：まあ、そうね。知らない人と車に乗るのは、それだけで気まずいから。なんとか沈黙を埋めなきゃと思うわけ。彼女は長旅の途中で、これから妹を拾うつもりだっていってた。

ウェスト・マクレイ：妹のマティは八カ月まえに殺されています。

キャット・マザー：もしそれを知っていたら、たぶん車に乗らなかった。だって、それも一種の変質者みたいなものじゃない？　いずれにせよ、そんなに長く一緒にいることにはならなかったけど。

ウェスト・マクレイ：マティのことはなんといっていたんですか？

キャット・マザー：ただ……二人は姉妹で、彼女のほうが年上で、マティにはイライラさせられるとか、だいたいそんなところ。だけど話しているうちに彼女が動揺したのがわかった。そのときは、二人は疎遠になっていて、仲直りしようとしているんだと思った。だけどその子が死んでるとは思いもしなかった。

メイ・ベス・フォスター（電話）：セイディは、マティが生きているみたいに話したの？

ウエスト・マクレイ（電話）：キャットはそういっていました。

メイ・ベス・フォスター（電話）：それは確かなの？　その子がそういっていたの？　セイディがマティについて、生きているみたいに話してたって？　ほんとうにそんなつもりだったのかしら？　セイディは実際そう信じていたのかしら？

ウエスト・マクレイ（電話）：そうかもしれないし、そうでないかもしれない。セイディがみんなにしていたつくり話だったのかもしれない。誰もが見知らぬ他人に自分の人生の物語を聞かせるわけではありませんからね、メイ・ベス。

メイ・ベス・フォスター（電話）：だけど、セイディがほんとうにそう信じているとしたら？

キャット・マザー：車で走っているうちに、天候はどんどん悪化して、それから車がスリップして——

ウエスト・マクレイ：スリップしたんですか？

キャット・マザー：雨のせいでね。車は道路のまんなかに飛びだした。結局なんともなくて、でも雨がおさまる様子はぜんぜんなかったから、晴れるまで車を停めておくことにしたの。それで、そのあとの彼女はもう目をあけていられなかった。そう——ほとんど一瞬だった。ドン、とぶつかって倒れるみたいに。ドラッグか何かやってるのかも、と思った。

ウエスト・マクレイ：オーケイ、あなたの話では、セイディは顔を殴られたように見えて、車のコントロールができなくなって、その後目をあけていられなくなった——怪我をしているのかもしれないとは思わなかったんですか？　脳震盪を起こしているのかもしれないとは？

キャット・マザー：ぜんぜん思わなかった。ただ……ドラッグをやってると思った。だから眠りに落ちるとすぐに、確かめようと思って車のなかを調べたの、わかるでしょう——

ウェスト・マクレイ：ドラッグを探して？

キャット・マザー：そう、ドラッグを探した。自分が何に巻きこまれることになるのか知りたかったから。そんな目で見ないでよ。

ウェスト・マクレイ：変な目をしたつもりはありませんが。

キャット・マザー：べつに彼女から何か盗もうとしたわけじゃなかった。わかる？ あたしはヒッチハイクをたくさんしてる。あらゆることに心の準備をしなきゃならないの。じゃないとやっていけないのよ。まえに一度、こんな男がいた。危ないってわかったの。そいつが車を停めたときに車内を調べたら、シートの下からロープとねじ回しが出てきて、これは大げさに嘘をいってるわけじゃなくて、そのねじ回しには乾いた血がこびりついているように見えた。車に乗るときに運転手がどんな人かちゃんとわかるわけじゃないけど、知るチャンスがあればそれは利用する。

ウェスト・マクレイ：それで、何を見つけたんですか？

キャット・マザー：シャツがあったんだけど、ものすごい血まみれだったの。後部座席の下に押しこんであった。床の上に飛び出しナイフもあった。きっとスリップしたときにまえの座席の下から押しだされたんでしょうね。

ウェスト・マクレイ：シャツについていたのが血液だというのは確かなんですか？

キャット・マザー：血がどんなふうに見えるかくらい知ってるわよ！　あれは、そう——彼女の血だったかもしれない。ほかの人の血だったかもしれない。だけどナイフもあったのよ？　それにしまいこんであった、隠そうとするみたいに。そこが問題だった。だからあたしは、困ったことになったと思いはじめた。

ウェスト・マクレイ：それについて訊いてみなかったんですか？

キャット・マザー：それはすごくばかな質問ね。

あれは……彼女はほんとにいい人に見えた。あのときの男みたいに、やばい感じはしなかった——でもあのシャツは……あなたも見ればわかると思う。すっかり血だらけだったんだから。

あたしはそのまま車のなかにいて、逃げなきゃと思いながらずっと身動きが取れずにいたの。そうこうしてるうちに彼女が目を覚ましてしまった。眠りに落ちてからだいたい一時間くらいだった。それから、一緒に車に乗っていて、ガソリンスタンドを見つけた。あたしはマーケットという名前の町に向かっているところで、まだ遠かったんだけど、これ以上——たとえ彼女が実際にいい人だったとしても、確実なところがわからないなら危険をおかすことはできなかった。だからガソリンスタンドで置き去りにした。ちょっと悪いような気もしたけど、生き延びるためにやらなきゃならないことをやるしかないから。

ウェスト・マクレイ：セイディがどこへ向かっていたか、あなたが知っていると思うのは虫がよすぎるでしょうか？

キャット・マザー：それがじつは、知ってる。電話で行き方を調べてほしいっていわれて書き留めてあげたから、忘れられなくて。

ウェスト・マクレイ（電話）：セイディは父親を探しています。

ダニー・ギルクライスト（電話）：そうか。

ウェスト・マクレイ（電話）：それから、セイディが飛び出しナイフを持っていたという、べつべつの目撃者からの証言があります。キャディ・シンクレアはそれでセイディに脅(おど)されたといっていました。キャットはそれを車のなかで見つけています。

ダニー・ギルクライスト（電話）：彼女が怪我をしてたともいっていたね。

ウェスト・マクレイ（電話）：ええ、モンゴメリーで怪我をしたようです。何があったんでしょう？　セイディがこれまでの場所に向かったのは、父親と何か関係があるんでしょうか？　なぜ武器を持ち歩いているんでしょう？　それに、どうやら鼻が折れて、目には黒いあざがついていたらしいんですが、どうしてそんなことに？　（間）

キャットに会って、ちょっと思うところが……

ダニー・ギルクライスト（電話）：なんだね？

ウェスト・マクレイ（スタジオ）：そのとき自分が感じていたことを、ダニーにはっきり説明するのは困難でした。わたしはキャットについて考えるのをやめられませんでした——もしわたしが探していたのがキャットだったら、助けを求めてわたしを探しあてたのがキャットのおばだったら、この物語はそこで終わっていたでしょう——リビングでキャットの向かいに座り、話すことを拒否されるというかたちで。しかしすべてがほんとうにそこで終わるわけではありません。そこにキャットがいて、見知らぬ男たちや血のついたねじ回しと一緒に車に乗ったのは、なんであれ家庭内につきまとっていた問題から逃げるためだったのですから。それに、セイディがいます。顔を殴られ、あざをつくって、車に乗っています。それが——こうした少女たちがくぐり抜けてきたこと、行方不明の少女たちの身に起こりうることが——遅ればせながら、俄然リアルに迫ってきました。そしてそれが気に入りませんでした。しかしあのとき、これをダニーにはっきり伝えることができませんでした。代わりに、わたしは話題を変えたのです。

ウエスト・マクレイ（電話）：なんでもありません。

ええと、いまわかっているのは、セイディがモンゴメリーにとどまらなかったことと、そのあとに向かった先です。どちらを先に調べるべきだと思いますか？　モンゴメリーか、ラングフォードか――ちょっと待ってください、べつの電話が入りました。

もしもし？

メイ・ベス・フォスター（電話）：クレアが帰ってきた。

セイディ

ラングフォードに到着する。

午前四時。

最初に目につくのは二十四時間営業のコインランドリーで、これは何かのしるしではないかと思う。あたしは車を停める。もう倒れそうだが、これは必要だ。人間らしい心持ちを取り戻すためのステップだ。顔の痛みは絶え間なくつづいていて、気分が悪くなりそうだ。鏡を見て、ドラッグストアで傷の上に塗る化粧品か何かを買うべきかと思う。会う人が怖がって逃げないように。メイクについてはあたしよりマティのほうがよく知っていた。一度、マティが十一歳だったとき、バスルームで黒いリキッド・アイライナーを使って完璧な子猫の目にしているところを見つけたことがあった。あんたがそんなものを顔にくっつけてるところは十三歳になるまで見たくない、とあたしはマティにいったけれど、どうしてそんなルールをつくったのか自分でもわからない。そんなに悪いことだっただろうか？　ただ、親がいいそうなことだったからあたしもいっただけだ。ほんとうは、どうやって描いたのか、それとおなじ完璧なラインをあたしのまぶたにも描けるかどうか訊きたかったのに。

コインランドリーに入る。カウンターの向こうに、完全に意志の力だけで生きつづけているような年老いた女がいる。紙幣を渡すと、お釣りと洗剤を寄こしてきたその手で口を押さえて、激しい咳をする。

洗濯機は古い。スロットに二十五セント硬貨をいくつか入れ、わざわざ洗濯物を分類したりせずにそのまま突っこむ。固いプラスティックの椅子の一つに腰かけ、洗濯機がまわる音を聞きながら老婆のほうをちらりと見る。向こうはまだあたしを見ている。自分の見かけを考えれば、彼女を責められない。

「ト、トワイニング・ストリート四五一番地に何があるか、お、教えて、も、もらえますか？」

老婆は首をかしげて考えてからいう。「〈ブルーバード〉じゃない？」ブルーバードが何かわからずにいると、老婆が携帯電話を取りだして身振りであたしを呼び、不鮮明なモーテルの写真を見せてくれる。その下にはよくも悪くもない口コミの評価がずらずらつながっている。

母親の最後のほうのボーイフレンドに、ポールという男がいた。二メートル近い身長で、どこもかしこも大きかった。腕や脚は樹齢のいった木の幹のようで、手は大きすぎてつかめないほどだった。ポールは、いてもぜんぜん気にならなかった。向こうもマティやあたしにかまわなかったから。窮屈なトレーラーに一緒に詰めこまれたとしても、それならそれで仕方ないと思えた。ポールはあたしたちを邪魔者扱いしなかったし、あたしたちがほんとうに邪魔をしたときも、それを問題にしなかった。あまりいらついたりしない質で、だからあんなに長くつづいたんだと思う。とにかく、ポールは——ほとんどしゃべらなかった。ポールのそばにいたとき、あたしはよくポールとその周囲にいる人々をうっとり眺めたものだった。ポールを相手にする人々は返事を期待せずに一方的な会話をすることになるのだが、彼らはポールに敬意を払っていた。それはみんながポールを見る目つきから明らかだった。沈黙を守る人物が重要性や力を持ちうることを、ポールは教えてくれた。まあ、その人物が男であるかぎりは。女の場合にはそういう選択肢はない。意地悪女だと思われるだけだ。

この次にやろうとしていることを、しゃべらずにできたらいいのにと思う。

ブルーバードの外に停めた車のなかにいる。さっきのコインランドリーから数キロで、後部座席に積んだ洗濯物も冷えはじめている。指でハンドルをトントンとたたく。ブルーバード。鳥は一羽も見えないが、正面に〝格安サービス中〟の看板が出ている――〝一泊39ドル99セント、Wi-Fi別〟

ぼろぼろで、ぜひとも新しい羽目板と新しい屋根が必要だ……何もかも新しくしたほうがいい。正面オフィスの向かいに車を停めているので、大きな窓からなかが見える。年配の男がこちらに背を向けて、壁に取りつけられたテレビを見ている。モノクロ映画だ。

頭をハンドルにもたせかける。

どこにいるの、キース？

車を降り、バッグを肩にかけてブルーバードに向かうと、デスクの男はもうテレビに夢中になってはいない。窓のほうを向き、何か引っかかりがありそうな様子でこっちを見ている。あたしに見覚えがあるのだろうか。もしかしたらいつか、何カ月もまえに、見るものを探してチャンネルを替えている最中にニュースでちらりと見て、それを覚えていたのだろうか。そしていま、その本人がここにいると気づいたのだろうか。

駐車場を横切る。建物に入るとすぐに男がいう。「どうぞ、ゆっくり決めてください」

近くで見ると、さっきよりずっと若く見える。若白髪なのだろう。五十より上ではなさそうだ。浅黒い肌で、腕にも、青い短パンのなかへとつづく脚にも、上から下までタトゥーが入っている。声には独特の気取りがある。相手と友達のふりをするような気取りだ。

「二泊、し、したいんだけど」

男はあくびをする。「どうぞ」

男から目を逸らし、彼の頭の向こうのテレビを見る。とても古いテレビで、ダイヤルがついている。ベティ・デイヴィスの映画がかかっている。彼女の小さくてきれいな顔と大きな丸い目が画面を支配している。『愛の勝利』だと思う。好きな映画だ。あたしとマティはたまにメイ・ベスのところで週末を過ごし、彼女のところに入る三つのチャンネルのうちの一つでクラシック映画を観た。ベティ・デイヴィスの映画はあたしのお気に入りだった。いまも好きだ。

ベティ・デイヴィスの墓碑銘はこんなふうだった——〝彼女は断固としたやり方を貫いた〟

「何か身分証を見せてもらえれば、すぐに部屋を用意できるよ」

あたしはまばたきをして映画から目を離し、男に注意を戻す。

「え?」

「年齢の確認。未成年だと部屋を貸せないんだよ」

「だ、だけどあたしは——」

「身分証にしゃべらせたほうがいい」男は笑みを浮かべる。「そうしないと一晩じゅうここにいることになる」

この男が憎くてたまらなくなる。

「そういう決まりなんだよ」男がいうのと同時に、テレビがポンと音をたてる。画面が雪景色のようになり、スピーカーからは耳が痛むほど大きく、電気的なブリザードの音がする。「ああ、く――」

そ、というまえに男は口をつぐみ、うしろを向いて、ひらいた手のひらでテレビを直そうとかまえる。あたしは男の後頭部を見つめ、彼がキースを知っているかどうか考えを巡らす。そもそもここではキースと名乗っているのだろうか。たぶんダレンだろう。あるいは、キースにとってここは本名を名乗ってもいいと思えるほど安全な場所だろうか。それならジャックかもしれない。

「ダ、ダレン・マ、マーシャルを、知ってる？」

男は驚いてふり返る。「ああ、知ってるよ」

ときにはついていることもある。

「よ、よかった」間を置いてつづける。「あの人は、か、家族の友達なの。こ、この――このへんに来たら寄ってみてって、い、いわれてて」

「ああ、だったら……そう、ダレンとはいい友達だよ。希望は何泊だっけ？」男は尋ねる。

「二泊っていったっけ？　シングル？　ダブル？」

「シングルで」

「五パーセント引きにしておくよ。ダレンの友達なら……」

「ち、近くにいる？　しばらく、あ、会ってないんだけど」

「いや、いまはいない。だが、きっとまたすぐに顔を出すさ。あいつがどんなふうかは知ってのとおりだ」いや、知らない。男はまたあくびをして、あたしにサインをさせ――サインはリラ・ホールデンだ――お金を受けとると、カードキーを放って寄こす。

「十二号室。その廊下の先の奥から二番めだ」

「あ、ありがとう」

「おれの祖父の時代には、尼さんが引っぱたいて直したもんだけどね」

　男は笑う。あたしの吃音のことをいっているのだ。あたしがじっと見つめると、やがて男は顔を赤くし、もごもごと何かいおうとするが、挽回のためにいえることなど何もない。

　結局、こういう。「よく休みなよ」

　ここは人に自分の秘密を残らず思いださせるようなモーテルだ。ここに泊まるには、一人になりたいという強い気持ちが必要だ。それと、料金の八十ドル近いお金と。部屋に入ってドアをしめ、カーテンを引いてドアに鍵をかける。ここまでやってから、ドアに頭をもたせかける。四方を壁に囲まれると、疲れきって痛む筋肉から自然と力が抜ける。あたしは自分の内側にもぐりこむ。しかしそれもほんの一瞬だけだ。

うしろを向き、新しい環境を見てとろうとする。

空気のなかに化学薬品のにおいがするが、部屋にこもるむっとするにおいを隠せていない。染みのあるくすんだベージュの壁紙は花模様で、やわらかい雰囲気を出そうとしながら、それに失敗している。ベッドは張りのない緑色の上掛けに覆われている。それから、見てはっきりわかるくらい端の欠けた整理ダンスのてっぺんに古いテレビがあって、やはりダイヤルがついている。小さな赤いテーブルとプラスティックの椅子もある。カーペットは深紅で、蛍光紫の斑点があり、ところどころ毛羽立ったり擦りきれたりしている。スニーカーを脱ぎ、ざらざらするカーペットの上で靴下を履いた足を丸める。その場から、バスルームの薄水色のタイルとシャワーの端が見える。

まだ青い鳥(ブルーバード)は見つからない。

しかしシャワーを浴びたら気分がよさそうだ。

きれいな着替えを一着持って小さなバスルームに入り、裸になってお湯を流す。お湯は望むほど温かくなくて、ずっと震えながら浴びることになるが、清潔になるのはものすごく気分がいい。まあ、ここで得られるかぎりの清潔さではあるけれど。タイルの目地にはカビが生え、バスタブの端には染みがある。備え付けの小さな石鹼を体じゅうにこすりつけ、石鹼水で髪を洗う。泣きたいほど気持ちがいい。完璧ではないけれど気分はいい。シャワーを終えるとTシャツを着て、シンクの上にかかった鏡のまえに立つ。顔の痛む皮膚に指を押しつけると、鏡に映った自分から――黒いあざのついた目と腫れた鼻の顔から――ヒッと声が漏れる。

バスルームの明かりを消し、ベッドに倒れこんでブランケットの下に這いこむ。上掛けが重くて、シーツはチクチクする。目をとじると自分のまわりが空(から)っぽになるのを感じ、ようやくそこへ落ちていいのだと思える。

けれども心の小さな一部分がそれを許さない。

どれくらいそんなふうに中間地帯を漂っていただろう。ふと、ドアのあくやわらかいカチリという音が聞こえる。脅威が徐々に頭に染みこむが、それでも浮上できない。静かに、すり足で誰かが部屋を横切るような音がする。あいつの重みでマットレスが軽く沈むのを感じる。

手があたしの足首に触れる。

「セイディ。セイディ……ちゃんとお祈りをしたか確かめにきたよ」囁きとか、子守歌と

までは いかないが、なだめるような穏やかな声だ。あたしは目をとじたまま、規則正しい呼吸を保つ。「ああ、寝ちゃったんだね。それならいいよ」あいつは重いため息をつく。「それなら、マティがちゃんとお祈りをしたか確かめにいくよ」
あたしは目をあける。

ザ・ガールズ　エピソード5

アナウンサー：ザ・ガールズは、マクミラン・パブリッシャーズの提供でお送りします。

ウェスト・マクレイ：わたしがコールド・クリークに到着したのは、まだとても暗い早朝の時間帯でした。クレアには、もっとふさわしい時間になるまで会えないものと思っていましたが――やはり午前九時よりまえに誰かを訪ねるのは、まともなこととはいえませんから――荷物をおろしたとたんにメイ・ベスから電話があり、こんなふうにいわれたのです。「いますぐ来て」トレーラーに着くと、二人が外でいい争っているのが聞こえました。

（ぼかした二人の女性の声）

ウェスト・マクレイ（スタジオ）：クレアが戻ってきたというのが信じられませんでした。

クレアと話がしたい、彼女の言い分を確認したいとは思っていました。それまでクレアの話は一方の側から聞いただけで、しかもそれをわたしに話してくれた人は必ずしもクレアの大ファンというわけではありませんでしたから。けれどもクレアは――

（ドアがひらく音、次いでバタンともとに戻る音）

メイ・ベス・フォスター：クレアは話をしたくないって。まえとちっとも変わってない。

ウエスト・マクレイ：どういう意味ですか？

メイ・ベス・フォスター：相変わらず自分勝手ってこと。

ウエスト・マクレイ：どうしても話を聞きたいんです、メイ・ベス。ダレンについての手がかりを得るチャンスかもしれません。

メイ・ベス・フォスター：あたしもすぐなかに戻るよ。クレアはいま、煙草を吸っているところだから。

ウェスト・マクレイ（スタジオ）：メイ・ベスが話してくれたところでは、寝る支度をしながらふと窓の外を見ると、マティの部屋に明かりがついていて、最初はセイディだと思ったそうです。けれどもちがいました。クレアがマティのベッドで体を丸めていました。鍵を壊して入ったのです。メイ・ベスは二回めの説得のために戻りましたが、わたしに聞こえてくるのはときどき激怒したように大きくなる声だけでした。ひんやりとした夜でした。スパークリング・リバー・エステーツの上空の星はかなりの見物でした。わたしはニューヨークではあまり星を見ませんが、コールド・クリークの住人も、この景色に慣れすぎてしまって、ちゃんと星を見ることなどないのでしょう。結局、二時間近く待ってからようやくクレアが出てきました。

クレア・サザン：それで、メイ・ベスがあたしのことを話したっていうレポーターはあなたなのね。

（ザ・ガールズのテーマ曲）

ウェスト・マクレイ（スタジオ）：クレア・サザンはわたしの想像とはちがいました。まず、ドラッグをやめていました。本人が最初にそういいましたし、ちょっと見た感じでは、どうやらほんとうのようでした。クレアはわたしが以前見た写真ともちがっていました。体重が増えたようです。じつのところ、かなり増えたように見えました。顔色は健康的なピンクで、用心深い目をしています。髪は長くつややかで、肩の下まであります。チェインスモーカーです——どうしてもやめられない悪癖だそうです。メイ・ベスのトレーラーでテーブルのまえに座って話すのは断られました。暗がりのなかに立ったままあなたの質問について考えたい、というのです。運がよければ答えをもらえそうでした。メイ・ベスはスクリーンドアのそばをうろうろして、視界の隅を出たり入ったりしながらわたしたちの話を聞いていましたが、わたしたちがそれに気づいていることはわかっていなかったようです。

クレア・サザン：あたしがあなたに話をするのは、ひとえにメイ・ベスがそれをいやがっているからよ。あたしのことをあなたに話したのがメイ・ベスだけなら——まあ、彼女がいいそうなでたらめは想像がつくから。

ウエスト・マクレイ：メイ・ベスに最後にわかっていたのは、あなたがドラッグを常用していて、その後いなくなったということでした。

クレア・サザン：マティのことを聞いたとき……去年の十月にマティが死んだと聞いたときには自殺しようとした。過剰摂取で。ただもう、あの子のそばへ行きたかった。だけどうまくいかなかった。それも一つのサインだと思った。友人の手助けでリハビリ施設を――クスリを抜く場所を――見つけた。最高の施設というわけじゃなかったけれど、役に立った。いまのところ、ドラッグはやめたままよ。

ウエスト・マクレイ：メイ・ベスは、あなたをマティの部屋で見つけたといっていました。

クレア・サザン：あたしにはその権利がある。

ウエスト・マクレイ：マティのことはどうやって知ったんですか？

クレア・サザン：ニュースで聴いたの。ある……友達から、テレビをつけてみろっていわれて。

ウエスト・マクレイ：セイディが行方不明になっているのは知っていましたか？

クレア・サザン：さっきまで知らなかった。

ウエスト・マクレイ：マティが亡くなって、セイディが一人でいることを知っていたなら、なぜいまになって戻ってきたんですか？

ウエスト・マクレイ（スタジオ）：そのときのクレアの反応には驚かされました。クレアは泣きだしたのです。その場にとどまるために、ありったけの意志の力を必要としているようでした。逃げだしたがっているように見えました。逃げはしませんでしたが、口をきけるようになるまでには長い時間がかかりました。

クレア・サザン：あたしがどうしてドラッグをやめたと思うの？　あなたもいってたでしょう――マティは死んだ。あたしはセイディがここに一人でいると思っていた。あたしはあの子と一緒にいたかったの。

ウェスト・マクレイ：娘さんを愛していますか？

クレア・サザン：（間）その質問の答えを聞く資格があるのは、あなたよりセイディじゃないかしら。あなたには、わたしにそれを尋ねる権利はないと思う。

ウェスト・マクレイ：セイディの車は――

クレア・サザン：あの子は自分で車を手に入れたの？

ウェスト・マクレイ：そうです、コールド・クリークを出ていく直前で、六月のことでした。ひと月後、その車がファーフィールドに乗り捨てられているのが発見されました。所持品もすべて車内に残されていました。セイディは見つかっていません。

ファーフィールドという地名に、何か思いあたることがありますか？

クレア・サザン：ない。

ウエスト・マクレイ：わたしたちはその場所に意味があるのかどうか調べようとしているところです。メイ・ベスは助けを求めてわたしに連絡してきたのです。わたしはあなたのお嬢さんを見つけようとしているんです。

クレア・サザン：なぜ？

ウエスト・マクレイ：なぜ、とは？

クレア・サザン：なぜあの子を探しているの？

（ドアがひらく音）

メイ・ベス・フォスター：まったく、なんだろうね、クレア。

クレア・サザン：あなたが口を出さずにいられないのはわかってたわ。（ウェスト・マクレイに向かって）あたしが訊きたいのは、なぜあなたがあの子を探しているのかってことなんだけど？

ウェスト・マクレイ（スタジオ）：わたしが答えるまえに、メイ・ベスがクレアのまえに立ちました。メイ・ベスは、クレアがロスから送った絵葉書を振っています。

メイ・ベス・フォスター：戻ってくるつもりがなかったなら、なんでこんなものを送ったのよ、え？　なんで？

ウェスト・マクレイ（スタジオ）：クレアは絵葉書を手に取り、暗がりのなかで目を凝らします。長い間のあと、心が崩れ落ちた様子が顔に表れ、クレアはまた泣きだしました。

メイ・ベス・フォスター：あんたがいなくなったあと、マティがどんなふうだったかわかってるの？　あの子は切実に母親を求めて――

クレア・サザン：駄目、やめて、あなたにはもう話す機会があったんでしょう、いまはあたしの――

メイ・ベス・フォスター：あの子は切実にあんたを求めていた。毎日、昼も夜もあんたを求めて泣いていた。食事をとろうともしなかったし、眠ることもできなかった――悪夢を見たから……その絵葉書が届いたとき、あの子にとってはそれが光のようなものだった――明かりが灯ったようだった。生きる目的ができた。だけどそれでも、あの子はあんたを求めていた。警察は、マティが殺人者のトラックに乗ったのはあんたのところへ行きたかったからだと思ってる。

クレア・サザン（ウェスト・マクレイに向かって）：この人を、いますぐ、なかに戻して。

ウェスト・マクレイ（スタジオ）：メイ・ベスにトレーラーのなかへ戻ってもらうために

は、かなりの説得が必要でした。クレアは動揺していて、静かに涙を流しながら煙草を二本吸い終わるまで、口をきこうとしませんでした。

クレア・サザン：あたしについて、みんなが忘れたがることがなんだかわかる？ あたしは子供だったの。こんな泥沼に足を踏み入れたとき、子供だった。子供で依存症者だった。セイディを身ごもったときも子供だった。そのうえ母が――母が死にかけていた。それに対処するにも子供だったの。そして親を亡くした。言い訳をするつもりはないんだけど、なぜ、そんなことをさせるにはセイディは若すぎるといわれるのか理解できない。だって、あたしは……あたしはどういうわけか、どんなクソを投げつけられても、充分対処できる年齢だと思われてた。セイディが生まれるとすぐ、メイ・ベスはあの子をあたしの腕から引きはがして、あの子があたしに逆らうように仕向けはじめた。胸が張り裂ける思いだった。そんなことになったのは、あたしがほんの子供で、ラリってて、ほかにどうしたらいいかわからなかったから。母は死んだ。あたしには誰もいなかった。セイディはあたしを憎み、あたしにはそのまま憎ませておくことしかできなかった。それからマティが生まれて――マティは、あの子はあたしを愛してくれた。

ウェスト・マクレイ：クレア、ダレン・Mに心当たりがありますか？

クレア・サザン：え？

ウェスト・マクレイ：コールド・クリークからファーフィールドまで、わたしはずいぶんセイディの足跡をたどりました――まだ終わっていませんが、だんだん終わりに近づいていると思います。それでいままでのところ、セイディは父親だという男を探しているように思われるのです。出会った人々に、父親の名前はダレンだと話しています。実在の人物ですが、わたしはまだ見つけることができていないのです。

クレア・サザン：だったら、あなたはなんの役に立っているの？

ウェスト・マクレイ：ダレンじゃないとすると、セイディの父親は誰なんですか？

クレア・サザン：わからない。

（間）

今夜はここまでにして。

ウェスト・マクレイ（スタジオ）：クレアはこれで失礼するといって、メイ・ベスの予備の寝室へ引きあげていきました。当面、クレアからこれ以上の情報は引きだせないでしょう。しばらくするとメイ・ベスが外に出てきました。泣いていたようですが、泣いてなどいないふりをしようと精一杯取り繕っていました。

ウェスト・マクレイ：マティが姿を消したあと、セイディはどんなふうでしたか？

メイ・ベス・フォスター：え？……想像はつくでしょう。取り乱してた。

ウェスト・マクレイ：そのあとですよ。マティの遺体が見つかったあとのことです。

メイ・ベス・フォスター：自分のトレーラーには戻ろうとしなかった。それで、あたしのところで過ごした時間の半分は外にいた。まさにいまあたしたちが立っているところに。それにたぶん……ぜんぜん眠っていなかったと思う。警察が知らせを持ってやってきたときも、あの子はマティを探しに出かけていた。あの子が歩いて……警官たちのほうへ歩いていくところは思いだすのもつらい。警官二人が待っていた。それで、二人が話すと、あの子は……失礼。

ウェスト・マクレイ：大丈夫ですよ。

メイ・ベス・フォスター：あの子は崩れるように倒れた。芝居がかって聞こえるかもしれないけれど、そんなんじゃなかった。セイディは叫んだり泣きわめいたりはしなかった。ただ、体がその知らせの重みに耐えられないようだった。まるで水面下に引っぱられて、水にさらわれていく人を見てるみたいだった。その後、あの子は自分の家にこもって出てこようとしなかった。あたしも臆病になっていて、あの子を一人にさせておいた……何日も。あの子の顔の変わりようを見たくなかったから。自分がそれに対処できるかわからなかったから。

ようやく向きあう勇気が出たとき、あの子はソファの上にいた。食事を与え、顔を拭き、髪を梳かして、ベッドに寝かせた。目を覚ましたときのセイディは、ただ……そこにいるだけだった。内側にあるべき何かがなくなってしまっていた。あたしの手はもうあの子に届かなかった。あの日からずっと、届かないままになった。

ウェスト・マクレイ（スタジオ）：メイ・ベスの記憶がどんなに荒れ果てたものかはお聴きのとおりです。しかしいま、これが宇宙に向かって、頭上の物いわぬ無数の星に向かって語られた言葉だと想像してもらいたいのです。

メイ・ベス・フォスター：クレアが憎い。キリスト教徒にあるまじき発言だけど、ほんとうのことだよ。

ウェスト・マクレイ：でも、お願いですから、しばらくクレアをそばに置いてください。彼女が話す気になったときに、もっと話を聞く必要があるんです。それから、もし何かあったら電話をください。お願いできますか？

メイ・ベス・フォスター：わかった。でも神の助けが必要ね。次はどこへ向かうつもり？

ウェスト・マクレイ：ラングフォードという場所です。

メイ・ベス・フォスター：そこで何が見つかると思うの？

セイディ

弱い光がブラインドから漏れてくる。部屋が徐々に像を結ぶ。毎晩のように車の後部座席で寝ていると、目覚めたときにこんなに奇妙な、寂しい気持ちになることはない。すくなくとも起きてからやるべきことがわかっている――運転席に座る。運転する。キースを探す。けれどもこの感じ、頭の下のやわらかい枕や、バネが当たるけれどそこそこ快適なマットレスや、安心感のある上掛けの重みなんかが、家にいたころのことと、あたしが二度とやらないであろう物事を思い起こさせる。爪先立ちで歩いてマティの部屋へ行き、やさしく揺り起こすこと。その十分後に、もしまだマティがベッドから出ていなければ、今度はあまりやさしくなく上掛けを引きはがす。マティがテーブルに着くころには、いつもスクランブルエッグが冷めてゴムみたいになっていて、マティは絶対に文句をいうけれど、しばらくしてわかった。マティはそういう状態の卵が好きな変人なのだ……

それがあたしの朝だった。

あいつがそれを奪った。

鼻がズキズキする。何かしら手当てが必要な痛さだ。無理やり上掛けの下から這いでてジーンズを穿いたところで、ナイトテーブルの上の時計が午後五時を表示していることに気がついた。うわ。

裸足のまま部屋を出る。床が冷たくて爪先が麻痺する。こんなふうに麻痺してほしいのは顔のほうだ。駐車場はもう昨夜ほどがらがらではない。いま、駐車場の一番遠い端にあるのはあたしの車ともう一台、あたしの車よりそんなに新しいわけではないが、光沢はほんのすこしマシな車だ。空室から出てきた清掃係の女性とすれちがう。背が高い、というのが彼女に関して最初に目につくところだ。背が高くてたくましく、癖のある砂色の髪をしている。すれちがいざまに、すこし長すぎるくらいこちらを見つめる。額にしわを寄せる様子は、心配しているように見えなくもない。あたしはひょいと下を向く。自分の顔がどう見えるかは容易に想像がつくので、ほんのすこしやましさを覚え、ふり返って〝あたしは大丈夫だから〟といいたくなる。

あたしは大丈夫。

製氷機からバケツ一杯の氷を取り、自分の部屋へ戻ってハンドタオルに氷をあける。それを顔に当て、何も感じなくなるまでそのままでいる。氷が溶け、指の細い隙間から冷たい水が染みでる。午後遅い時間の色のない光のなかでは、部屋はずっとみすぼらしく見える。びしょ濡れになったタオルをシャワーのほうへ放り、シャツを着替えて靴を履き、窓のブラインドをあけてから自分の残りの部分を整える。鼻については、できることは何もない――治るまで待つしかないと思う。だが、髪は梳かす。洗ったおかげですこしやわらかくなって縮れた髪に指を通し、その感触を楽しめるうちに楽しんでおく。そしてポニーテールにまとめる。それから荷物を全部バックパックに詰め、肩からさげる。ここはもう一晩取ってあるけれど、モンゴメリーであんなことがあったあとなので、いつでも逃げられるようにしておいたほうがいいと思っている。

フロントへ行くと昨夜見た男はいなくなっていて、そういえば名前を聞かなかったと気づく。代わりに若い男がいる。二十代なかばくらいに見える。筋肉質で引きしまった体のほかの部分と釣りあわないくらい顔だけが幼い。頬にえくぼがあり、髪は茶色の巻き毛。夏のアウトドアシーズンはようやくはじまったばかりなのに、すでにたくさんの時間を戸外で過ごしたかのように軽く日焼けしている。制服を着ているが、モーテルの残りの場所とおなじく制服にも青い鳥は見あたらない。男はキーリングを指でクルクル回している――いや、回そうとしたが、鍵束はすべって床に落ち、ジャランと音をたてる。男はひょいと身を屈めてそれを拾い、体をまっすぐ起こしたときには顔が赤くなっている。それから鍵束をベルトに留める。視線があたしの打ちのめされた顔へ漂ってきて、そのまま胸まで下がる。あたしはブラジャーをしていない。男を凝視する。彼の単純な好奇心が、こんなふうに相手を見るべきではないという認識に変わり、彼が何かご用ですかと尋ねることをようやく思いだすまでの様子を眺める。男は耳障りな声をしている。聞いていると息苦しくなる。あたしは咳ばらいをしてまえへ進み、カウンターにもたれる。男は名札をつけている。エリス。男のうしろでテレビがついているが、今夜かかっているのはニュースだ。

「ダ、ダ、ダレンはいる？」

エリスはあたしの吃音に目をぱちくりさせるが、すばやく平静を取りもどす——当人の頭のなかでは。相手に〝自分は変なのだ〟と感じさせるようなことをしたら、その瞬間から完全に持ちなおすことはできない。変だと感じさせてしまった相手が寛大さを示してくれることを望むしかない。おそらくそんな資格はないのだけれど。

あたしは無理やり笑みを浮かべる。もちろん相手にはそんな笑みを向けられるだけの資格などない。

「え？　戻ってるのか？　おれは会ってないし、ジョーもそんなことといってなかったけど……」キースが来るのを期待しているかのように、エリスはあたしを通り越した先を見る。

「いつもなら、町に戻るつもりなら連絡がある」

「あ、あの人、ときどきここにいるって、い、いってたから」

「ダレンとはどういう知り合い？」

「か、家族の昔からの友人」間を置いてつづける。「ここにはときどきしか、い、いないの？ ど、どういう契約なの？」

「ダレンには決まった部屋があるんだ。ダレンとジョーは長年の友達だから。ダレンの部屋は十号室で、荷物も全部そこに置いてるから、その部屋はふつうの客には貸さないんだよ」

「ず、ずいぶん、ジョーに不利な取引ね」

「いや、ダレンはいいやつだからね。まえに一度、ジョーの命を助けたんだ」エリスはまるで自分のことのように誇らしげにそういう。「だけどいまはいないと思うよ。おれが知らないことを、きみが何か知っているのでないかぎり」

「なんだ、ざ、残念」

「ここにはどれくらいいるの？」

「あと、い、一日」

「まあ、ダレンならいつ現れてもおかしくないけど、書き置きか何か残していってもらえればダレンが戻るまで取っておくよ」

あたしはつかのま唇を嚙んだ。「部屋に、い、入れてもらえない？　ちょっと……お、驚かしたいの」

「フロントに残していきなよ、ダレンに渡しておくからさ」

くそ。

「ど、どこにいるか知らない？　もし近ければ寄って、じ、自分で、わ、渡すから」

エリスは時間をかけてあたしを見る。「きみの名前はなんだっけ？」

「あー」あたしは鼻をすすって顔をしかめ、手を鼻に持っていく。「痛い」

「何があったのか訊いてもいいかな？」

「く、車の事故」

「痛そうだね」

「ほ、ほんとに痛いもの」

エリスのベルト通しに目を向ける。あの鍵束がついている。エリスの体からこっそりあれを外せればいいのに。ほんのすこしでも、ことが簡単に運ぶように。

「何かほしいものはある？」エリスが尋ねる。

視線を相手の顔へあげる。「ここはどういう種類の、モ、モーテルなの？」

「だからさ」エリスは肩をすくめ、気おくれしたように頭をかきながらいう。「助けが必要に見える人がいたら、ふつうは訊くだろ。それだけのことだよ」

そこから受ける印象が気に入らない。親切や思いやりを差しだしてくる人間なんか、こっちの皮を剝いでやろうと思っているのがオチだ。あたしは咳ばらいをして、あるべき方向へ話題を戻す。「それで、ダレンとは、ど、どういう知り合い？」

「あの人のおかげでここの仕事にありついた。すこしまえにネットで知りあったんだよ。困ったことになっていたときに助けてくれた――仕事をやってくれってジョーに頼んでくれたんだ。ジョーはおれが自分の部屋を借りられるだけの金を貯めるまで、ここに置いてくれた。すごくいい人だよ」

あたしは一歩さがる。サイラス・ベイカーのときとおなじように、またキースに悪夢の際まで追いこまれているのだろうか。ネ、ネ、ネ、ネットで知りあった。いったいどういう意味だろう？　もしそれが――

もしそれがあたしの思うとおりの意味だとして、あたしは今回もためらうだろうか？

「ネ、ネットで？」

「ああ」

「どうやって？」

「共通の趣味があったってだけだよ」

「それは、な、なに？」

エリスは顔をしかめる。「そういえば、まだ名前を聞いてなかったな」

「そ、そうね。い、いってない」

テレビがまたポンッといい、画面が雪景色に変わる。エリスがこちらに背を向けているうちに立ち去る。指先がうずき、体のなかで膨れつつあるパニックをなんとか抑えようとする。オフィスが見えなくなると、部屋の並びを歩いていって十号室の正面に立つ。ドアを試してみる。あかない。ドアを蹴らずにいるために自制心を総動員する。髪のなかに指を突っこむ。どうしてこんなに何もかもが困難なのか、さんざんひどい目にあってまだ充分じゃないのか、あたしには理解できない。もっと簡単であるべきだ。いままでだって簡単であるべきだった。きれいな家に隠されている醜悪で、病んだ、いやらしい物事を、一つも頭から追いだすことができない。自分とモンゴメリーのあいだに距離を置くということは、あたしが助けられなかった誰かがいるということで、現に妹は死んだ。マティは死んだ。なぜそれでまだ終わらないのか、あたしには理解できない。

すり傷だらけの拳でドアを強く殴りつけ、急いでそこを離れて、自分の部屋のまえを通り過ぎ、モーテルの端に到達するまで歩きつづける。キースの部屋に入る方法が何かあるはずだ。目を凝らすとモーテルの敷地の向こうにハイウェイが見え、家がそこここに散っているのが見える。近いものも、遠いものもある。ラングフォードは小さいけれど、どこかコールド・クリークを思わせるところがある。地平線から煙が這いのぼる。裏庭で、誰かがドラム缶を使って焚火(たきび)をしている。まわりを囲む人々の姿がかすかに見える気がする。カントリーミュージックや笑い声がここまで漂ってくるような気がする。

建物をぐるりと回ってモーテルの裏に出る。建物のこちら側では窓が長く一列につづいている。そして敷地がどこで終わるかがはっきり見てとれる。草の刈られた細い地面が突然終わり、あたしのウエストまで届くほど雑草の生えた野原になるからだ。

爪先立ちで歩いて一番近くの窓に寄る。窓はすべて、幅も高さもあたしよりほんのすこし大きい。ぼろぼろになった木の窓枠をつかんで体を引きあげるが、ささくれだったトゲが手に刺さったせいで落っこちる。畜生。手のひらからトゲを抜いたあと、もう一度なかがよく見えるまで無理やり体を引っぱりあげる。思ったとおり……バスルームだ。

この窓は抜けられそうだ。きついだろうけど、できないことはない。ガラスを押すと、すこしたわむのが感じられるが、割れるほどではない。あたしはまた飛び下り、自分の部屋を通り過ぎるまで窓を数え、キースの部屋のうしろに立つ。たぶん、これは簡単な部分だ。

ガラスを割るのも簡単なはずだ。

窓にぶつけるのに何か重いものを求めて、地面の上を徹底的に探す。しばらく時間がかかる。丈の高い草のなかへ分け入って、ようやく充分な重さのある石を見つける。ざらついた感触と重みを手のひらに受けたとたんに、モンゴメリーのあの家が、鍵のかかった箱が、パッと浮かぶ。

またあんな思いをすることに耐えられるかどうかわからない。

あたりが暗くなってきた。キースの部屋の窓辺に戻り、体を引きあげる。うまくやらなきゃならないし、急がなければならない。なかのオフィスにいるエリスに物音が聞こえるかどうかわからないけれど、きれいに割れるならそのほうがいい。腕をうしろへ引き、石をガラスにぶつける。

石がガラスを突き抜ける。

「ああ、くそ、くそ、くそ――」

飛んで地面に戻る。腕が自殺未遂のあとみたいに、ただ赤く、赤く、生々しい裂傷になっている。痛みが強烈だ。あたしはばかだ、ばかだ、ばか、ばか……

「ああ、畜生……」

すすり泣きを呑みこんで、頭蓋骨のなかに響く鼓動以外の音を聞こうとする。腕が切り裂かれて死ぬほど痛むけど、いまの音をエリスに聞かれていたら、あたしの問題はこんなものじゃ済まない。しばらく待つ。何も起こらない。大丈夫だと思える。ガラスの割れる音がどんなふうだったか、うるさかったかどうかさえわからない。わかっているのは、手を戻した次の瞬間には血まみれの結果が伴っていたということだけだ。

「オーケイ」あたしは小声でいう。「大丈夫、大丈夫……」

安定した声を出せるはずの唯一の人間が、その声を聞いてもちっとも安心できない人間と同一人物とは、なんて残酷なのだろう。

とにかく──とにかくあの部屋へ入る必要がある。

さっきの石を使って窓枠から残ったガラスを取り除き、そこからバッグを放りこんで、自分自身がなかに入るという極度の苦痛を伴う仕事に取りかかる。切り裂かれ、ひらいた皮膚が、どんな動きをしても空気に当たって痛むが、悲鳴をあげないようにする。ついてほしくないあらゆる場所に血がついてベタベタしている感触を、なるべく意識しないようにする。

シャワーのそばに降り立つ。室内は暗く、カビくさいタオルのにおいがする。シャワーの下から出て、薄暗いなかで目を凝らす。何かの固まりが──タオルだ──シンクのなかに見えると、一枚をつかんで腕に巻く。このタオルがあたしに触れるまえにキースに触れたのかと思うと胃がむかつく。静かにフロアを横切り、バスルームのドアをあける。腕が猛烈にズキズキするのもタオルが徐々に赤くなっていくのも努めて無視する。

キースの部屋は、あたしの部屋と変わらない。壁にはあの味気ない壁紙。テーブルも椅子もおなじ。冷蔵庫があるが、これは自前なのだろう。この部屋には……生活の跡がある。ベッドは乱れたまま、ブランケットが一方に寄っている。ずいぶんまえの朝に寄せられたものらしい。あらゆる場所に衣類が散らばっている。椅子のうしろや、ベッドのそばの床の上に放りだされ、鏡のついた整理簞笥(だんす)に引っかけられている。どこからはじめたらいいかわからない。一方の腕だけを使って仕事にかかる。衣類の引出しをあけたりしめたりして、怪我をしていないほうの手を投げ捨てられたズボンのポケットに突っこみ、何かを探す。なんでもいいから、キースがいまいる場所がわかりそうなものを。

出てこい、くそったれ。

冷蔵庫を確認し——腐った食べ物のにおいに襲われて吐き気がする——ベッドからブランケットを引きはがして床に放る。枕からもカバーをはがす。一方の腕だけでやるとすべてに時間がかかり過ぎる。部屋をできるかぎり引っかきまわし、ひととおり済んだと思うころには息が切れているが、収穫はない。ベッド脇のナイトテーブルの上に紙マッチがあり、そのマッチのロゴが目につく。クーパーズ。

あたしは声をたてて笑う。

それからベッドに腰をおろし、叫び声をあげないように努力する。

もういい。

もう充分だ、セイディ。

あたしは立ちあがる。テーブルをひっくり返し、椅子を逆さにする。整理箪笥を壁から引き離そうとして失敗する。ベッドの下にもぐりこんで埃にむせるが、そこにも何もない。這い戻り、マットレスの端と目がおなじ高さになるまで身を起こす。マットレスの端。マットレスを持ちあげ、ベッドフレームのまんなかに小さな封筒がきちんと置いてあるのを見つけると、勝利の声が口から漏れる。左手を伸ばす。怪我をしたほうの腕からはタオルがだらりと垂れ、まちがいなく血が床に滴っているが、あたしは封筒をつかむ。マットレスがドスンともとに戻る。床に座り、右腕を胸に抱えたまま封筒を凝視する。封筒はサイラスの箱とおなじく軽い。既視感に襲われてめまいがする。目をとじ、なかのエアクッションを感じながら、封筒に当たる指の脈動を意識する。

力をください。誰にともなくそう思う。

これに耐えられるだけの力をください。

封筒を逆さまにする。

心臓の鼓動がひどく激しく、自分が何を手にしているか知るまえに全身が動かなくなってしまうんじゃないかと怖くなる。目をとじて、無理やり深く息を吸い、目をあけると、身分証が何枚かと、ぎざぎざになった何かの細い切れ端が目のまえにある。写真はない。ありがたいことに写真はない。身分証をざっと調べる。この本物の……これをはじめて以来、最初に見つけたキースの証拠、キースが他人の人生に出入りしていることの証拠に接して、喉が詰まる。

運転免許証だ。充分、本物に見える。偽造はすばらしい出来だ。どの免許証にもキースの写真がついていて、それを見ると血が煮えたぎり、この怒りから解放されるためならバスルームに飛び散ったガラスのかけらを全部呑みこんでもいいと思う。キースは、いまではちがって見える。時間とともにどういうわけか本人の特徴は弱まり、より怪物じみている。あたしたちの人生のなかにいたときのような、あたしが小さかったときにそばにいたようなモンスターに見える。目の端のしわはより目立つようになり、肌は黄ばんで突っ張っている。ほとんどの身分証に黒い×印がつけてある。使い終わった場所と仮面であり、もう戻れないのだろう。たくさんのちがった名前がある。グレッグ、コナー、アダム……トビー、ダン……キース。それを拾いあげ、震える指で支え持つ。

あたしが知っていたのはこの男だ。

×印の中心が目にかかり、顔の大半がよく見えなくなっているが、写真がなくても思い描ける。朝食のテーブルであたしの向かいにいるキースが見える。リビングのソファに座り、じっとテレビを見ていた目が、あたしのほうへ移るところが見える。外でローンチェアに腰かけて、あたしたちが学校から戻るのを待っている姿が見える。そっちのほうがまだマシだった、マティが病気で、キースがあたし一人を車で拾い、駐車場に入るまえに道路脇にちょっと車を停めたりしたときよりは……。免許証を伏せてざらざらのカーペットに置き、床の上の切れ端に目を向ける。一つを手に取る。ピンクの布の切れ端で、肌触りはやわらかく、端に沿ってうねがあり……下側にタグがあって、それが親指に当たりチクリとする。それで、自分が持っているものがなんなのかはっきりわかる。シャツの襟の一部だ。裏返す。細い黒のサインペンで名前が書いてある。

ケイシー。

次の切れ端をつかむ。

繊細な花柄のプリント地。ピンクのバラの蕾の模様だ。

それを裏返す。

アナ。

次の切れ端はブルーの無地だ。

ジョエル。

次は女児用の格子柄。

ジェシカ。

そして最後は、やわらかなピーチ。

セイディ。

切れ端を取り落とし、バックパックのなかをかきまわして探していたものを見つける。写真だ。あいつと、マティと、母親とあたしが映った写真で、それをあたしが着ている。そのシャツを着ている。

そのシャツをあたしが着ている。

ゆっくり立ちあがる。自分の小さな顔から目を逸らすことができない。やがてそれ以上見ていられなくなり、写真が手から落ちるに任せる。しゃがみこんで切れ端と身分証をかき集める。なぜなら、この女の子たちをここへ置いていくことはできないし、身分証はキースがいた場所のリストになるから。あたしは彼女たちのところへ行ける。一人ひとり訪ねていって、あいつを見ていないか尋ね、あいつがどこへ行ったか話してもらって、それから——背後でドアがあき、ドアが壁にぶつかる。くそ。

急いでふり返る。あいつが、キースがとうとう現れたのだとなかば予想するが、ちがう。

エリスだ。

エリスは口をあんぐりとあけてドア口に立っている。

「何を――」という言葉が口から出る間もなく、あたしはエリスをドアの横の壁へ押しやり、あたしはエリスをドアの横の壁へ押しやり、自分の体を押しつけてエリスを壁に押さえこむ。血だらけの腕がエリスの胸にきつく当たり、当たり、タオルは二人のあいだの床にすべり落ちる。エリスの反射はあたしの奇襲に追いつかず、飛び出しナイフを出してエリスの喉もとに突きつけるだけの時間ができる。二人の呼吸音が部屋を満たす。ナイフにさらに圧力をかける。どこまでがエリスでどこからがナイフかわからなくなるほどに。めまいがする。誰かにこんなふうにナイフを突きつけ、その理由が相手にあるとわかっているのは……

もしエリスが理由を示すなら。

「あ、あなたはあいつと、お、おなじなの？」あたしは問いただす。エリスは汗をかき、震えている。あたしもおなじだ。ナイフの柄を握る力を強め、腰でエリスを押さえつける。

エリスは悲鳴をあげる。「あ、あなたも、あいつとおなじなの？」

「なんのこと？　誰とおなじだって？」

「キ、キ――」ちがう、ちがう。キースじゃない。「ダ、ダレン」

「おれは――」

「あ、あなたも小さな女の子をレイプするの？」

「なんだって？　まさか！　しないよ――」エリスは首を横に振りそうになるが、押しつけられたナイフのせいで動きを止める。ごくりと息を呑むと、喉ぼとけが激しく上下する。

「きみが何をいっているのかわからない」

「ネット上のどこで、し、知りあったの？　ど、どこか、病的な、クソみたいな場所じゃないの？」また押すと、あたしが押しつけている恐怖のせいで、エリスは曖昧なうめきを漏らす。「い、いったい、どこ？」

「それは――」エリスは深く息を吸う。「〈カウンターウォッチ〉だよ。ただの――ゲームだ、その――オンラインゲームだよ！　おれたちはおなじチームだった。おれは……」

エリスの目が必死で室内を探る。こんなに混沌としたなかで、ナイフを喉に突きつけられた状態で、それでもエリスは身分証と何枚かの切れ端が床に落ちているのを見つける。そしていう。「きみがなんの話をしているのかわからない」

あたしは自分の体が震えているのを、エリスの喉もとの手が震えているのを感じ、こんなふうに思いがけず殺してしまうこともあるんじゃないかと思う。エリスのしゃべり方にどこか――〝きみがなんの話をしているのかわからない〟といったときのいい方にどこか――気に入らないところがある。なぜなら何キロ離れていてもあたしには嘘がわかるから。

そしてエリスは……

エリスは嘘をついていない。

「怪我をしてるね」エリスはいい、あたしはかぶりを振る。エリスがいましていることをしてほしくないから。あたしが手に負えない暴れ者か何かで、やさしい声でなだめることができると思っているみたいに話しかけてほしくないから。

「ち、ちがう」

「おれを殺すつもり?」

あたしはぎゅっと口を引き結ぶ。目に涙が浮かぶのがわかる。

あ、あ、あ、あたしは危険だ。エリスにそういいたい。あ、あ、あ、あたしはナイフを持っている、いる……

極度の疲労の重みがあたしを打ちのめす。

息が喉に詰まる。

「きみはほんとうはこんなことをしたくないんだと思う」エリスはいう。

「やめて」あたしは懇願するようにいう。手を動かしたとたんに何が起こるかはわかっている。エリスは警察を呼ぶつもりだ。警察に電話をされて、これまでのことがみんな無駄になる。「や、やめて——」

「ねえ、それを——そのナイフを下ろしなよ。きみは怪我をしている。それをなんとかしよう、いいかい？　まず腕の手当てをして、それから話すんだ……ダレンのことを話してくれ。いいかな？」

「だ、駄目」あたしはまたすこし強くナイフを押しつける。それが自分への約束であるかのように。あたしにはできる、い、い、い、もし必要なら。できる。や、やる。「あいつの、と、友達なんでしょう。あんたは、け、警察を、よ、呼ぶつもりで――」ちがう、ちがう。「つ、捕まるのはあたし。あ、あたしのほうが――」

「きみを助けたいんだ」エリスは泣きそうな顔をする。「頼むよ」

ザ・ガールズ　シーズン1、エピソード5

ウエスト・マクレイ：ラングフォードは、いってみれば中間の場所です。実際、車で通りかかるようなことがあれば町だとは思わないでしょう。そこここに少数の家といくつかの商店があるだけで、とくにまとまりもありません。道の途中のただの停留所のようです。キャット・マザーが教えてくれた住所――セイディが向かった先――はブルーバードという名前のモーテルでした。そつのないいい方をすれば質素なモーテルといったところですが、実際には細い糸一本で持ちこたえているような状態で、建物は徐々に、自然と崩壊しつつあるようです。羽目板は汚れ、屋根は完全に交換しないまでも修理は必要です。欠けたり割れたりしている窓も、あちこちにいくつか目につきます。名前の由来となるような鳥の絵はどこにも見られず、オーナーのジョー・パーキンスは六十日以内にここの鍵をマーカス・ダンフォースに渡し、ダンフォースは取り壊し作業をはじめる予定です。ジョーは五十年以上のあいだ家と呼んできた場所に最後の別れを告げることになります。だからわたしがいまここに来られたのは運がよかったというべきでしょう。

ジョー・パーキンス：昔は〈パーキンスのイン〉って呼ばれていたんだよ、おれが引き継ぐまえはね。おれの両親がここの所有者だった。両親のまえは祖父母が所有者で、祖父母のまえは曾祖父母が所有者だった。ものすごく長いあいだ家族でやってきた場所だが、もうおれにはどうしようもないところまで来ちまった。おれの手に負えなくなりはじめた。たぶん、なんとかしたい気持ちがなくなったんだろうな、ほんとうのことをいえば。もともと手渡されただけのものだったしな。そのとき、おれはまだ子供だった。

ウェスト・マクレイ：自分が何をやりたいか、わかっていなかったってことですか？

ジョー・パーキンス：そうなんだよ、そのとおり！　つまり、それを考えるチャンスがなかったんだ。感謝してないと思われるのはいやなんだが……おれだって、自分が幸運だったってことはわかってるよ。仕事がなくて困った経験はほとんどないからね。ただ、高校を出てそのまままっすぐここの仕事に就いたんだ。せめて両親が——安らかに眠りたまえ——この仕事をしたいかどうか訊いてくれたらよかったのに、とは思うよ。ここで働くのはべつにかまわないんだが、自分の計画ではなかった。

ウエスト・マクレイ：ジョー・パーキンスは五十五歳。縮れた白髪と日焼けした顔の男性で、両腕、両脚がタトゥーで覆われています。どれも意味があるそうですが、その意味を知るのは本人とインクだけです。

ジョー・パーキンス：だが、ここのこいつについては教えるよ……

ウエスト・マクレイ：左の上腕二頭筋のところに、小さな青い鳥のタトゥーがあります。

ジョー・パーキンス：初めて入れたタトゥーだ。これがここの新しい名前の由来なんだよ。「鳥はどこだい?」ってみんなに訊かれるんだ。そのたびに、ここだよ、って答えるのさ(笑)。

ウエスト・マクレイ：このモーテルに五カ月くらいまえに泊まったはずの女の子について話を聞きたいというと、ジョーは、がんばって思いだしてはみるけれど、一晩だけ泊まっていくような人は自分の人生を通り過ぎるぼんやりした影のようなものだから、といっていました。何かしら印象を残すほど長くとどまる人はいないのだ、と。しかし、セイディの写真を見せると、ジョーはすぐに思いだしました。

ジョー・パーキンス：ああ、そうだね、この子なら来たよ。ちょっとおかしなしゃべり方をしてた。おれの友達を探していたんだ。その二つがあったから覚えてる。

ウェスト・マクレイ：その友達というのは、ダレンですか？

ジョー・パーキンス：そう、ダレンだ。あの子はここへ来て、ダレンはいるかと尋ねたが、そのときはいなかったんだ。なんのために探していたのかは知らないがね。いわなかったんじゃないかな。だけど、あの子のことはその一度しか見てないんだよ。たぶん一晩泊まって……二晩の料金を払ったんだったかな？　わからんね。ここを売ったとき、記録を捨てちまったから。

ウェスト・マクレイ：ダレンのことを話してください。

ジョー・パーキンス：おれの命を救ってくれたんだ。

ウェスト・マクレイ：そうなんですか？

ジョー・パーキンス：ああ。おれはこの近隣のハイウェイを走ってた。ここへ戻る途中だったんだ。ところがどっかの酔っぱらった大ばか野郎にぶつけられてね。おれの車は何回か回転して、最後には溝に落ちた。酔っぱらいはそのまま行っちまった。誰だったかはいまだにわからんが、どっかで朽ち果てていればいいな。で、ダレンはおれのうしろを走ってて、全部見ていたんだよ。そして車を停めた……おれは気を失っていて、太腿がざっくり切れていた。これはあとから病院で聞いたんだが、救急車が到着するまでダレンが止血していてくれたんだ。それ以来の友達だ。その後、部屋が必要なときはいつでも用意するといったんだよ。

ウェスト・マクレイ：彼はいまどこにいるんですか？

ジョー・パーキンス：わからんね。ダレンは部屋についてのおれの申し出を受けいれた。十号室。そこがダレンの部屋だ。ほかの人間には貸さなかった。ダレンは好きに来たりいなくなったりしていい取り決めになっていて、実際、そのとおりにしていたよ。一度に数週間以上ここにいることはめったになかったがね。

ウェスト・マクレイ：それはものすごく寛大な取り決めですね。

ジョー・パーキンス：まあ、おれの命は部屋一つより大事だからね。とにかく、ダレンはしばらくいなくなることもあったが、いつも戻ってきた。たいした男だよ、ただ、一カ所でおちついた生活ができないんだ。そういうやつっているだろ？　今回が一番長く音信不通だな……ずっと捕まえようとしているんだが。ここを売ったことを知らせなきゃならないからね。もう泊めてやることができないって。

ウェスト・マクレイ：連絡先の番号はわかりますか？

ジョー・パーキンス：ああ、教えられるよ。だけどもうずっとつながらないんだよ。

ウェスト・マクレイ：ジョーのいうとおりでした。

わたしもかけてみましたが、通じませんでした。

ジョー・パーキンス：悪い予感がしているんだよ、正直なところ。あんたから電話があって話がしたいっていわれたとき、さらにいやな予感がした。女の子がダレンを探していて、ダレンは行方不明。あんたはその女の子を探していて、彼女も行方不明。（間）ところで、その女の子は誰なんだい？

ウェスト・マクレイ：本人はダレンの娘だといっています。

ジョー・パーキンス：（笑）ダレンと知りあってから、一度も娘のことなんて聞いてないよ。

ウェスト・マクレイ：彼女はそういっています。

ジョー・パーキンス：どうかな……（笑）もしダレンに娘がいたら、ダレンは娘のいる場所にいるだろうよ。ダレンはそういう男じゃなかった……家族を見捨てるような男じゃなかったからな。おれの命を助けたんだぞ？

いやいや、話せば話すほど、何かあったんじゃないかって気がしてくるな。

ウェスト・マクレイ：ダレンの部屋を見せてもらえませんか？

ジョー・パーキンス：それはどうかな。まあ、荷物をまとめなきゃならないのを……ずっと先送りにしてきたんだがね。ほかにどうしようもないとはっきりするまで、あそこに入りたくないんだよ。自分がここにいないときは、あの部屋はそのままにしておいてくれとダレンはいっていたから、おれはそれを尊重してるんだが……ダレンはほんとうに困ったことになっているのかな。どう思う？

ウェスト・マクレイ：確かなことはいえません。でもこれだけはわかっています。わたしはセイディを探していて、セイディはダレンを探していて、それであなたもさっきいっていたとおり——いまは二人とも行方不明です。

ジョー・パーキンス：部屋を見れば何かわかると思うかね？

ウェスト・マクレイ：それは見てみないとわかりません。

ジョー・パーキンス：（ため息）

セイディ

「これは病院に行ったほうがいいよ……縫ったほうが」

あたしたちはオフィスにいる。窓から見えない場所で、あたしはテーブルにタオルを敷いて腕を伸ばしていた。醜くひらいた傷は、天井の蛍光灯の明かりの下でまだ血を流している。あんまり長く見ていると気分が悪くなる。キースの部屋にいたときは、そんなにひどく見えなかった。ここで見るとひどい。エリスはものすごく古そうな救急箱をあたしたちのあいだに置いたところだ。彼は視線をあげてこっちを見ながら、肯定の返事を待っている。そうね、病院へ行く、みたいな。

「い、行かない」

あたしはエリスを殺せなかった。

自分ができなかったことを思うと吐き気がする。エリスは、あたしとキースのあいだにいまいる唯一の人間なのに。この親切とおぼしきものを受けいれるために、あたしはすべてを危険にさらしている。あまりにも飢えていて、あまりにも打ちひしがれているせいで、自分は何一つ正しくできていないのではないかと不安になる。いや、実際そうだ。一度くらいはもっとうまくできてもいいのに。あたしはつかのま目をとじる。

そばに電話がある。いまのところ、エリスはそれに手を伸ばしてはいない。あたしのまえには、タグと身分証がきっちり積まれて小さな山ができている。

「それじゃ駄目だと思うけど」エリスはいう。

あたしが首からナイフを外したとき、エリスは泣いた。それがなけなしの慰めだった。エリスの目には、あたしは殺しも辞さないように映っているのだ。あたしが手を下ろしたとたんに、命拾いしたように感じたのだろう。あたしは危険だった。あたしはナイフを持っていた。

オフィスに戻ると、エリスは机の下を探ってジムビームのボトルを見つけた。エリスはそれをワンショット飲み、あたしには勧めなかった。あたしはエリスがこの一件から何を引きだすつもりか訊きたいと思う。はじめたことを終わらせたいのだが、そのためにエリスはあたしに何をさせるつもりだろう。

「ちゃんと、な、治るよ」

「醜い痕が残る」

しかしたいていのものがそうではないか。

エリスは消毒用のイソプロピル・アルコールのボトルからふたを外していう。「これは痛むよ」それからあたしの腕の上でボトルをひっくり返す。ちょっとした復讐だ。何も感じないごく短い一瞬ののち、皮膚に火がついたようになる。全身に火がついたようになる。唇をしっかりとじ、それでも悲鳴が漏れる。目のまえに黒い点が飛び、どこかでエリスがおちつけ、おちつけ、というのが聞こえた気がする。あたしは喘ぐ。自分が息を止めていたことに気づいてさえいなかった。時間とともにすこしずつ皮膚の痛みはおちつくが、それでもまだ痛い。

「大丈夫?」

エリスは返事を待たずに救急箱をかきまわす。彼は何か役に立ちそうなものを探しているだけで、自分がやっていることに確信はないんじゃないか、という思いが頭をよぎる。しばらく経ったあと、エリスは蝶々形の絆創膏を取りだして、あたしの傷が正しくくっつくように、いいと思う場所に貼っていく。

救急箱から包帯も見つかる。

「腕をあげて」エリスはいう。

あたしは腕を持ちあげ、エリスはその腕にぐるぐると包帯を巻く。消毒をしたときより、ほんのすこし丁寧な仕事ぶりだ。やがてそれも終わる。包帯を巻いた腕には安心感がある。

あたしたちはお互いに相手を見る。

「おれは……」エリスはいったん口をつぐんでからつづける。「ここで何をすべきかわからない」

「た、助けてくれるって、い、いったじゃない」

「いったよ。きみに忌々(いまいま)しいナイフを突きつけられて――」

「だってあいつの、と、友達だって、い、いったから！」

「おれは――」エリスの言葉はそこで止まる。どう終わらせたらいいかわからないのだ。

エリスは額を手で押さえる。「なあ、おれがまだ警察を呼んでいないのは、ひとえに……」エリスは言葉を切る。「ダレンが……小さな子供たちを傷つけたと、きみが思っているからだ。そしておれも関わっていると思っているからだよ」

「あいつがやったのは、し、知ってるの。あ、あなたは、あいつの友達だって、い、いったじゃない！　オンラインで、で、出会ったって！　だからほかに、か、考えようがなかった」

「ただのくだらないオンラインゲームだよ！　きみがいうような――いうような――」エリスはもがくように手を振る。「きみがいうようなものじゃない。そいつはおれが出会った男じゃない。おれにこの仕事をまわしてくれた男じゃない。まるで――自分がどんなに正気をなくしてるように見えるか、きみはわかってるのか？　ダレンの部屋に押し入って、あの部屋をめちゃめちゃにしたんだぞ！　きみがいくらかおちついたあとも警察を呼ばなかったのは、きみの口から出たクソみたいな戯言が全部、あまりにも混乱してて……駄目だ。わからない」エリスは手で頭をこすり、それから手を伸ばして身分証を指でめくる。

「これは本人だけどな。でも名前がちがう……」

あたしはキース名義のものを見つけ、それを押しだす。

「こ、これが、あたしが、し、知ってる男」

エリスはタグを指差す。「それは……それはなんだ？」

「ト、トロフィー。あいつが傷つけた、こ、子供たち」

エリスは青ざめる。手がふらふらと切れ端のほうへ向かい、指が汚れた布地に、失われた少女たちに触れる直前で止まる。エリスが名前を一つひとつ口にするのを、それぞれを発音するときの唇のカーブを見守る。エリスがあたしの名前をいうときには顔を背ける。

「どうしてわかる？」

「――」あたしは一瞬目をとじ、両手をぎゅっと握りあわせる。「い、妹に、あることを、し、したからよ」

「だったら警察に話すとか、何かそういうことをするべきなんじゃないのか?」

「自分で、あ、会ったあとに、そ、そうする」

「いや」エリスは頑なにいう。「いますぐ警察に話す必要がある、それで彼らに――」

あたしは手でテーブルを激しくたたく。衝撃が傷のできた痛む腕を駆けあがる。エリスは椅子のなかでうしろに飛びのくほど驚く。

「だ、駄目」

沈黙。エリスはジムビームのボトルをつかみ、立ちあがって大きくひと飲みする。それから窓辺までふらふら歩き、駐車場を眺めながら笑いだす。

「ダレン、キース――誰であれ――あの人はおれにこの仕事をくれた。ほんとうに力になってくれた。それにジョーの命を救った。おれにとっては、ただのまともな人だった。おれは……おれには信じられない」

「だったら、あたしが、う、嘘をついてるって、い、いえばいい」

エリスは何もいわない。

「あ、あいつが、ど、どこにいるか知ってる?」

エリスは身を固くする。それが答えになっている。

あ、い、い、い、い、い、い。

あたしはもうすこしのところにいる。

慎重に、ゆっくり立ちあがる。エリスはあたしに用心深い目を向ける。

「エリス、あたしはあんたを、し、知らないし、さっき、あ、あの——あの部屋であったことは、わ、悪いと思ってる。だけど、あいつがいる、ば、場所は、ど、どうしても、お、教えてほしい」

「それで、きみは一人の男の人生を滅茶苦茶にするつもりか？」

「あるいは、あいつを、い、いるべき場所に、た、たたきこむ」

「だけど、もしきみがおれに嘘をついて——」

「あなたが、な、何を、う、失うっていうの？ ち、小さな、お、女の子の命を、か、賭けられるの？ 子供たちを危険にさらす、つ、つもり？」これで通じればいいのに。彼の心臓を切り裂けたならいいのに。あたしはタグを一つひとつ手に取る。「ケ、ケイシー。アナ。ジ、ジョエル。ジェシカ……セ、セイディ」

「だったら、警察に電話させてくれ！」

「自分で確認する、ひ、必要があるの。ど、どうしても」

「おれはただ……」

「お、お願い」

胃が痛くなる。こんなときに相手を説得できるくらい完璧な言葉を口から出すことができないなんて。必要なときに自分の望むとおりにコミュニケーションをする能力がない。それがどれほどひどい気分かは、説明する言葉すら見つからない。目が熱くなり、涙が頬をすべり落ちる。自分がどんなに惨めに見えるか、想像もつかない。顔はつぶれ、腕は切り裂かれ、ほかの女の子たちを助けるチャンスをくれと懇願している。なぜあたしが懇願しなければならないのだ？

「もしあいつが妹に、し、したことを、あ、あなたが知っていたら、ぜ、絶対、お、教えてくれたはず。あたしを、い、行かせて。あいつの居場所を教えて。そ、それで、あたしがここに、こ、来なかったことにすればいい」

エリスはがっくりと肩を落とし、ゆっくり息を吐く。睨むようにして目をとじ、鼻梁をぎゅっとつまむ。一瞬ののち、彼も泣いているのだとあたしは気づく。

あたしは息を止める。

目のまえでエリスが老けこむのを見つめる。

ザ・ガールズ　シーズン1、エピソード5

ジョー・パーキンス：こりゃひどい。

ウエスト・マクレイ：うわ。

ウエスト・マクレイ（スタジオ）：ダレン・マーシャルの部屋は……爆発したようでした。ほかにいい言葉が見つかりません。空気はどんよりと淀んでいて、ダレンが長いあいだここに来ていないことを証明していました。しかし、最後にここに来たのがいつにせよ、ダレンはこの部屋を引っかきまわしたようです。衣類がベッドじゅう、床じゅう、あらゆるものの上に散らばっています。ベッドはシーツを剝がされ、家具はひっくり返され、壁から引き離されています。引出しという引出しがすべてあけられています。冷蔵庫だけはしまったままです。ジョーは最初にそちらへ向かいました。彼が冷蔵庫をあけると、駄目になった食べ物の悪臭が部屋じゅうにあふれました。

ジョー・パーキンス：ああ、くそっ……

（冷蔵庫のドアがバタンとしまる音）

ウェスト・マクレイ：ここで何があったんですか、ジョー？

ジョー・パーキンス：まるで犯罪現場だな……なんてこった……（ドアがあく音、ガラスを踏みしめる音）ああ、畜生、ここに入ったら駄目だ！　バスルームの窓が割れてやがる。

ウェスト・マクレイ：いままで気がつかなかったんですか？

ジョー・パーキンス：この建物を見たろ？　窓が一枚余分に割れてたって気づくもんかね。やれやれ。

ウェスト・マクレイ：では、ふだんのダレンは、ここをこんなふうにしたまま出ていったことはないんですね？

ジョー・パーキンス：そう願うよ……だが、正直なところ、わからない。ここには清掃係を入れないでくれっていってたから、自分で片づけるんだろうと思ってたし、疑う理由なんかなかった、だろ？　しかしこれは……なんだかおかしいな。けんかをしたとか、何かあったみたいだ……あれは血かね？

ウェスト・マクレイ：床の上にいくつか疑わしい染みがありましたが、それがなんなのか、正確に見分けることはできませんでした。わたしは室内を慎重に歩きまわり、携帯電話で写真を撮りました。最初に注意を引かれたのは紙マッチでした。ナイトテーブルにきちんと置かれていたものです。なんとなく見覚えがあるような気がして、わたしはそれを手に取りましたが、そのときはなぜかわかりませんでした。前面にクーパーズとありました。それについてよく考えるまえに、べつのものが出てきました――写真です。半分ベッドの下に隠れたようになって、床に落ちていました。

その写真が撮られた場所を、わたしは知っています。映っている人々も知っています。四人いて、最初にわかったのはクレアでした。いまより若く、不健康に見えます。クレアは小さな子供を抱いた男の隣に立っています。子供はマティです。写真の右端ギリギリのところに、セイディがいます。

セイディは十一歳くらいのはずです。

ウェスト・マクレイ（ジョーに向かって）：ねえ、ジョー、これがダレンですか？

ジョー・パーキンス：そりゃなんだい？……いや、驚いたね。ダレンだよ。で、それは――

――

それはあんたの探してる女の子じゃないのかい？

ウェスト・マクレイ：ええ、そうです。

ジョー・パーキンス：いったい何が起こってるんだ？

ウエスト・マクレイ：ちょっと失礼します、ジョー……すぐ戻りますから。

ウエスト・マクレイ：わたしは外に出ると、画像をメッセージに貼りつけてメイ・ベスに送りました。メイ・ベスはすぐに電話をかけてきました。

メイ・ベス・フォスター（電話）：驚いた、これがあの写真だよ。どこで見つけたの？

ウエスト・マクレイ（電話）：なんのことです？

メイ・ベス・フォスター（電話）：あたしのアルバムからなくなっていた写真……あの子たちの写真を見せたときのことを覚えてる？　空白のページがあったでしょう？　写真が一枚なくなっていたんだけど。そこにあったはずの写真がそれなの。あの子たちと、母親と、それから――

ウェスト・マクレイ（電話）：ダレン。

メイ・ベス・フォスター（電話）：え？

ウェスト・マクレイ（電話）：これがダレンなんです。

メイ・ベス・フォスター（電話）：ちがう、そうじゃない。これはキースよ。

セイディ

あたしが七歳で、マティが一歳だったとき、マティはあたしの名前を囁いた。

あたしがあの子の最初の言葉だった。

マティが生後七日で、あたしが六歳だったとき、あたしはマティのベビーベッドのそばに立ち、マティの呼吸音に耳を傾け、ちっちゃな胸が上下する様子を見守った。手のひらをマティの胸に置き、マティを通して自分を感じた。マティは生きて、呼吸をしていた。

あたしも生きていた。

ラングフォードははるかうしろになり、ファーフィールドと呼ばれる場所が視界に入ってくる。キースはそこにいる、とエリスはいった。最後に連絡をもらったとき、彼はそこにいた、と。あたしが立ち去ったあと、エリスが警察に電話したかどうか、あるいはキースに警告の連絡を入れたかどうかはわからないが、仮にあたしが有利なスタートを切っていたとしても、その有利な部分はすでに消えている。それを失ったのは、写真をキースの部屋に置いてきたことに気がついたときだった。胃がでんぐり返り、その後もう一度でんぐり返り、気がつくと路肩に乗りあげた車から降り、地面に膝をついて泥のなかに胃液を吐いていた。

踵をついてしゃがみ、袖で口を拭く。バッグをあさって身分証と切れ端を見つけ、それを持って腰をおろし、道端に並べてみる。一緒にするのはまちがっているような気がして、あいつの顔と名前のタグを分けて置く。

これをこのまま持っていきたくない。

持って歩くには重すぎる。

あたしが十一歳で、マティが五歳だったとき、あたしは一年間眠らなかった。キースと母親はよく深夜にバーから帰宅したが——キースは素面、母親は酔っぱらって——二人とも、いや、とくに母親は、物音をたてないように気遣うことなどしなかった。母親が足を引きずるようにして寝室へ向かう音、キースがキッチンでカチャカチャと片づけをする物音に耳を凝らしたものだった。そういう音がすべてやんだとき、次に何が起こるかはわかっていたし、もしあたしが拒んだら何が起こるかもわかっていた。あたしが駄目なら、あいつはマティのところに行くといった。だから結局あたしはこういった。ま、待って……

待って。

ところがある夜、それがいえなかった。

そしてその夜、あたしはナイフを持っていた。ナイフを枕の下に押しこんで、それをしっかり握っていた。なのにやるべきことをやる代わりに、あたしはあいつをマティのところへ送ってしまった。翌朝、キースはいなくなっていて、あたしは自分の弱さを恥じるどす黒い気持ちに塗りつぶされた。どういうわけか、マティもそれを——あたしのなかにマティを引き渡してしまった部分があったことを、あたしがマティを守りきれなかったことを——感じとっていたような気がする。

それがまちがっていることを自分自身に証明するために、あたしはよりいっそう懸命にしがみついた。

マティが生きて、呼吸をしているのを感じた。

あたしも生きていた。

マティが十歳で、あたしが十六歳だったとき、母親が出ていった。マティの心を持っていってしまった。マティは毎晩泣き明かした。マティ、それは、あたしたち二人だけで一緒に暮らすのは、ほんとうにそんなにひどいことだった？

それで、あの絵葉書——

マティは心を自分の手に取り戻した。それで、生きて、呼吸をして……

あたしも生きていた。

あたしが十九歳でマティが十三歳だったとき、キースが戻ってきた。

〝あたしが誰に会ったかわかる？〟とマティはあてつけがましくいった。まだ怒っていた。あたしが母親を連れ戻しに行かないかぎり、母親を探すために人に会いに行ったりしないかぎり、ずっと怒っていた。〝あの人に母さんのことを話したの。そうしたら、母さんを探しにロスに連れていってくれるって〟。それであたしは、誰があんたを育てたと思ってるの、とマティに尋ねた。その瞬間に、あたしじゃ駄目だったんだとわかったから。

マティが十三歳で、あたしが十九歳だったとき、マティは夜に紛れてこっそり立ち去り、コールド・クリークの町角の街灯の下に停まったトラックへと急ぎ、助手席に乗りこんだ。次に何が起こったかはわからない。林檎園が地平線に現れて、あたしたちのあいだの距離がどんどん広がるのがわかったとき、マティもようやくその距離を感じて決心を変えただろうか。キースはマティが気持ちを変えるのを許さず、マティをトラックから引きずりだし、連れこんだ木々のあいだで蹴ったり怒鳴りつけたりしたのだろうか。生きて、呼吸をしていたマティが、生きるのも呼吸をするのもやめるまで。

そしてあたしも生きるのをやめた。

あたしは人を殺すつもりだ。

「絶対に」地面に向かって何度も何度も囁く。絶対に、絶対に、絶対に。殺さなきゃならない。

あたしは妹を殺した男を殺すつもりだ。

自分でそれが信じられるようになるまで、この道端から動くつもりはない。地べたに座り、ジーンズを通して砂利を感じる。風が強くて、顔から髪が払いのけられる。風があたしのまわりの世界を動かす、その音に耳を澄ます。道路の外れの木々の葉が、暗がりに向けてサラサラとやわらかく歌う。空を見あげると星が出ている。小さな奇跡。

星を見るのは過去を覗くことだ。昔どこかでそう読んだ。どこで読んだかは覚えていないし、星についてたいして知っているわけでもないけれど、頭上の星のことを考えると妙な気分になる。星は時間的にも遠く隔たっているのだ。マティとあたしから。マティの死から。

あたしがやろうとしていることからも。

ザ・ガールズ　エピソード6

（ザ・ガールズのテーマ曲）

アナウンサー：ザ・ガールズは、マクミラン・パブリッシャーズの提供でお送りします。

ウェスト・マクレイ：キースはダレンなのです。ルビーにも写真を見てもらいました。セイディがレイズ・ダイナーを訪ね、父親だという男性の消息を尋ねたときにルビーに見せたものと同一の写真だそうです。

ルビー・ロックウッド（電話）：これよ。この写真だった。

ウェスト・マクレイ（電話）：これを見てもセイディを疑ったんですか？

ルビー・ロックウッド（電話）：あたしがまちがっていたとでも？

ウエスト・マクレイ（メイ・ベスとの電話）：キースがセイディの父親である可能性はまったくないんですか？

メイ・ベス・フォスター（電話）：クレアが戻ってくれば訊けるけど、あたしはそれはないと思う。

ダニー・ギルクライスト（電話）：わかったことを話してくれ。

ウエスト・マクレイ（電話）：セイディは、子供のころに知っていた男を探していました——母親が昔つきあっていた相手です。セイディにとってこの男はキースでしたが、わたしが話をしたほかの人はみんなこの男をダレンと呼んでいます。だからつながりがわからなかったんですよ。セイディはこの男が自分の父親だと話してまわっていましたが、どうやらそれはなさそうです。

ダニー・ギルクライスト（電話）：オーケイ、それでこの男は誰なんだ？

ウェスト・マクレイ（電話）：どちらの名前でも何も見つかりません。チームに当たらせているところです。しかしこれだけは確かです――ラングフォードのブルーバードというモーテルで、キースの部屋が荒らされていました……ちょっと待ってください、写真を送ります……

（キーボードをたたく音、マウスをクリックする音）

ダニー・ギルクライスト（電話）：（口笛）これはこれは。

ウェスト・マクレイ（電話）：ええ。セイディが持ち歩いていた写真がこの部屋から出てきました。メイ・ベスのアルバムから剝がした写真です――セイディが持っていたんですね。だから、セイディもあの部屋に入ったんだと思います。部屋があんなふうになったのが、セイディが行くまえなのか、出たあとなのか、あそこにいたあいだのことだったのかはわかりませんが。ジョーの話では、セイディがモーテルに現れたとき、キースはいなかったそうです。だから二人が会ったとは思えません。

ダニー・ギルクライスト（電話）：セイディがキースの部屋に押し入った。

ウエスト・マクレイ（電話）：わたしもそう思います。だけど……ちょっと待ってください……

ダニー・ギルクライスト（電話）：なんだね？

ウエスト・マクレイ（電話）：忘れていました——写真に気を取られてしまって。部屋に紙マッチがあったんです。クーパーズという店の。それが、モンゴメリーの外れにあるバーなんですよ。

ダニー・ギルクライスト（電話）：モンゴメリー……セイディがラングフォードへ向から途中に寄った町だね。

ウェスト・マクレイ（電話）：（間）待ってください。

ダニー・ギルクライスト（電話）：なんだい？

ウェスト・マクレイ（電話）：その店の所有者はサイラス・ベイカーです。

ウェスト・マクレイ：サイラス・ベイカーは、コーチをしていたティーボールのチームの子供たちに対する性的虐待で告発された男です。最初は偶然の一致のように思えましたが、事件についてもっとよく調べてみると、ベイカーの家族がコメントを迫られている新聞記事が見つかりました。そして、マーリー・シンガーがベイカーの妹であることがわかりました。

マーリーはわたしからの電話に出ることを拒否しています。

ウェスト・マクレイ（電話）：先にモンゴメリーに行っておくべきでしたよ。くそっ。

ダニー・ギルクライスト（電話）：だったら戻ればいい。

ウェスト・マクレイ（電話）：これは――いやな予感がするんですよ、ダニー。

ダニー・ギルクライスト（電話）：そういう予感にも従ってみるべきだよ。

ウェスト・マクレイ：サイラス・ベイカーの犯罪は、地元の少年、十八歳のハヴィアー・クルーズが９１１に電話をかけたことで発覚しました。ハヴィは、町から二十五キロほどのところにある廃屋で死体を見つけたと通報しました。モンゴメリー保安官事務所の捜査員が現場に出向くと、死体はありませんでした。その代わりに、児童ポルノ写真のコレクションを発見したのです。捜査員の一人が写真の子供たちのうち何人かに見覚えがあるといい、そのあとは大変な騒ぎになりました。

わたしはハヴィと話をするためにモンゴメリーへ向かいました。ハヴィはなかなか興味深い少年です。身長は百九十センチ、細身で、浅黒い肌をしています。生まれたときからモンゴメリーの住人です。現在は高校の最終学年で、大学進学を控えています。高校最後の年を大いに楽しむはずでしたが、ハヴィにとっては状況が――すくなくとも社交生活のうえでは――悪化しました。サイラス・ベイカーの逮捕にあたって彼が果たした役割のせいです。ハヴィはたまたま、サイラス・ベイカーの十代の双子の子供たち、ノアとケンダルの親友でした。さらに、小さいころ、サイラスのティーボールのチームに入っていたこともあります。虐待を受けたことはなかったといいます。

ハヴィ・クルーズ：いまではみんながぼくを憎んでる。

ウェスト・マクレイ：それはつらいですね。

ハヴィ・クルーズ：まあ、みんなじゃないけど。それに、あの子たちに比べたら、つらいなんていえない。だけど友達をたくさんなくしましたよ。ベイカーの〝信者〟はいまでも大勢いるんです。サイラス・ベイカーについて書かれた記事のコメント欄を見ましたか？

ウェスト・マクレイ：分裂していますね、控えめにいっても。

ハヴィ・クルーズ：この町は二度ともとに戻らないでしょう。

ウエスト・マクレイ：それで、あなたはサイラス・ベイカーについて何も知らなかったんですか？　彼から思いもよらないような、性的な、強引な行為を受けたことはなかったんですか、当時……

ハヴィ・クルーズ：まさか！　ありませんよ。ティーボールですよ。ぼくたちはただ……ティーボールをしてただけです。彼があんな人だなんて知らなかった。あの家のことだって知らなかったんです——話したでしょう、あの女の子ですよ。

ウエスト・マクレイ（スタジオ）：セイディのことです。

ハヴィは、セイディがモンゴメリーにいた短時間のうちに知りあいました。

ハヴィ・クルーズ：ぼくには、名前はリラだといっていました。

ウェスト・マクレイ：どんなふうに出会ったのか、話してください。

ハヴィ・クルーズ：ぼくはノアとケンダルと、もう一人べつの友達と一緒に、クーパーズというバーにたむろしていました。だけどこのもう一人の友達からは名前を出さないでほしいといわれているし、彼女はいまでもぼくと口をきいてくれる友達なので、名前はいわないでおこうと思います。あなたがそれでかまわなければ。

ウェスト・マクレイ：もちろんかまいません。

ハヴィ・クルーズ：ぼくたちは酒を飲んでいました。クーパーズでは問題なく酒を出してもらえていました。ミスター・ベイカーの店だから。正しいことじゃないのはわかっているけど、飲酒年齢に達するまえに一度も酒を飲んだことがない人なんてまずいないでしょう。モンゴメリーでは、夏の暇つぶしといえばこんな感じです。あの晩も、ほかの夜とぜんぜん変わりませんでした。そこに——彼女が来たんです。

彼女は……あなたには、ばかばかしいと思われるかもしれない。

ウェスト・マクレイ：話してみてください。

ハヴィ・クルーズ：説明するのがむずかしいんですが。バンドは休憩に入っていて、CDか何かの音楽がかかっていました。それで、リラ、いや、セイディが……踊っていたんです。バーのまんなかで、一人で。とてもきれいだと思いましたよ。ただもう、彼女のことが知りたくなったんです。そんなふうに誰かと出会ったことはありませんか？　考えられることといったら、そばにいたい、それだけなんです。相手の軌道上に入りたいっていうか……

ウェスト・マクレイ：ええ。わたしはそういう男性と結婚しました。

ハヴィ・クルーズ：そうでしょう？　そういうことなんですよ。これはいっておくべきなんでしょうけど――彼女はそんなに踊りがうまいわけではありませんでした。（笑）ただ、そんなことは気にしてなくて、そこがぼくにはきれいに見えたんです。ぼくは何も……

ノアは、ぼくがベンチウォーマーだっていう——いってたんですよ。

ウェスト・マクレイ：それはどういう意味ですか？

ハヴィ・クルーズ：仲間内のジョークなんです——ジョークだったんです。つまり……ぼくは何かあっても見てるだけで、それに参加しないって意味です。だけどそのときは立ちあがって、一緒に踊ってくれるように頼みました。

彼女と一緒に踊りました。

ウェスト・マクレイ：それからどうなったんですか？

ハヴィ・クルーズ：彼女をぼくたちの席に連れていきました。

友達が——名前を出さないでほしいといってる友達です——セイディのことを、町に引っ越してきたばかりの一家の一人だと思いこんでいて、セイディはそれに話を合わせました。セイディとケンダルはあんまり……まあ、よくわかりませんけど。

ケンダルはセイディが好きじゃなかった。

ウエスト・マクレイ：どうして？

ハヴィ・クルーズ：一人で踊るクレイジーな若い女、みんなが目を向ける女だったから？そういうのはケンダルの専売特許だったんですよ。それから、ケンダルはセイディを気持ち悪いと思ってた。セイディがケンダルのインスタグラムをこっそり見てたから。ケンダルのことを調べて、ぼくたちがいるのを知ったうえでクーパーズに来た、みたいな。

ウエスト・マクレイ（スタジオ）：マーリー・シンガーはセイディと話をしたことはないと主張していましたが、それを疑う理由が増える一方でした。セイディは、キースを知っていたマーリーと話をしたのだと思います。セイディはモンゴメリーにいるマーリーの兄サイラス・ベイカーと、その家族を探しだしました。つまり、サイラスもキースを知っていたのではないでしょうか。

ハヴィ・クルーズ：一家でこの町に越してきたのは、妹が死んだからだといっていました。

ウェスト・マクレイ：セイディはそれを詳しく話したんですか？

ハヴィ・クルーズ：いえ、だけど彼女がほんとうに傷ついているのはわかりました。その部分がほんとうだったとあなたから聞いたときも驚きませんでしたよ。とにかく……ぼくは彼女に電話番号を教えて、彼女は翌朝電話すると約束しました——一緒にベイカーの家に行くつもりでした。その後、彼女から電話があって、ここで会おうといわれたんです。

ウェスト・マクレイ：ここというのはリリーズ・カフェのことです。モンゴメリーのメインストリートの角にある小さなコーヒーショップで、感じのいい、家庭的な雰囲気の店です。ハヴィがいうには、朝は尋常でなく混みあうそうです。みんなリリーの有名な水出しコーヒーとシュガーグレーズドーナツを買おうとして、こちらの壁からあちらの壁まで届く列ができるんだとか。いまは静かです。

ハヴィ・クルーズ：ぼくが彼女のために朝食を買って、二人で食べはじめると、すぐに何かがひどくおかしいとわかりました。うまくいえないんですが、彼女は静かでとても……気分が悪そうでした。ぼくはどうかしたのかと尋ねました。だけど彼女は話はしませんでした。

見せたんです。

ウェスト・マクレイ：セイディは、モンゴメリーから二十五キロほどのところにある家にハヴィを連れていき、彼に写真を見せました。ハヴィはこの部分をわたしに話すとき、目に見えて動揺していました。

ハヴィ・クルーズ：叫び声をあげながらあの家を出たのを覚えています。だって、知っていたから——写真の子供たちを知っていたからです。あの写真は……ぼくは……夢に出てくるんです、それで脳みそを引きちぎりたくなって——無理だ。

すみません……すみません——

ウェスト・マクレイ：いいんですよ。慌てないで。

ハヴィ・クルーズ：（息を吐く）どうやって知ったのかと彼女に訊きました。あれがあそこにあることがどうしてわかったのか、と。彼女はベイカーの家の外に一晩じゅう車を停めていて、サイラスが早朝に家を出るのを見たんだそうです。それで妙だと思って、あの家までずっとついていった……彼女はサイラスが立ち去るまで隠れていたといってました。それから見にいって、見つかったのがあれだった。どこまでほんとうかわかりませんが、彼女はぼくに通報してほしいといいました。

ぼくは即座に正しいことをした。そうお話ししたいところですが……

ウェスト・マクレイ：ハヴィは圧倒され、取り乱してしまい、事態の全貌が理解できませんでした。セイディはすぐに行動することを求めました。

ウェスト・マクレイ（ハヴィに向かって）：セイディは自分で警察に連絡しようとはしなかったんですか？

ハヴィ・クルーズ：そこなんですよ！　自分ではしようとしなかったんです。怖いから、といっていました。

ウェスト・マクレイ：一晩じゅうベイカーの家の外に車を停めていたと聞いて、おかしいとは思わなかったんですか？　セイディに説明を求めなかったんでしょうか？　どうも、彼女は何が起こっているか最初から薄々感づいていたように聞こえるんですが。

ハヴィ・クルーズ：あの写真を見てしまったあとには、もうほかのことは考えられませんでした。それくらい破壊的でした。いまセラピーに通っているんですよ。最初は通報できなかったのもおなじ理由です……ケンダルとノアは親友だったし、それにミスター・ベイカーは――ミスター・ベイカーのことは子供のころから知っているんですよ、なのに――ぼくにとってはまったく納得のいかない話でした。ぼくたちは車で町へ戻り、そのあいだも彼女はずっといってました、ぼくが通報しなきゃ駄目だって。そうしないと……

ウェスト・マクレイ：そうしないと、なんです？

ハヴィ・クルーズ：いや、よくわかりませんけど。ぼくたちは町へ戻りました。彼女は〈ローズマート〉に寄りました――この道路の先のコンビニエンスストアです。あそこには公衆電話があるので……

もしありのままを話せないなら、警察に電話して死体を発見したといえばいい、そして名乗らずに電話を切って、あとは警察に全部任せればいい、と彼女はいいました。

ウェスト・マクレイ：最初は拒否したんですよね。

ハヴィ・クルーズ：すっかり混乱してたんです。怖くて気が動転していたんですよ。

ウェスト・マクレイ：あなたがセイディにそういったとき、彼女はどういう反応をしましたか？

ハヴィ・クルーズ：ぼくをその場に残して立ち去りました。

ウェスト・マクレイ：しかしあなたは結局、その後すぐに通報の電話をかけた。

緊急通報911番の通信指令係（電話）：911です、どういった緊急事態ですか？

ハヴィ・クルーズ（電話）：あの、死体発見の通報をしたいんですが。

ウェスト・マクレイ：ハヴィはセイディが提案したとおりにしました――家の位置の情報だけを残し、名乗らずに電話を切りました。

ポルノ写真が見つかったあと、モンゴメリー保安官事務所はローズマートの外の監視カメラが記録した映像をもとに、謎の通報者の身元を特定しました。わたしもそれを見ました。ハヴィが電話をかけるための心の準備をしているあいだ、セイディは一緒にはいませんでした。車に乗って去ったあとでした。ハヴィは公衆電話のまえに立ち、十分ほど行ったり来たりしたあとに、受話器を耳へ持っていきました。ハヴィは電話をかけ、その後帰宅して自室にこもり、警察がドアをノックするまで誰とも話そうとしませんでした。

セイディはサイラス・ベイカーの家へ行きました。

ハヴィ・クルーズ：ケンダルとノアからは、そのことで電話がパンクしそうなくらい連絡が入ってました。ぼくはメッセージにまったく返信しなかったんですが……

ウエスト・マクレイ（スタジオ）：ベイカー一家は、どのメディアからの取材にも応じるつもりはないようです。

ハヴィ・クルーズ：二人はセイディが家にやってきたといっていました。ぼくがそこで落ちあおうといったからだというんですが、それは嘘です。ノアがぼくを捕まえようとしていましたが、ぼくはメッセージに返信しなかった。

しばらくのあいだは問題なかったみたいです。その後、ミスター・ベイカーが帰宅した。

二人がいうには、セイディは自分でいっていたとおりの人間じゃなかった、そんな女を好きになるなんて大ばかだ、ってことでした。二人の話では、彼女はミスター・ベイカーの携帯電話を盗んで、彼に襲いかかり――

ウェスト・マクレイ：襲いかかった？

ハヴィ・クルーズ：ええ、ナイフを持っていて。ベイカー家の私道で。

彼女は自分の車に乗って、みんなが何もできずにいるうちに立ち去った。ミスター・ベイカーが警察にいいたがらなかったのは、彼女が明らかに〝神経に異常を来(きた)していた〟からだそうです。

それが起こっていたあいだ、警察はあの家にいたんです。

ウェスト・マクレイ：では、ケンダルとノアは、ミスター・ベイカーとセイディのあいだに暴力的なやりとりがあったことをほのめかしたわけですね。ミスター・ベイカーがセイディに怪我をさせたといっていませんでしたか？

ハヴィ・クルーズ：そういうことはいっていませんでした。だからといって、怪我をさせなかったことにはなりませんが。もしさせたとしても、二人がそれをメールに書かなかったというだけで。

ウエスト・マクレイ：それで、あなたがそのまえの晩にクーパーズで会ったとき、あるいはその日の朝にリリーズで会ったとき、セイディは怪我をしていませんでしたか？

ハヴィ・クルーズ：怪我ですか……どんな？

ウエスト・マクレイ：モンゴメリーを出ていく途中でセイディに出会った若い女性から聞いたところ、セイディは怪我をしていたというんです。顔に、鼻が折れているらしきあざがあり、顎にすり傷があったそうです。

ベイカー家で怪我をしたのでなければ、その後すぐに何かあったことになりますね。

ハヴィ・クルーズ：なんてことだ。

ウェスト・マクレイ：セイディから、ダレン、またはキースという名前を聞いていませんか？

ハヴィ・クルーズ：いえ……聞いてないです、覚えているかぎりでは。
　彼女は無事だと思いますか？

ウェスト・マクレイ：まさにそれを調べようとしているところです。

ハヴィ・クルーズ：でも、あなたは彼女が無事だと思いますか？

自動応答の女性の声（電話）：こちらは留守番電話サービスです。おかけになった番号の名義は――

マーリー・シンガー（電話）：マーリー・シンガー。

自動応答の女性の声（電話）：発信音のあとにメッセージを残してください。

ウェスト・マクレイ（電話）：マーリー、こちらはウェスト・マクレイです。

何度も電話して申しわけないけれど、要件はこういうことです――あなたがセイディに会って、お兄さんの、サイラスの家へ行くように仕向けたことを示す証拠が増える一方なんです。あなたはダレンを知っていた。きっとサイラスもダレンを知っていたんでしょう。それについて話してもらえれば、ほんとうにありがたいのですが。わたしはあの子を家族のもとに、彼女を待っている家族のもとに返そうとしているだけなんです。

電話をください。

ウェスト・マクレイ（電話）：こんにちは、メイ・ベス。クレアはいますか？

メイ・ベス・フォスター（電話）：いいえ。まだ……まだ戻らない。

ウエスト・マクレイ（電話）：前回電話したときから？　冗談をいっているんですか？

メイ・ベス・フォスター（電話）：ちがう。どうするつもりなのか――クレアはここにいくつか所持品を残していて、これを置いたままいなくなるとは思えないんだけど……

ウエスト・マクレイ（電話）：これからコールド・クリークに戻ります。そのあいだに、クレアが姿を現したら電話をください。

メイ・ベス・フォスター（電話）：なぜ？　何を見つけたの？

ウエスト・マクレイ（電話）：わかりません。

セイディ

コロラド州ファーフィールド。

一キロ一キロが皮膚に切り傷をつけるように感じられる。今回の運転が一番きつい。運転の痛みと、醜さがきつい。何時間もおなじ姿勢を取りつづけることによる体の痛みと、ハンドルを固く握っているせいで起こる指の関節の痛みは、最終的に車を停めたときにもまだ残っているだろうと思われる。

ようやく町の看板が視界に入ってきても、安堵感はまったくない。

ファーフィールドは、いままで通ってきたすべての場所の平均みたいな町だ。見るのもつらいほど貧困があふれているわけではなく、かといって、モンゴメリーのように嘘くさくどこもかしこも輝いているわけでもない。荒廃した場所もあるにはあるが、だいたいのところちょっと運が悪いだけで、いずれ経済的に持ちなおすのだろう――よい場所からよりよい場所へ、最高の場所へといずれは変わるように見える、ここはそういう町だ。キースが住んでいる場所はツキに見放された側で、よりよい場所と接する位置にあるが、まちがったほうに面している。ぼろぼろの羽目板と剝がれかけた白いペンキが目につく質素な二階建てだ。

道をはさんだ向かいに車を停める。

心臓は鼓動し、血が血管を流れ、すべてがきちんと機能している。あたしは長いあいだその家を見つめる。サイラスの家の外でやったのとおなじように。次の行動を取るまえに、あいつと対面する瞬間に対して覚悟を決めようとして。

その瞬間を生き延びさえすれば、残りも切り抜けられる。

暑くて、汗をかいている。座席に頭をもたせかけ、すこしのあいだ目をとじる。いや、もしかしたら思ったより長かったかもしれない。次に目をあけると、建物の玄関口の階段に小さな女の子がいる。少女はまわりじゅうに紙を広げ、一面に落書きをしているが、しばらくするとお絵描きをやめて、手にしていたよれよれの本を読みはじめる。少女はノーマン・ロックウェルの絵から抜けだしてきたように見える。ほんとうに現実の女の子とはとても思えない。小柄で、たぶん十歳くらい。ピンクのデニムの短パンを穿いて、ストライプのシャツを着ていて、茶色の髪は三つ編みにしてあるのだが、ずいぶん不揃いだ。自分でやったとしか思えない。本はペーパーバックで、少女はそれが命綱であるかのようにしっかり握っている。もうすぐ読み終わりそうだ。両方の膝にバンドエイドが貼ってある。

少女の存在の意外さが、あたしには耐えられない。なぜ予想もしていなかったのかは自分でもわからない。少女の気持ちを感じたくなどないが、感じずにはいられない。

赤いパーカーの袖を伸ばす。着ていると暑いが、包帯を隠すにはこうするしかない。腕はラングフォードからずっと痛んでいて、小さな赤い点々がガーゼに染みてきているのだが、これについては考えたくない。鏡で自分の顔を確認する。色が変わり、傷（いた）んだ果物そっくりになっている。紫色と茶色に、かすかに黄色が交じる。見ているとものすごくいやな気持ちになる。サイラス・ベイカーがまだ自由の身でいることを思いだすからだ。

だが、もしかしたらキースのあとに戻れるかもしれない。

今度は正しくやり通す。

車を降りる。こんな単純な動作の一つひとつにも体が抗議の声をあげる。

近づいていくと、少女が顔をあげる。近づけば近づくほど、少女が華奢（きゃしゃ）で、ちょっと野生的な顔つきであるのがわかる。乳白色の肌にそばかすが散っている。顔は尖っていて、長い鼻筋と小さな茶色い目をしている。あたしがじっと見ると、少女も見返してくる。彼女は本をとじる――『ベビー・シッターズ・クラブ（B・S・C）』だ。あたしが小さく笑ってみせると、少女はお返しに用心深い目を向けてくる。彼女を責められない。あたしは恐ろしい、悪霊のような見かけなのだから。

「ここ、こんにちは」

「変なしゃべり方」少女はすぐにそういう。思ったより幼い話し方で、声はマティと比べてもまだ細い。

「き——吃音があるの」

「顔はどうしたの？」

「ものすごく、こ、転びやすくて」

だいたい少女とおなじ高さになるくらい身を屈め、少女が手にしたBSCの本を指差す。端のすり切れた表紙では、スティシーが両腕を差し伸べながらクラブのほかのメンバーに駆け寄っている。この一冊は覚えている。これを覚えているなんて妙な気がする。自分にも子供だったときがあり、子供らしいこともしたのに、ふだんはそれを忘れている。そうなりたいと夢見るような女の子が描かれた本も読んだし、砂遊びをして泥のケーキをつくるようなこともやった。自分を絵に描いた。夏にはホタルを捕まえたりもした。

「ステ、スティシーがあたしのお気に入りだったけど、服が、う、うらやましかったのは、ク、クローディアだった」

「スティシーは嫌い」

厳しい観客だ。「じゃあ、誰が、す、好き?」

「マロリー」長い間のあとに少女はそういう。「それとジェシーね。あたしはこの子たちとだいたいおなじ歳なの。自分とおなじくらいの女の子の話を読むのが好き」

少女は視線を落とす。彼女が自分を何歳だと思っているか、あたしにはわかる。当時、自分もおなじように感じていたから。ほかの人には見えない年月を背負って、大人があたしを実際の年齢相応に扱ってくれる瞬間を待ち望んでいる。キースはこの子のタグを持っているのだろうか。いなくなるときに、彼女のその部分を持っていく準備はできているのだろうか。自分の到着がまにあったことを心から望むけれど、もしあいつがすでにここにいるなら、あたしは遅すぎたということだ。

少女は突然顔を明るくしていう。「誰かがBSCの全巻セットを町なかの本屋さんに売ったんだよ。あたしはほかの人に買われないうちにそれを全部買おうとしてるんだけど、お金がなくて」

絵を一枚拾いあげる。彼女の歳にしては上手な絵だと思う。物悲しい風景に、悲しげな顔の小さな少女たち——全員が、描いた本人にちょっとばかり似すぎているけれど。こんなふうに、痛みが明らかに見てとれるのはつらい。きっと彼女の母親はこの絵を誇らしげに冷蔵庫に貼るのだろう。この絵を見ながら、何も見えていないのだろう。すべての絵に

〝ネル〟とサインがしてある。

わかるよ、ネル。

「ネ、ネル。あ、あなたの名前ね」

「知らない人としゃべったら駄目っていわれてるの」

「あたしは、ち、ちがう、しら――知らない人じゃない。お母さんの、こ、恋人を知ってる」

「クリストファーを知ってるの？」

こう尋ねるネルの口調を聞いて、あたしは世界を焼き尽くしたくなる。突然、ネルの目に怯えた光が浮かんだせいで、知る必要のあることが全部わかる。ネルの手が震え、それを止めようとして、隠そうとして、本をきつく握るのを見守る。

十歳で、すでに助けを求める自分自身の叫びと格闘している。

それについては、もうすぐ心配しなくてよくなるから。そういえたらいいのに。何かが起きているかはわかってる、もう大丈夫だから、と。ネルはいままでそういう言葉を聞いたことがないはずだ。確信できる。あたしも聞いたことがなかった。そしてネルがその言葉に飢えているのがわかる。あたしがそうだったのとおなじように。

「か、彼はいる？」

家に向かおうとすると、ネルがいう。「駄目！」あたしはネルをふり返る。「眠ってるの。いまは静かにしなきゃいけない時間。何があっても起こしちゃいけないっていわれてる。起こすと怒られる」

「だ、だから、そ、外にいるの？」

「あの人が起きる時間までに、ほとんど一冊読めるんだよ」

これを、ネルは自慢げにいう。

「す、すごいね」ネルが顔を輝かせる。「ネル、お母さんは、ど、どこ？」

「〈ファルコンズ〉で働いてる」

「それは、ど、どんな場所？」

「バー」

もちろんそうだろう。あたしは体をまっすぐにする。膝がポキリと鳴る。

「いつ、か、帰ってくるの？」

「あたしが寝たあと」

できすぎなほどだ。あいつの家に入って探すことができる。ソファかベッドで体を伸ばしてうつぶせに寝ているだろう。あいつの飛び出しナイフを手にしてすぐそばに立ち、ナイフを心臓の上でかまえ、そのまま下へ押しこんであいつの命を終わらせる。目がパッとひらき、あいつが死ぬ前に――部屋じゅうを赤く染めて逝くまえに――見る最後のものがあたしであるのを想像する。ネルは何か見たかと訊かれたら、こう答えればいい。〝見てないよ、外にいたから。静かにしなきゃいけない時間のあいだは、なかにいたら駄目なの……〟

その考えが、陶酔が、あたしをドアへ向かわせる。手をドアハンドルに置き、まわそうとしたところで、ネルがパニックに陥る。ネルはあたしに駆け寄って、小さな両手であたしの手首をつかむ。マティがこの年齢だったときとおなじ小さな手。この子はマティじゃない、とあたしは自分にいい聞かせるが、心はあたしをマティのいる場所に連れていきたがる。この子はマティじゃない、この子はマティじゃない、この子はマティじゃない……だけど彼女の手は小さくて……温かくて……

「入っちゃ駄目」ネルは切羽詰まった声でいう。

そして生きている。

「あたしと一緒に、き、来て」あたしはネルにいう。ネルは口もきけないほど驚いた様子であたしを見つめる。だがこの子がほんとうに一緒に来たらどうするというのだ？　ただこの子を連れていくのはどうだろう？　このドアの向こうにあるものから遠ざけることができれば？

「ネ、ネル、一緒に、き、来て」ネルはあたしの手を離し、すこし身を引く。あたしが手を伸ばすとネルはまた何歩かさがり、あたしはまた手を伸ばす。あたしは自分を抑えられない、あたしたちはなかにあるものを知っているから。必死になればなるほど、吃音が強くなるのを感じる。「あなたは、あ、あたしと、い、一緒に来るべきだと思う。な、な——なかは——」

安全じゃないから。

だからあたしと一緒においで。

お願い。

「ママがもうすぐ帰ってくるもん」ネルは首を横に振りながらそういう。ママは仕事に行っていて、遅くまで戻らないとついさっき話したのを忘れているのだ。「ママが——」あたしが動くとネルは身の危険を感じたらしく、口を大きくあけて叫んだ。「ママ!」

その声があたしの意識を空想から引きはがし、体のなかに無理やり戻した。あざと痛みのある疲れた体のなかに。疲れた心のなかに。あたしはぎこちなく一歩さがる。ネルは心底怯えている。

「ご——ごめん」あたしはポケットを、そして財布を探り、二十ドル札をネルに差しだす。「ま、待って。ほら。こ、これを、も、持っていって」

ネルは口をとじ、疑わしげにあたしを見つめる。そのあいだに、あたしは通りを端から端まで一瞥する。幼い少女が叫ぶのを聞いた人がいたとしても、誰も出てこない。あたしは息を呑み、ネルの顔のまえで紙幣を振る。お金を持っていきなさい、ネル。お金のことはわかるはず。彼女の歳のとき、あたしにはわかった。

「こ、これでBSCの本が、たくさん、か、買える」

ネルはためらいがちにまえへ出る。まだらな顔をしたこのモンスター女に近づきすぎるのはいやなのだ。あたしの手から二十ドルを引ったくり、ネルは通りを駆けていく。ふり返らない。涙が出そうになるのをまばたきで抑え、遠くなっていくネルの姿を見つめながら約束する。

あたしがこれを終わらせる。

家のほうを向く。

なかに入る。

静かで、電化製品の低いうなりと、時計のカチカチという音しか聞こえない。せまい廊下に立つ。廊下は家の裏口のドアへとつながっている。左にキッチン、右に二階への階段がある。入ったドアを音をたてずにしめ、そのドアにもたれて無理やり深呼吸をする。キッチンテーブルの上に牛乳のグラスと食べかけのサンドイッチがある。ラックで皿が乾かしてある。キッチンを越えた先に部屋があり、あたしが次に向かうのはそこだ。自分の体がこんなにも音をたてないことに驚く。まるでこの瞬間のためにつくられたかのように。そこはリビングで、時計があり、テレビとソファがある。想像ではこのソファにキースがいるはずだった。一方の脚を垂らして、口を大きくあけて眠っているはずだった。

しかしキースはそこにいない。

それなら階上だ。

すべてが簡単だったのは、右足が最初の段を踏む瞬間までだ。階段は古く、一段一段があたしの体の重みで大きくうめいてみずからの古さを知らせてくる。段が鳴るたびに、運転中にカーブのある坂にさしかかったときみたいな、みぞおちのあたりが上下するような奇妙で不安な感覚が起こる。

階段のてっぺんに到達し、息を吐く。手すりを握って震える指が目につく瞬間まで、自分がどんなに身震いしているか気がつかない。

ドアが三つあり、一番近い一つはあいていて、バスルームが見える。残るは二つ。手前のドアをあけ、気づくとネルの部屋にいる。

そうだろうと思った。

そうじゃなければよかったのに。

ネルの部屋はきちんと片づいている。あたしが自分の部屋をきちんと片づけていたのとおなじように、小さく自信のない手ですべてがあるべき場所にしまわれている。色褪せたピンクの壁紙には黄色い筋が入り、ネルが生まれるまえから壁に貼られていたように見える。ミントグリーンのカバーのかかった小さなベッドは中古で、しなびたようになっている。戸口をまたぎ、ベッドの反対側にあるちっちゃな机に向かう。ネルはここであの力作を生みだしているのだ。一ドルショップのシールがべたべた貼られたスケッチブックと色鉛筆が置いてある。ベッド脇のクローゼットのほうへ行き、ドアをあけると、ベビー用洗剤がふわっと香り、信じられないくらい小さなネルの衣類に迎えられる。

あたしも昔はこんなに小さかったんだ。

大昔の話だ。

ほとんど無意識のうちに衣類を調べはじめる。これははじめからやろうと思っていたことではなかったが、やりはじめたいまとなってはやめられない。知っているからだ。見つけたくないものが絶対に見つかるとわかっている。それはやっぱりそこに、奥にある。タグの切り取られたシャツ。あたしはそれをハンガーから外して顔に押しつける。猛烈な、耐えられないほどの悲嘆の波が押し寄せる。あたしが助けるからね、ネル。あたしが助ける。しかしすでに起こってしまったことについては、助けられる範囲を超えている。キースを止めることはできるが、すでに起こったことを全部なかったことにはできない。自分を守ってくれなかった人々を、どうして許せる？　ときどき、自分が何を手に入れそこなったのか、もうわからなくなる——何を失ったのか、もともと持っていなかったものは何か。

「いつかきみがドアロに現れるんじゃないかと、ずっと思っていたよ」

よろよろと一歩まえに踏みだし、それから体勢を立てなおす。静かで険のないあいつの声があたしを小さく、こんなふうに、小さな女の子に変える。その女の子は、これがうまくできなかったことを知り、吐き気がしている。あたしはうまくやれなかった。体の向きを変えると、キースがすぐ目のまえに立っている。

この邪悪さが外に表れていればいいのにと思う。そうすれば、見てそこにあるとわかるのだから。本物のモンスターがみんなそうであるように、こいつもそれを見えないところに隠している。背は高い。昔から高かった。裾のほつれたみすぼらしいジーンズを穿き、素足に糸が垂れている。両脚が胴体まですっと伸び、腕は筋肉がついて張りつめている。これはあたしが幼かったころの記憶とちがう。顔は昔と変わらず鋭く、陰影があり、無精ひげが生えている。目の脇のしわは、あたしが十一歳だったころでさえはっきり出ていたが、当時よりずっと深くなっている。八年。最後に顔を合わせてから八年になるが、あたしたちのあいだにあるその時間が消え去るのを感じる。あたしはもう小さくない、あたしはもう小さくない……。キースの下の床が軋む。キースはドア枠のそばに陣取り、枠にもたれてあたしの出口をふさいでいる。あたしはネルのシャツを顔に押しつけたままでいる。ぎゅっと握りしめているせいで、手の甲の皮膚がピンと張りつめている。目をとじる。キースの呼吸を聞き、深夜の彼の呼吸音を思いだす。あたしは思いだす……あたしはもう小さくない……

床が軋む。重さがかかる場所が移ったのだ……

目をひらき、顔をあげる。

キースはいなくなっている。

もしキースがあたしから逃げて家のなかを駆けていく音が聞こえてこなければ、最初からいなかったと思うところだった。あたしはたったいま起きたこと、起こしてしまったことを理解しようとして神経をすり減らす。ネルのシャツを落として部屋を出ると、急いで階段を降りる。静かにしようとは思わない。キースがここにいて、あたしがここにいることを知っているなら、もう静かにしたって意味がない。階段の一番下に到達する。裏口のドアがあいている。ドアは裏庭へ、その向こうの森へとつづいている。

裏口へ移動する。ドアを抜け、外へ一歩踏みだしたとたんに、世界が爆発して美しい漆(しっ)

黒の夜空に変わる。見たこともないくらいたくさんの星が輝いている。目のまえで星が点滅し、きらめくのを眺める。星はキラキラした明るい白から赤に変わり、それから徐々に消えはじめ、やがて暗闇だけが残る。頭蓋骨がばらばらになりそうに感じる。何かよくわからない力から受けた衝撃でずきずきと痛む。あいつに殴られたんだ。ぼんやりそう気がつく……

そしてその後——ピンで刺したような明かりが、たった一つの星が地平線に現れ、あたしの心臓の鼓動に合わせてかすかにまたたく。生きているみたいに。星に向かって手を伸ばしたいけれど腕が動かない。代わりに、その星を通り抜けて落ちる。体が地面にぶつかるのがわかる。あたしは地面の上にいて、頭のなかには次から次へと映像が浮かぶ。終わりそうにない。全部マティではじまる……

そしてそれは終わりそうにない。

ザ・ガールズ　シーズン1、エピソード6

ウェスト・マクレイ：わたしがようやくコールド・クリークに到着したとき、クレアはまだ戻っていませんでした。

もう数日になります。

メイ・ベス・フォスター：四十キロ以内にあるバーには全部電話した。誰もクレアを見ていない。その情報にどれだけ価値があるかわからないけど。クレアはここにお金を置いていってる……もしかしたらあたしの知らない酒場で酒浸りになっていて、誰かが勘定を払っているのかもしれない。

ウェスト・マクレイ：コールド・クリークに戻ることによってクレアが素面でいられなく

なってしまったのかもしれないと思うのは簡単ですが、ここへ戻ってくる原動力となったのは悲しみであって、自滅への願望ではありませんでした。その悲しみを考え、クレア・サザンがただの失敗のかたまりではないことを思いだすべきです。彼女は完璧な人ではありません——しかしふつうの人で、母親です。

わたしは、マティの遺体が回収された林檎園でクレアを見つけました。

(足音、遠くで車が走る音)

ウエスト・マクレイ：クレア？

(長い間)

クレア・サザン：これは録音しているの？

ウエスト・マクレイ：あなたがかまわなければ。

クレア・サザン：このへんを車で走ってた……ただおなじ道を走っていたの、何度も何度も。自分でも何をしているのかよくわからなかった。結局、数時間まえにここにたどり着いて、いまは立ち去ることができずにいる。

ただもう、どうしても体が動かないの。

ウェスト・マクレイ：お悔やみ申しあげます。

クレア・サザン：そんなふうにいってくれた人は初めて。

ウェスト・マクレイ：それもお気の毒に思います。

クレア・サザン：誰かがずっとそばにいると思えれば、いろいろ変わってくるんだけど。物事を正す時間はいくらだってあると思えれば。

ウェスト・マクレイ：セイディとのあいだでも、それができると思っていましたか？

クレア・サザン：そうは思わない。ただ、選択の余地があると思うと慰めになるってだけ。

あなた、子供はいる？

ウェスト・マクレイ：ええ。

クレア・サザン：何人？

ウェスト・マクレイ：一人だけ。

娘です。

クレア・サザン：何歳？

ウェスト・マクレイ：五歳です。

クレア・サザン：いい年齢ね。

ウェスト・マクレイ：そうですか？

クレア・サザン：ええ。その年齢のころにほんとうに人間らしくなりはじめるんだけど、まだ赤ちゃんみたいに、べったりくっついてくる。セイディは――セイディにだってそういうころがあった。

ウェスト・マクレイ：そうなんですか？

クレア・サザン：あの子はそれを覚えていなかったけど。あたしが覚えてるのが驚きよね。だけどあの子にもそんなころがあった――夜、どうしても寝かしつけてほしがって、ベッドに来てってあたしにせがんだ。だから寝室へ行って、あの子が眠りにつくまで髪を撫でたの。そうしたらふっと……あの子はあたしを見あげてこういった。ママがあたしをつくったのね。あたしはこういった——そう、そうよ、ベイビー、そうなのよ。

ウェスト・マクレイ：娘さんを愛しているんですね。

クレア・サザン：娘はあたしを憎んでる。

セイディについてほかのことも話しておくわね。あの子は利口だった。七歳のときには、保護者の許可が必要な書類に自分でサインしてた。もうすこし大きくなると、マティの書類にもサインをした。メイ・ベスはよく、クリスマスや誕生日のプレゼントを買ってくれていたんだけど、セイディはカードにあたしの名前でサインをしたの。マティにはそれがぜんぜんわかってなかった。

まだある。あたしは——ここを出てからハーディングズ・グローヴにいたの。ここ三年間。ハーディングズ・グローヴは、コールド・クリークからだいたい三時間のところよ。

ウェスト・マクレイ（スタジオ）：セイディの物語を皮を剝くようにして調べはじめてか

らわかったことのなかで、これが一番確かな事実のように思われました——クレアは夜のうちに急いで立ち去り、天使の街(ロスアンジェルス)へ向かったはずでした。マティとセイディを見捨て、たった一枚の椰子の木の絵葉書を送り、それには〝あたしのいい子でいてちょうだいね〟とマティ宛に悲しげな走り書きがしてありました。そしていつもどおり、上の娘には何もありませんでした。

マティは、その言葉にしがみついた結果、未知の人間が運転するトラックの助手席に乗り、その人間に殺されることになりました。

正直にいって、クレアが林檎園で明かした事実の重大性にわたしは気づいていませんでした。

クレアはロスアンジェルスには行かなかった。

セイディが絵葉書を送ったのです。

ウェスト・マクレイ：なんてことだ。

ウェスト・マクレイ（スタジオ）：セイディの立場では、埋め合わせをすることがたびたび要求されました。クレアが家を出たとき、セイディは手が届かないほど深く絶望に陥るマティを見て、必死で命綱を投げました——母親の筆跡を真似た絵葉書です。効果はありました。しかし二人の仲にひびが入ることにもつながりました。そして関係を修復するチャンスは訪れませんでした。あの絵葉書のせいで——これは決してセイディのせいではありませんが——マティは家出をして殺害されたのです……つまり、セイディは妹の死以来ずっと、これを自覚しながら行動してきたことになります。

セイディには自分の責任だと思っている部分があるのでしょうか？

その罪悪感の重さ。

想像もつきません。

クレア・サザン：母を愛してた。母はあたしを見捨てなかった。ずっと愛してくれてた、あたしがどんなに滅茶苦茶になっても。もしかしたらそれがよくなかったのかもしれないけど、母を思うと、ただその愛だけが思いだされる。母が死んだとき、それもなくなった。メイ・ベスは……あたしのためには何も持ちあわせていなかった。だからセイディが――あたしはセイディが代わりになると思った。結果はご存知のとおりよ。

つらかった、あの子に憎まれるのは。耐えられなかった。あたしはあの子を押しのけた、でないと必要としてしまうから。そうやって心の平穏を保った。マティは――マティははるかに簡単だった。二人とも――二人ともこんな目にあういわれはないのに。

ウエスト・マクレイ：まだセイディを見つけることはできるかもしれませんよ。

クレア・サザン：そうなったとき、あたしはきっとどこか遠い、遠いところにいる。

ウエスト・マクレイ：クレア……

クレア・サザン：マティに起こったことが死ぬほどつらいの。これ以上、何かを受けとめる気にはなれない。

ウェスト・マクレイ：そんなことにはならないと思います。

クレア・サザン：あたしにとってはそんなことなの。（間）あなたは自分の娘と一緒にいるべきよ。こんなところで人の娘を探してる場合じゃないでしょう。

ウェスト・マクレイ：ほかに誰も探していなかったから。

クレア・サザン：それは理由にならない。

ウェスト・マクレイ：そうですね……自分の娘を持ったことで、わたしは——

クレア・サザン：最後までいわないで。

ウェスト・マクレイ：クレア――

クレア・サザン：あなたがこの仕事をしてるのは、自分の娘に目をひらかされたからとか、そういうこと？　小さな娘を持つことで、外に広がっているのは大きな、あくどい、汚い世界だと気がついたの？　それであたしの娘をそこから救いだすことで、ほんのすこし世界がきれいになった、よくやったと自分で自分の背中をたたけるってわけ？

ウェスト・マクレイ：ちがいます。

（間）

クレア・サザン：あたしだってばかじゃないのよ。ときどき、メイ・ベスがしゃべっているとき、あなたが彼女に向ける視線に気がつくの。あたしたちを取るに足りないかわいそうなおばかさんだと思っている目よ。あなたはあたしたちの苦痛を、何か自分のためになるものに変えようと思ってる。何か……番組、番組よね。

あたしはいままでずっと男たちに利用されて生きてきたけど、ほんとうのことを知りたいならいってあげるわ、あなたもほかの男とまったく変わらない。

ウエスト・マクレイ：クレア、もしあなたがほんとうのことを知りたがっていれば、そもそもわたしがこの話を求めることもなかったんです。いまだって、知れば知るほどいやになっていますよ。いい結果にはなりそうにないから。だけどもう関わってしまっているから、最後まで見届けなければならないんです。

クレア・サザン：それだったら理由としてはずいぶんマシだわ。

ウエスト・マクレイ：自分がセイディに近づけているかどうかはわかりませんが、いくつかわかったことがあります。キースのことを教えてほしいんです。

クレア・サザン：キース？

ウエスト・マクレイ：セイディが探している男で、彼女がダレンと呼んでいる人ですよ。

ダレンとキースは同一人物だとわかりました。キースについて、何か情報がありませんか?

ウエスト・マクレイ(スタジオ):クレアは、メイ・ベスの待つトレーラーに戻ってもいいかと尋ねました。メイ・ベスは喜びませんでしたが、クレアを一瞥して、やかんを火にかけました。

クレア・サザン:お酒が飲みたい。

メイ・ベス・フォスター:飲むつもりなら、いますぐ出ていってもらうよ。

クレア・サザン:勘弁してよ、メイ・ベス、ただ飲みたいっていっただけでしょう。ほんとに飲むって意味じゃない。

ウエスト・マクレイ:準備がよければいつでもどうぞ。

メイ・ベス・フォスター：なんの準備？

ウェスト・マクレイ：キースについて話すための準備です。

クレア・サザン：キースは失敗だった。

メイ・ベス・フォスター：あの人はあんたを助けようとベストを尽くしてたよ、それをあんたが放りだしたんじゃないの。ほかのすべてとおなじように。

クレア・サザン：ちょっと出ててもらえない？

ウェスト・マクレイ：メイ・ベス、クレアが覚えているとおりの話を聞きたいんです。もしクレアに話をさせることができないようなら、しばらくわたしたちを二人きりにさせてくださいとお願いするしかありません。

メイ・ベス・フォスター：ここはあたしの、い、い、家だよ。冗談をいってるの？

ウェスト・マクレイ：これはあなたがた二人の問題ではありません。セイディのことなんです。
メイ・ベス・フォスター：けっこうだこと。ここを使いなさいよ、あたしはかまわない。
（ドアがひらき、しまる音）
クレア・サザン：さっさと終わらせましょう。
ウェスト・マクレイ：キースがどんなふうにあなたの人生に関わったのか、ひととおり教えてください。
クレア・サザン：バーで出会った。ジョエルズって店。よく覚えてないんだけど、キースが家までついてきたのよ、まるで……素面の子犬みたいに。あの人はお酒を飲まなかった。あたしの知るかぎり、一度も酔っぱらったことがなかった。

ウェスト・マクレイ：だったら、なぜわざわざバーにいたんでしょう？
クレア・サザン：そうなのよ。あたしみたいな女を探してたんじゃないかしら。
ウェスト・マクレイ：それはどういう意味ですか？
クレア・サザン：途方に暮れていたり、病気だったり……あたしは依存症で病気だった。あの人はあたしが病気のままでいるのを手伝った。いつもお金をくれて、あたしが酔っぱらっているように仕向けた……
　何かを求められたことは一度もなかった。ただ差しだすばっかりで、あたしは喜んで受けとった。彼が自分から差しだしてくるかぎり。そうやってあたしに余計な口出しをさせないようにしたのね、だって……
ウェスト・マクレイ：なぜですか？

クレア・サザン：セイディがあの人を憎んでたから。

ウェスト・マクレイ：メイ・ベスもそういっていました。セイディはキースに脅かされているように感じたのだろうって。

クレア・サザン：あの子はあたしが家に連れてくる人間は誰でも嫌った。わかってもらいたいんだけど、仮にそれが善良な男であっても、あの子が好きになることはなかった。全員が悪いやつだったわけじゃない。

ウェスト・マクレイ：キースは悪いやつだったんですか？

クレア・サザン：結局のところ、追いだすことになった。

ウェスト・マクレイ：なぜ？

クレア・サザン：あの人が娘たちといるときの様子におかしなところがあったから。いつも……関心を向けすぎるっていうか。たいていの男は子供がいるっていうと関係を持ちたがらなくなる。だからいつだってあなたを最優先するわって約束しなきゃならないんだけど、キースはそれを求めなかった。

あの人がマティを見る目つきが気に入らなかった。

ウエスト・マクレイ：それはどういう意味ですか？

クレア・サザン：いったとおりの意味よ。

ウエスト・マクレイ：クレア？

クレア・サザン：見たの――ある晩、マティの部屋にいるあの人を見つけたの。それが最後の夜になった。

ウェスト・マクレイ：何をしていたんですか？

クレア・サザン：何も。いいえ、よくわからないんだけど……

　何かがおかしかった。見てすぐに、何かがおかしいとわかった。キースがあの部屋にいる理由なんかなかった。一つもなかった。それで、ときどき、あのときのことを思い返すと、あの人はズボンをおろしていたような気がするんだけど……酔っていたからよくわからない。その晩キースを追いだして、翌朝起きてきたときのマティは、キースはどこって訊いてきたし……その後、あの人の名前を出しても毎回問題なかったから、何かあったとは思わない──あたしはまにあったんだと思う。

ウェスト・マクレイ（スタジオ）：クレアは声だけで人物像を捉えるのがむずかしい女性です。彼女はこうしたことを抑揚のない声で、遠くの出来事のように話します。まるで自分自身をそこから切り離しておこうとするかのように。一語一語が口から出るときの身を縮ませるような姿を見なければわからないと思いますが、煙草をいじくりまわしながら、きちんと火をつけることもできずにいるほど手が震えていました。クレアは心底動揺していました。

ウエスト・マクレイ：クレア、一つべつのことを訊かなければなりません。

クレア・サザン：やめて。

ウエスト・マクレイ：セイディがあなたに話したことは――

クレア・サザン：やめて。

わからない。

ウエスト・マクレイ：キースはセイディを虐待していたんでしょうか？

クレア・サザン：（泣きながら）知らない。

ウェスト・マクレイ（スタジオ）：セイディがキースとのあいだに未決着の問題を抱えていたことは明らかです。これがそうなのでしょうか？　それとも、キースはマティを傷つけたのでしょうか？　クレアはあの一晩は娘を救ったかもしれませんが、キースは一年ものあいだ一緒に暮らしていたのです。

メイ・ベス・フォスター：信じられない……キースのことをそんなふうにいわれても、とても信じられない。

クレア・サザン：でもほんとうなの。

メイ・ベス・フォスター：確かに、セイディはあたしの顔を見るたびに、キースのことがどれほど大嫌いかって話をしていたかもしれない。あたしは取りあわなかった。あの子が子供じみた振る舞いをしてるだけだと思ってた……だけど、あの子は子供なんかじゃなかった。

クレア・サザン：お説教はやめて、メイ・ベス。

メイ・ベス・フォスター：そんなつもりはないよ、クレア。ありがたい……あんたがあいつを止めてくれてよかった。

ウェスト・マクレイ：どうやらセイディは、何か解決すべきことがあったからキースを探していたようですね。

メイ・ベス・フォスター：なぜいま、こんなに経ってから追いかけようとするのかわからない。

ウェスト・マクレイ：ほかにもわかったことがあるんです。キースはある女性と付き合っていたことがあるんですが、最近、その女性の兄が子供への性的虐待で逮捕されました。彼が逮捕された原因はセイディなんです。あとでひととおりお話ししますが、セイディがいなければ、彼はいまも子供たちを餌食にしていたと考えてまちがいありません。その男とキースにどの程度のつながりがあったのかはわかりませんが、クレアの話から考えると、二人は共通の嗜好を持っていたようですね。

クレア・サザン：で、その妹はなんていってるの？

ウエスト・マクレイ：わたしと話をすることを拒否しています。

クレア・サザン：それが充分答えになってるんじゃない。（間）セイディはほんとうにその男が逮捕されるように仕向けたの？

（電話の呼び出し音）

ウエスト・マクレイ：失礼。この電話には出なければなりません。はい、ウェスト・マクレイです。

ジョー・パーキンス（電話）：やあ、ブルーバードのジョー・パーキンスだ。こんなに遅い時間に電話して大変申しわけないが、何かあれば連絡してくれっていってたから……

ウェスト・マクレイ：大丈夫ですよ、ジョー。何があったんですか？

ジョー・パーキンス（電話）：以前、モーテルで働いてた男の一人と話をしたんだがね……あそこを売った直後に解雇した男で、エリス・ジェイコブズっていうんだ。とにかく、あんたがやってきて、いろんなことを訊いていったよって話したら、その男がね、できるだけ早くこっちへ来て自分の話を聞いてほしいっていうんだよ。あんたが探してる女の子の話だ。

ザ・ガールズ　エピソード7

（ザ・ガールズのテーマ曲）

アナウンサー：ザ・ガールズは、マクミラン・パブリッシャーズの提供でお送りします。

ウエスト・マクレイ：エリス・ジェイコブズは二十五歳の白人男性ですが、少年のような顔つきで、五歳は若く見えます。つらい人生を送ってきました。それについては本人が最初に語ってくれるでしょう。エリスは十七歳のときに家を追いだされました。しかしそれは不良だったせいではない、とエリスは主張しています。母親の当時の恋人が彼を嫌ったからだそうです。

エリス・ジェイコブズ：いまでは結婚してるんじゃないかな、おれの知るかぎりでは。あいつは虐待魔の卑劣漢で、おれはいやっていうほど殴られた。まあ、そういうこともあるってことだね。

ウエスト・マクレイ：エリスはほぼ二十四歳になるまでホームレスでした。

エリス・ジェイコブズ：そこまでひどくはなかった。知り合いの家のソファを渡り歩いたんだ。いい友達がいっぱいいたから。だけど生活はぜんぜん安定しなかった。

ウエスト・マクレイ：その後、エリスはキースと出会いました。

しかしエリスは彼をダレンとして知りました。

エリス・ジェイコブズ：何があったかっていうと、友達の家にいたときにオンラインでゲームをやっていたんだ。MMO、つまり多人数参加型のオンラインゲームだね。プレイしているあいだ、ほかのプレイヤーと話せるんだ。ダレンとはそうやって出会った。怪しいことなんか何もなかった、ただ友達になって、あちらからこちらへとふらふらする生活がどんなものかはわかるよといっていた。おれを助けたいといってくれた。

ウェスト・マクレイ：そんなに簡単に？　お互いよく知りもしないのに、彼はあなたを助けたいといったんですか？

エリス・ジェイコブズ：あなたのために、かなり端折ってるんですよ。おれたちはあのゲームのなかで一千時間以上過ごした。誰かを知るのに充分な、すくなくとも知った気になるのに充分なくらい長い時間です。

ウェスト・マクレイ：彼は自分のことをどんなふうに話しましたか？

エリス・ジェイコブズ：それはさっきいったとおり――放浪者で、自分も人生の大部分を家族から離れて過ごしてきたって。父親によく殴られた、とも……

いまになると、どこまでほんとうだったのかなと思うけど、わからないな。ダレンはおれが一番必要としていたときにブルーバードの仕事を紹介してくれた。おれにとっては、彼を……悪く思う理由なんか一つもなかった。おれにはよくしてくれた。

それに、ダレンはジョーの命を救ったんですよ。

ジョーはダレンのことを兄弟みたいに話してた。頼めばなんだってやってくれる男だ、だけど自分の人生となるとどう整理したらいいかわからないんだよ、って。

ウェスト・マクレイ：セイディと会ったときのことを話してください。

エリス・ジェイコブズ：あの夜は一晩じゅう働いていた。ジョーと交代したとき、彼女のことはとくに話題にならなかった。彼女は遅くにオフィスにやってきた。殴られたみたいな顔をして、あんまり具合もよくなさそうだった。それで、最初に訊いてきたのがダレンのことだった。

ウェスト・マクレイ：だけどその週末、彼はいなかったんですね。

エリス・ジェイコブズ：そう、そのまえからずっと来ていなかった。ダレンに会わずにいた期間としては一番長かった。しかも、まだ会ってない。

ウェスト・マクレイ：ダレンは自分の居場所を隠していたんですか？

エリス・ジェイコブズ：ジョーには隠さなかったし、ぼくにも隠さなかった。だけどぼくたちの理解では……ダレンがどこにいるにせよ、うるさく詮索しないこと、人に訊かれても居場所を明かさないこと、この二つが暗黙の了解になっていた。とにかく、ジョーはそうしていた。

ウェスト・マクレイ：セイディとは何があったんですか？

エリス・ジェイコブズ：彼女は家族の友達だといっていた。ダレンについてたくさん質問をしてきた。あのとき気がついたのは、彼女がほんとうに頑固なことだった。メッセージを残していけばいいといったら拒否して、ダレンの部屋に置いていきたいものがあるんだけど、といった。おれはそれはできないと答えた。彼がどこにいるか知っているか、とも訊かれたけど、それも話すつもりはなかった。そのあと、彼女はあきらめた。すくなくとも、おれにはあきらめたように見えた。

ウェスト・マクレイ（スタジオ）：バスルームの窓が割れていましたね？

セイディだったのです。

ウェスト・マクレイ（エリスに向かって）：窓が割れる音は聞こえなかったんですか？

エリス・ジェイコブズ：ここにこもっていて、テレビがついていたら……音は聞こえなかった。

ウェスト・マクレイ：では、なぜあの部屋を確認しようと思ったんですか？

エリス・ジェイコブズ：彼女がぼくの頭にそう吹きこんだんですよ。あの子の振る舞いはどう考えてもおかしかった……おれはそれを頭から払いのけられなかった。それで一時間かそれくらい経ったあとだと思うんだけど、腰をあげて見にいった。勘が働いて、そうしたほうがいいと思った。モーテルの正面からは、何かが起こっているようには見えなかった。だけど窓に近づいて覗きこんだんだ。カーテンがしまっていたけれど、なんていうか……何かが動きまわっているのはわかった。

それでドアをあけると、彼女がいた。

ウェスト・マクレイ：覚えていることを全部話してください。

エリス・ジェイコブズ：とにかく……見ているものを理解するだけで大変だった。部屋は滅茶苦茶に荒らされていて。彼女がやったんだ。で、その当人は腕からひどく出血していて――

ウェスト・マクレイ：出血？

エリス・ジェイコブズ：バスルームの窓を割ったとき、きれいにいかなかったんだろうね。

ガラスで腕を切ってしまった。

ウェスト・マクレイ：あなたはジョーに窓のことを話しませんでしたね。それに、ジョーからわたしのことを聞くまで、あなたはこういうことをみんな黙っていました。

エリス・ジェイコブズ：そう、そのとおり。だって、ダレンの部屋は立入禁止だったんですよ。ジョーに知られたらクビになると思った。ブルーバードで働くのに、とくに面倒な決まりなんかなかった。これだけが唯一の決まりで、破らないようにするのは世界一簡単なことだった……だからそのままにした。ジョーがモーテルを売り払うのにどれくらいかかるかわからなかったし、働けなくなるまでのあいだの給料は必要だった。ブルーバードが売れるとすぐにジョーはおれを解雇して、おれは……ブルーバードはもうすぐ取り壊されるんだから、その話を持ちだしても意味がないと思ったんですよ。

ウェスト・マクレイ：わかりました。では、セイディが窓を割って腕を切り、あなたが彼女を見つけたところへ話を戻しましょう。

エリス・ジェイコブズ：彼女の腕は、縫う必要があるくらい切れていた。結局縫わなかったけど、縫ったほうがいいのにと思う程度には傷が深いように見えた。そのときわかったんですよ、彼女がどれほど真剣にダレンの部屋に入りたがっていたか。それで、おれも部屋に入った。おれは彼女を見て、彼女もおれを見て、それから彼女が飛び出しナイフを出しておれの喉もとに当てながら訊いてきた――おれにこう訊いた……くそ、いいづらいな。

ウェスト・マクレイ：セイディはあなたに何を訊いたんですか、エリス？

エリス・ジェイコブズ：おれが彼とおなじかどうか。

ウェスト・マクレイ：ダレンと？

エリス・ジェイコブズ：そう。

ウェスト・マクレイ：セイディはどういう意味でそう訊いたんですか？

エリス・ジェイコブズ：彼女が知りたがったのは、おれが……おれが……彼女の言葉どおりにいうと……いや、ほんとにいいづらいんだけど。

あなたも小さな女の子をレイプするの？　彼女はおれにそう訊いたんだ。

ウェスト・マクレイ：それがセイディの言葉だった？

エリス・ジェイコブズ：彼女の言葉そのままですよ。おれの喉もとにナイフを当てて、おれが……ダレンとおなじなのかと訊いてきた。そのとき彼女がいいたかったのはそういうことだった。よりにもよってそんなことを言われるなんて、おれは――そんな言葉はまったく予想もしていなかった。

ウェスト・マクレイ：それで、どうしたんですか？

エリス・ジェイコブズ：そんなことは知らない……ダレンについてそんなことは知らないといいましたよ。おれがダレンとオンラインゲームで出会ったことなんかを全部説明して。彼女は……ええと、おれは両親に家から追いだされたとき、いろんな人に面倒を見てもらわなきゃならなかったんだけど、それがどういうことかわかるかな？

ウェスト・マクレイ：説明してください。

エリス・ジェイコブズ：プライドが高すぎたり、ひどく腹が立ってたりしたときには……おれはいつも平静を装うことで、必要なものを与えてくれようとする人たちを遠ざけてた。彼らを傷つけていた。もちろん――怪我をさせたわけじゃない。ただ、自分の苦痛を押しつけたんだ。どうやって助けを求めたらいいかわからなかったから。だからまわりの人たちと接するときは、いつもそのことを忘れないようにしてる。相手をよく見て、できると思うときにはこっちから相手を助けるようにしている。

ウェスト・マクレイ：それで、セイディも助けることにしたんですか？

エリス・ジェイコブズ：ほんのすこしね。だって――おれは喉もとにナイフを当てられてひどくびびってたし、自分はもうすぐ死ぬんだって本気で思ってたんですよ。彼女は気がふれたようになってた。ひどく……凶暴な目つきをしていた……とにかくおれが対処しなきゃならないのはそれだけだった。だから対処した。

ウェスト・マクレイ：話をして、おちつかせたんですね。

エリス・ジェイコブズ：それができたんだと思う。

ウェスト・マクレイ：具体的にはどんなふうに？

エリス・ジェイコブズ：きみは怪我をしている、おれが助けてあげられるから、きみはダレンについて話してくれ。おれは知らないから。そういったんですよ。そうしたらわかった……彼女はものすごく疲れてた。へとへとで死にそうに見えた。だからおれはそこに乗じた。彼女がナイフをおろした理由の一部はそれだと思う……だけど、もう一つ思うのは――そう、あのときは、自分はもう死ぬんだと思いこんでいた。彼女はおれを殺すつもりだと本気で信じてた。だけど彼女がいなくなったあと……どうなんだろう。あとからならなんとでもいえるんだけど、あとになってみれば、ほんとうは殺す気なんかなかったんじゃないかと思う。まあ、彼女がおれを放してくれたときは、赤ん坊みたいに泣いたけどね。

ウエスト・マクレイ：次に起こったことをひととおり話してください。

エリス・ジェイコブズ：二人でオフィスに戻って、おれは彼女の腕の手当てをし、彼女はおれに話をした――ダレンについて話した。

ウエスト・マクレイ：いままでの話からすると、あなたにとってダレンはずっといい友達だったんですよね。自分の身を守るために話を聞くと彼女にいったのはわかっていますが、ほんとうにそれだけだったんですか？　セイディのいっていることを信じたんですか？

エリス・ジェイコブズ：誰かがナイフを持って向かってきて、金を巻きあげたりしようとしているんでなければ、しかも最初に口をひらいたとき、小さな子供たちにちょっかいを出しているのかと訊いてくるなんて……何かあるはずだと思うでしょう？　それにおれは……誓っていうけど、彼女が話すようなダレンの一面をおれは知らなかったわけだけど、それでも——彼女がダレンの部屋であるものを見つけたから。

ウェスト・マクレイ：どういうものですか？

エリス・ジェイコブズ：偽の身分証の束と——全部ダレンだった、身分証の写真はダレンだったけど、全部ちがう名前が書かれていた。どれもダレンという名前じゃなかった。

ウェスト・マクレイ：どれか、覚えている名前がありますか？

エリス・ジェイコブズ：キースだけ。さっきあなたもいってた名前。彼女も、自分が知っているのはキースだといっていた。それから、彼女があの部屋で見つけたものはほかにもあった。えーと……あれはタグだった。

ウェスト・マクレイ：タグ？

エリス・ジェイコブズ：そう……ブラウスから切り取ったみたいな……それに名前がついてた――女の子の名前が。ダレンはそれに女の子たちの名前を書いていたんだ。これはどういうことなんだろうと彼女に訊いたら……彼女はトロフィーだっていってた……子供たちから獲ったトロフィーだって。

セイディの名前もそのなかにあった。

ウェスト・マクレイ：そうでしたか。

エリス・ジェイコブズ：自分がセイディだとは彼女はいっていなかったけど、それに、あなたから名前を聞くまでほんとのところ考えもしなかったけど、聞いて思いだしたんだ。

ウェスト・マクレイ：オーケイ、その後、何があったんですか？

エリス・ジェイコブズ：大丈夫ですか？

ウェスト・マクレイ：ええ、ただ——何が……

その後、何がありましたか？

エリス・ジェイコブズ：彼女は、ダレンが妹に〝あることをした〟といっていた。それにあいつは子供たちを傷つける、だから自分はあいつを探しているんだ、と。

ウェスト・マクレイ：それはどういう意味だったんでしょう？

エリス・ジェイコブズ：彼女はそれ以上のことはいわなかった。おれは、それなら通報するべきだ、もしダレンがそんなに悪いことをしているなら警察に任せればいいと話したんだ……そのことで言い合いになった。

ウェスト・マクレイ：セイディが通報したがらなかった？

エリス・ジェイコブズ：彼女は通報したがらなかった。まずあいつがいるのを確かめたい、それから警察に電話する、そういい張った……とにかく自分は現地に行かなきゃならない、これだけのことをさせられたんだから、警察に捕まるところをこの目で確かめる必要があるって。

ウエスト・マクレイ：あなたはどうしたんですか？

エリス・ジェイコブズ：彼女の腕に包帯を巻いて……いや、できるかぎりちゃんと巻いたつもりだったけど、あまりうまくいかなかった。それから彼女を送りだした。

ウエスト・マクレイ：セイディをダレンのところへ送りだした。

ダレンがどこにいるか知っていたんですね。

エリス・ジェイコブズ：はい。

ウエスト・マクレイ：お願いだから、彼女がいなくなってすぐに警察に電話をしたといってください。

エリス・ジェイコブズ：しなかった。

ウェスト・マクレイ：なぜしなかったんですか？　なぜ警察でなく、わたしに話すんですか？

エリス・ジェイコブズ：だって――わからないからだよ！　もしダレンのところに警察を送りこんで、彼女がまちがっていたら、おれによくしてくれた人を裏切ることになる！　そうなったら取り返しがつかない！　だけどもし彼女が向こうへ行って自分で警察を呼ぶなら、それでもし、ほんとうにダレンが罪をおかしたのなら、それはそれでいいはずだった。おれは――わからないんですよ！　現実にあったことのように思えない。いってる意味がわかるかな？　ただもう忘れたかった。だけどその後ジョーからあなたが行方不明の女の子を探してる、名前はセイディだって聞いたとき、あのタグを思いだして……

おれにはわからない。

ウェスト・マクレイ：ああ、なんてことだ、エリス。

ウェスト・マクレイ（スタジオ）：コロラド州ファーフィールドへは、ラングフォードから車で一日がかりです。エリスとの話を終えて、わたしはそこへ車で向かう準備をしましたが、セイディのことを考えると動きが止まりました。悲しみに打ちひしがれ、罪悪感を覚え、疲れきって、怪我までしながら、一つの場所から次の場所へと絶え間なく移動する。こんなに脆(もろ)くて孤独な人のことを考えるのはつらいことです。

セイディが、こんなに脆くて孤独だと考えるとつらいのです。

ウェスト・マクレイ（電話）：わたしにはもう無理です。

ダニー・ギルクライスト（電話）：いいや、できるよ。

ウェスト・マクレイ（電話）：キースが少女たちと暮らしていたとき、マティはうちの──

—うちの娘とおなじくらいだったんですよ。セイディだってたったの十一歳です。彼はそんな少女たちを餌食にした。あの子たちはただの——まだほんの子供だったんですよ?

子供にそんなことをする人間がいるなんて。

ダニー・ギルクライスト(電話):眠れたかね?

ウェスト・マクレイ(電話):ええ。

ダニー・ギルクライスト(電話):嘘だね。

ウェスト・マクレイ:ファーフィールドに到着したのは朝の七時でした。キースから一番最後に聞いたという住所をエリスに教わって——エリスがセイディに伝えたのとおなじ住所です——その家のまえに車を停めたわたしは、九時を待たずに玄関のドアをノックしました。

（足音、ドアをノックする音）

（ドアのひらく音）

女性の声：何かご用ですか？

ウェスト・マクレイ：おはようございます。わたしはウェスト・マクレイといいます。WNRKのジャーナリストで、いまは行方不明の少女を探しています。じつはその彼女がこの地区に、いや、実際にはあなたの家にいたという情報がありまして。それで、すこしお時間をいただいて、いくつか質問をさせてもらえると大変ありがたいのですが。

女性の声：行方不明の少女のことなんて何も知りません。

ウェスト・マクレイ：数カ月まえのことなんですが――

女性の声：あの、すみませんけど、いま仕事から戻ったばっかりですごく疲れていて、時間も早いですし……だけどもしあなたがまた——

ウェスト・マクレイ：待ってください、わたしはただ——ただ——この男性を知っていますか？

ウェスト・マクレイ（スタジオ）：わたしはキースの、ダレンの写真を見せました。

女性の声：え、やだ。

ウェスト・マクレイ：知っているんですね？　いまここにいますか？　以前、ここにいたんですか？

女性の声：いいえ。ええ——つまり……以前いました。でも——

ウェスト・マクレイ：いまはどこに？

女性の声：その、彼は――
亡くなりました。

小さな女の子の声：ママ？

ザ・ガールズ　エピソード8

（ザ・ガールズのテーマ曲）

アナウンサー：ザ・ガールズは、マクミラン・パブリッシャーズの提供でお送りします。

ウエスト・マクレイ：わたしがアマンダの家のドア口に立ち、キースは死んだと聞かされてから、一年が経ちました。あのあと、次にわたしの口から出た言葉はこうでした。「警察に電話するべきだと思います」それ以来、わたしは残りの断片を全部集めて、自分に理解できるかたちにまとめようとしてきました。アマンダは、あの日何があったかをわたしと一緒に見直すことに同意してくれました。アマンダは三十歳の白人女性で、一児の母です。姓は明かさないように頼まれています。

アマンダ：どこからはじめたらいいのかしら。

ウェスト・マクレイ：彼とはどんなふうに出会ったんですか？

アマンダ：わたしが当時働いていた場所に、彼が来たの。

ウェスト・マクレイ（スタジオ）：アマンダは、いまはもうファーフィールドには住んでいません。べつの州の新しい町で暮らしています。クリストファーとの関係を――これが、キースが当時使っていた名前です――過去のものにしようとしているところです。簡単なことではありません。あのとき起こったすべての物事がアマンダに取り憑いているからです。なかなかうまく対処できない、とアマンダはいいます。

ウェスト・マクレイ：あなたはバーで働いていたんですよね。

アマンダ：はい。彼はある夜に現れて、またべつの夜にも来ました。気遣いのできる、いい人でした。お酒は飲まずに食事だけしていました。その後も何回も来ました。彼にはどこか——彼にならなんでも話せるような、何をいっても理解してくれそうな、そんな雰囲気がありました。わたしはシングルマザーで、そういう人を見つけるのがむずかしいんです——進んで話を聞いてくれる人なんてなかなか見つからないんです。

ウェスト・マクレイ：お嬢さんがいますね。

アマンダ：（間）はい。

ウェスト・マクレイ：当時、何歳でしたか？

アマンダ：十歳になったばかりでした。

ウェスト・マクレイ：彼とは、知りあってからどれくらいで一緒に住むことになったのですか？

アマンダ：ひと月半くらい。わたしの仕事があるときはいつも家にいてくれたし、仕事がない、休みの日も家にいてくれました。わたしは――恋に落ちていたんだと思います。そんなふうに思うなんてばかげてる、と思ったのを覚えています。同時に、どうしてわたしにいいことの一つくらい起こっちゃいけないの？　とも思いました。

もし彼を家に入れるのがどういうことかわかっていたら……もし自分が何を家に持ちこもうとしているのかわかっていたら……娘はわたしにひとこともいいませんでした。何か悪いことが起きているとは一度も話しませんでした。母親なのになんでわからなかったんだと思われるかもしれませんけど、わたしは――

ウェスト・マクレイ：彼は幼い女の子のいるシングルマザーを、一人でふつうより大変な思いをしている女性を、わざと狙っていたんです。そういう人たちと、その子供たちに狙いを定めていたんですよ。自分を責めてはいけません。

アマンダ：わかっています、でもわかってはいても……

わかっていることと信じることとは、まったくの別物なんです。（間）彼は仕事をしていませんでした。ほかのときだったら、わたしにとってそれは赤信号になったはずなんです。だけど彼はとてもやさしくて、娘にもすごくよくしてくれたから、ふだんから誰か大人が、誰か娘本人もなついている相手が——あのときはそう見えたんです——そばにいてくれたほうが、あの子にとってもいいんじゃないかと思ってしまったんです。

ウェスト・マクレイ（スタジオ）：アマンダの娘は現在、週に二回セラピーを受けています。

アマンダ：それで、わたしは仕事をつづけ、彼は家にいました。娘と一緒に。

ウェスト・マクレイ：彼がどんなふうに亡くなったのか話してください。

アマンダ：バーで働いていた女の子の一人からシフトを代わってといわれたので、いつもよりすこし早く仕事に行って、いつもよりすこし早く帰宅したんです。家に着くと、娘はいて、彼はいませんでした。娘の話では、本屋さんに行って帰ってきたら彼がいなくなっていたってことでした。ものすごく腹が立ちました。娘を家で一人にしてほしくなかったし、それが……（笑）まさかそれが——

ごめんなさい。

ウェスト・マクレイ：必要なだけ時間をかけてもらってかまいません。

アマンダ：とにかく、彼はその夜九時ごろに帰ってきました。ひどい身なりでした。彼は……泥だらけでした。すごく汚かった。顔色が悪くて、震えていて、体の左側をかばっていました。ものすごく怖くて、自分の目が信じられませんでした。

ウェスト・マクレイ：何があったといっていましたか？

アマンダ：強盗にあった、と。こんなふうにいってたんじゃないかしら……「急に襲われて、そいつらに金を全部盗られて、車に乗せられた」って。でも、〝そいつら〟というのが誰なのかはいわなくて、わたしが尋ねると、すごく曖昧な返事でごまかしたんです。だけどとても痛がっていて、何かがあったのは確かでした——それだけはほんとうでした。

ウェスト・マクレイ：警察には行かなかったのですね。

アマンダ：わたしは行きたかったんです。彼に懇願しましたが、拒否されました。すくなくとも病院には行くべきだ、検査してもらうべきだと話しました。明らかに怪我をしていましたから。でも彼は大丈夫だといって譲りませんでした。ちょっと痛むだけだ、寝れば治るって。そしてそれを証明するかのように、一緒にテーブルについて、わたしの遅い夕食につきあったんです。その後シャワーを浴びてベッドに入りました。生きていました。翌朝になって確認すると、大丈夫だ、ただ眠りたいだけだといっていました。だから眠らせておきました。わたしは娘を友達の家に送って、泊まらせてもらうことにしました。彼の邪魔にならないように。そして仕事に行きました。夜中の十二時ごろに帰宅すると、彼はまだベッドにいて、反応がありませんでした。救急車を呼びました。

ウェスト・マクレイ：彼は左脇の刺し傷を自分で治そうとして、失敗したのです。傷から感染を引き起こし、敗血症によって数日後に病院で死亡しました。

アマンダ：彼が亡くなったときには、ただもう打ちのめされてしまって、何もかもが手に余りました。誰に連絡するべきかもわからなかった。お葬式を出すお金もなかった。家族の話を聞いたこともなくて……だから彼の所持品を調べました。まず……財布のなかに――お金が入っていました。足もとをすくわれたような気がしました。彼からは〝そいつら〟に盗られたと聞かされていたんですから。彼を襲った路上強盗に。トラックでは身分証を見つけました。ちがう名前が書いてありました。クリストファーじゃなかった。

ウェスト・マクレイ：ジャック・ハーシュでした。

アマンダ：わけがわからなかったけれど、彼の両親に、マーシャとタイラーに、なんとか連絡を取りました。ご両親は、クリス――ジャックが十八歳のときから離れて暮らしていました。二人がやってきて、彼を確認して、警察から戻ってきたら遺体を引き取りたいといいました。それでわたしはこの……知っていたはずの男性を失った悲しみと、ほんとうは彼のことなんてぜんぜん知らなかったのだというショックとともに取り残されました。

ウェスト・マクレイ（スタジオ）：キースやダレンやクリストファーになるまえ、ジャック・ハーシュはカンザス州アレンズバーグに住んでいました。高校卒業後、多くの人がたいていそうするように、彼も地元を離れました。その後、地元で彼を見た人は一人もいませんでした。けれども、みんな彼を覚えていました。

アレンズバーグの住人は、ジャックのことを孤独を好む人、薄気味悪い人と表現しました。両親は敬虔(けいけん)なクリスチャンで、人付き合いを避けることが多かったようです。けれども家のなかはうまくいっていないという噂がありました。ジャックの父親は過度の飲酒と癇癪で問題を起こしていたようです。

ジャックの両親はわたしと話をすることを拒否しています。

ジャックは十二歳のとき、ある事件を起こしました。小学生の女児のグループに向かって自身の性器をさらけ出したのです。

マーリー・シンガーは、兄のサイラス・ベイカーがジャックと友達になったとき、十歳でした。二人は十七歳でした。わけもなく起こった突然の出来事のように見えました。

マーリー・シンガー（電話）：おそらく、お互いに相手のことがわかったんでしょうね。

ウェスト・マクレイ：マーリーは、ようやくわたしと話をすることに同意してくれました。

ウェスト・マクレイ（電話）：あなたはロマンティックな関係になるずっとまえからジャックを知っていたんですよね。そしてあなたは、ジャックを探しているセイディをお兄さんのもとへ送った。二人が共通の嗜好を持っていることを、あなたは知っていた、あるいは、すくなくとも疑っていたんでしょう？　いま、わたしがあなたに訊きたいことは一つです、マーリー、なぜですか？　なぜあなたはセイディを二人のもとへ送っておきながら、わたしに嘘をついたのですか？

マーリー・シンガー（電話）：あの目つきを見たら、彼女を止められるものなんか何一つないとわかったからよ。それにあたしは……あたしは兄に立ち向かえたためしがなかった。あなたが来たときに話さなかったのは、怖かったから。あたしには失いたくないものがあったから。

（背景に幼児の泣き声）

アマンダ：ジャックが亡くなったとき、娘は——あまり悲しんでいないように思えたんです。だけど、子供はこういうことへの対処の仕方がちがうんだと考えました。いまはわかっています。

あの子は安堵していたんです。

ウェスト・マクレイ：わたしがあなたの家を訪ねたあと、何がありましたか？

アマンダ：わたしたちは警察に通報しました。

ウェスト・マクレイ：待っているあいだに、あなたにセイディの写真を見せましたよね。もしかしたら、あなたがそうと気づかずに彼女と接触していたかもしれないと思ったんです。

アマンダ：娘がその場に、わたしたちのあいだに居合わせました。あの子がいったんです。「この人知ってるよ」って。

ウェスト・マクレイ（スタジオ）：アマンダの娘の話によると、セイディが現れたのは、彼女が覚えているかぎり、ジャックが強盗にあったといっていたのとおなじ日の午後だったそうです。彼女がセイディと出会ったときのことで覚えていたのは、不安な気持ちでした。

アマンダ：娘がいうには、セイディがあの子を……連れていこうとしたらしいんです。セイディは娘の腕をつかんで一緒に来てもらいたがったそうなんですが、娘が拒むと、本を買うお金をくれたんです。娘は当時、貪るように本を読んで、古書店に入り浸っていました。あなたは、セイディが娘を家から遠ざけようとしたのかもしれないといっていましたよね。娘を助けるためだったって。

ウェスト・マクレイ：わたしはそう信じることにしたんです。

アマンダ：どうしてセイディのことを話さなかったのって訊いたら、娘は泣きだしました。ママにはもう充分心配事があるんだから、これ以上困らせたくなかったといって。あとになって、それはジャックがあの子を黙らせるために何度もいい聞かせたことだったんだと知りました。ママのところへ行って、何か悪いことが起こってるなんて話したら、きみはものすごく怒られるだろうねって……

死んでくれてよかったわ。

ウェスト・マクレイ（スタジオ）：アマンダの娘の説明から、ジャック・ハーシュが殺されたとき、セイディが近辺にいたことがわかりました。わたしは一年まえのその夜、ダニーに電話をかけました。

ダニー・ギルクライスト（電話）：どうなってる？

ウェスト・マクレイ（電話）：現地で、ある母親と話をしたところです。彼女が家に住まわせていた男が、彼女の娘を性的に虐待していた可能性が高いです。母親は……悲鳴をあげていましたよ、ダニー。どんな声だったか説明することさえ、わたしにはできそうにありません。

ダニー・ギルクライスト（電話）：大変だったね。

ウェスト・マクレイ（電話）：ファーフィールド警察に知っていることを話しました。わたしが集めた素材を全部見たいそうです——コピーならありますが……

ダニー・ギルクライスト（電話）：求められたものは全部渡しなさい。時間は必要なだけかけていいから。

ウェスト・マクレイ（電話）：わたしはただ——彼女はどこにいるんです、ダニー？　もし二人が会っていて、彼がそこから離れたなら——まあ、その後死んでしまったわけですが——彼女はどこにいるんでしょう？

ウェスト・マクレイ（スタジオ）：ファーフィールド警察の事情聴取を受けたあと、メイ・ベスとクレアにすべて――わかったこと、そしてわからなかったこともすべて――説明するために、わたしはコールド・クリークへ戻りました。

メイ・ベス・フォスター：ああ、セイディ。ほんとに、あの子ったら。

クレア・サザン：それで、あの子はどこにいるの？

ウェスト・マクレイ：わからないんです、クレア。

クレア・サザン：それじゃ解決になってない。

ウェスト・マクレイ：ジャックの家に着いたあと、セイディに何があったかはわかりません。どこへ行ったのかもわかりません。セイディが到着したとき、ジャックはそこにいました。二人は会ったと考えてまちがいないと思います。そのあと何があったかはわかりません。ある時点で、二人は家を出たはずなんです。ジャックは戻った。セイディは戻らなかった。セイディの車は泥道で発見された。ジャックは死亡。セイディはいまも行方不明。警察が捜査しています。わたしが知っていることはこれで全部です。

クレア・サザン：ちがう。メイ・ベスは、あなたがあの子を見つけるっていってた。メイ・ベスは、そこが一番肝心なことだっていってた――あなたがここにいる理由はそれでしょう。あなたはあの子を見つけてくれるはずで――

ウェスト・マクレイ：できることはやりました。

クレア・サザン：それはどういう意味？　もう――もうあきらめたってこと？　探すべき相手がもういないと思ってるってこと？　そういうことなの？

ウェスト・マクレイ（スタジオ）：この時点で、わたしの頭のなかではジャックが帰宅したときの様子が渦巻いていました――汚れていて、痛そうで、怪我をしていて、やがて死亡した。ジャックとセイディのあいだには口論があったと思います。

セイディは生き延びたと信じたい。

けれども確かなことはわかりません。

ウェスト・マクレイ（クレアに向かって）：手もとにあるものをすべて見直さなければなりません。それでわたしたちがどこにたどり着けるか判断します。わたしはニューヨークに戻ります。

クレア・サザン：もちろん、そうでしょうね。

ウェスト・マクレイ（スタジオ）：ニューヨークへの帰路は気の重いものでした。

週末は娘と過ごしましたが、娘にはわたしの様子がおかしいとわかったようでした。娘が見えないところへ行くのはいやなのですが、同時に、娘を見ることにも耐えられないのです。わたしは、おそらく当時のセイディがそうだったように、居ても立ってもいられない気持ちになりました。また走らなければならない、路上へ戻らなければ、目的を達するまで進みつづけなければならない、そんな気持ちです。わたしはセイディを見つけるはずでした。そしてメイ・ベスとセイディの母親の待つ家に、彼女を連れ帰るはずでした。わたしは失敗に耐えられませんでした。やめることが何かを象徴してしまうように、決めつけが過ぎるように思えました。けれどもわたしの立場でできるのは、手もとにあるものを調べなおして、次に何かが――なんでもいいから何かが――起こるのを待つことだけでした。

ダニー・ギルクライスト：オーケイ、二人がとうとう顔を合わせたと仮定して、二人のあいだに何が起こった？

ウェスト・マクレイ：二人は会ったと思います。セイディはジャックのこれまでの人生について暴露しようとして、それがうまくいかなかったのでしょう。アマンダがいっていたジャックの帰宅時の様子からして、二人のあいだに争いがなかったとは思えません。ジャックの刺し傷は、セイディの自己防衛の結果だったのだと思います。アマンダは、家におかしなものはなかった、暴力をほのめかすような痕跡はなかったといっていました。ジャックがどこから帰ってきたにせよ、争いが起こったのはそこでしょう。

ダニー・ギルクライスト：もしかしたら、車が発見された場所とか？

ウエスト・マクレイ：その可能性はあります。セイディが自分で運転してそこに行ったのでなければ、ジャックが乗っていったのかもしれません。

ダニー・ギルクライスト：ジャックがその車に乗っていったなら、セイディはどこに残されたんだろうね？

ウエスト・マクレイ：ジャックがセイディを殺し、彼女の車を泥道に乗り捨てて、自分は死ぬまえになんとか家に帰りついたのだと思うか？　そう訊いているんですか？

ダニー・ギルクライスト：まあ、そういうことだね。

ウエスト・マクレイ：何かべつのことを訊いてください。

ダニー・ギルクライスト：きみはジャックがマティを殺したと思っている。そうじゃないかね？

ウェスト・マクレイ（スタジオ）：セイディ・ハンターについてわたしにわかったことがあるとすれば、それは彼女が自分の人生の脇役に甘んじていたということです。セイディはマティのために生きました。息をするように妹を愛し、妹の世話をし、妹を守りました。

どうやらジャックはセイディを虐待したらしいとわかりましたが、この一事を理由としてセイディがあんなにもがむしゃらにジャックを追ったとはどうしても思えないのです。マティの死の原因となったのはジャックだと、セイディがどうやって知ったのかはわかりません。けれども、セイディはブルーバードのエリスに彼は妹にあることをしたと話しています。

もしほんとうにそうだとしたら、ジャックはなぜコールド・クリークへ戻ったのでしょう？　いずれ戻ってマティを探し、家族からマティを――永遠に――奪うことが、最初からジャックの計画だったのでしょうか？

この疑問について考えると、夜も眠れなくなります。

(電話の鳴る音)

ウェスト・マクレイ(電話):ウェスト・マクレイです。

メイ・ベス・フォスター(電話):メイ・ベスですけど。

ウェスト・マクレイ(電話):あなたの声が聞けてうれしいですよ。何かありましたか?

メイ・ベス・フォスター(電話):マティの遺体発見現場から採取されたDNAが、ジャックのものと一致したの。

シーラ・グティエレス刑事:ファーフィールド警察は、アレンズバーグ警察とFBIの協力を得て、マティの発見現場から採取されたDNAと、州のデータベースに保管されていた、ジャックの侵入窃盗の前科のサンプルが一致することを確認しました。また、ノラ・スタケットも、マティが乗ったのがジャックのトラックだったと証言しています。われわれは現在もミズ・ハンターの行方を追っています。捜査は続行中ですので、ジャック・ハーシュ、もしくはセイディ・ハンターに関して何か情報をお持ちのかたは、555-3592、ファーフィールド警察までご連絡ください。

ウェスト・マクレイ（電話）：すぐにそちらへ向かいます。

メイ・ベス・フォスター（電話）：いいえ……駄目。大丈夫だから。お願い、やめて。

ウェスト・マクレイ（電話）：ぜひ会ってお話ししたい——

メイ・ベス・フォスター（電話）：きっとまた話せるときは来る。だけどいますぐは、いまは、あたしたちにはすこし時間が必要なの。

ウェスト・マクレイ（スタジオ）：そこでわたしは二人に時間をあげました。

　長い時間です。わたしはその冬と、それにつづく春を番組の仕事に取り組みながら過ごし、それをしていないときには〈オールウェイズ・アウト・ゼア〉の仕事をつづけました。セイディの物語はだんだんまとまりはじめましたが、どこへ向かうのか――それが問題でした。どんな結末にしたらいいか、まだわかりませんでした。どうしたらいいか考えるのに、あなたとクレアの力を貸してもらえないかと、わたしはメイ・ベスに尋ねました。そのころには、もう六月になっていました。

　メイ・ベスは同意してくれました。

　セイディが去ったちょうど一年後にコールド・クリークへ到着するのは、すこし詩的でもあります。セイディがトレーラーを出て、マティのいないここでの生活に別れを告げたときも、きっとこんなふうに見えたのでしょう。花壇の花は満開です。意外なことに、クレアはいまもメイ・ベスと暮らしています。スパークリング・リバー・エステーツの管理を手伝い、それと交換に部屋を借りています。そしていまもクリーンなままです。

メイ・ベス・フォスター：どうだろうね。いつも簡単なわけじゃない——ときどき、あたしは……あたしがクレアに我慢ならないときもあるし、クレアがあたしに我慢ならないのがわかるときもある。だけど正しいことのような気がするんだよ。クレアがここにいたいなら、そうしたらいいと思う。

ウェスト・マクレイ：どんなふうに過ごしていますか？

メイ・ベス・フォスター：時間によるね。（間）怒ってる。たくさんの人に対して、たくさんの理由で怒ってる——たいていは自分に対して、自分が見落とした物事について怒ってる。だけどこの怒りが、毎朝ベッドから起きだすための唯一の原動力なんじゃないかと思うこともある。

ウェスト・マクレイ：お気の毒です。

メイ・ベス・フォスター：それで、そっちのケリはついたの？　そのことで来たんでしょう？

ウェスト・マクレイ：まだ、完全には。だけど新しく何か大きなことが起こらないなら、次のステップとして、セイディの物語が語られるべきだと思うんです。世界にセイディのことを伝えたいんです、あなたがわたしにしてくれたように。

ウェスト・マクレイ（スタジオ）：メイ・ベスはなんとか涙をこらえようとしましたが、最後にはこらえきれませんでした。

メイ・ベス・フォスター：クレアがなかにいるよ。あんたと話をするそうだよ。

ウェスト・マクレイ（スタジオ）：メイ・ベスはわたしのために夕食を用意するといい張り、スタケットの店に食料品を買いに行きました。話ができるようにと、クレアとわたしを二人きりにしたのです。

メイ・ベスの住まいは、わたしが何カ月もまえに最初にここへ来たときと、まったく変わらないように見えました。時間をさかのぼって、最初に顔合わせをしたときに戻ったかのようでした。あのときはセイディとマティのアルバムをじっくり見せてもらい、最後に写真のなくなったページに到達したのです。

クレアは腕を組んでキッチンのシンクのまえに立っていました。最後に会ったとき以来、自信をつけたようにも、自信をなくしたようにも見えました。わたしたちはしばらく黙ったままでいました。まるで二人とも、セイディが奇跡のように現れ、私道をこちらへ向かって歩いてきて、最後の最後に物語を中断させるという希望を、あくまで持ちつづけているかのように。

ウェスト・マクレイ：セイディはどこにいると思いますか？

クレア・サザン：ロス。

冗談よ。

ウェスト・マクレイ：あなたがまだここにいると知って、驚いています。

クレア・サザン：あたしも。

でも、あたしがいつも何を考えているかわかる？

ウェスト・マクレイ：なんですか？

クレア・サザン：セイディは髪をブロンドに染めたの。

あの子の地毛は茶色だった。ちょうどあたしの母みたいで、あたしにはそれがつらかった。とても負担だった。

ときどき、ここを出ていきたくてたまらなくなる。もしセイディが戻ってきても、自分にはあの子に会う資格なんかないんじゃないかと思って。だけどそれからこう思うの、あの子は髪をブロンドに染めたんだ、それはマティの色だけど、あたしの色でもある、って。もしあの子のなかにほんの小さな一部でも、あたしとつながりのある部分が残っているなら、あたしはここにいるべきだと思う。万が一のために。
万が一、あの子があたしのいる家に帰りたいと思ったときのために。
万が一、あの子にそれができたときのために。
ウェスト・マクレイ：そうなるといいですね……
ウェスト・マクレイ（スタジオ）：そうなることを望みます。
クレア・サザン：番組をなんて名前にするかは考えた？
ウェスト・マクレイ：〈セイディとマティ〉はどうかなと思っているんですが。何かべつのアイデアがありますか？
クレア・サザン：〈ザ・ガールズ〉にするべきよ。セイディが救ったはずのすべての女の子たちのために、そのタイトルにするべきだと思う。

番組を〈ザ・ガールズ〉と呼べば、みんながそれを聴くことになって、セイディが持てるすべてを懸けてマティを愛したことがみんなに伝わるでしょう。あなたには、あの子がマティをものすごく愛したことを、あれがあの子の愛のかたちだったことを、みんなに知らせてほしい。あなたがみんなに知らせて。

ウェスト・マクレイ（スタジオ）：わたしはいまでも、クレアがコールド・クリークの林檎園でわたしにいったことをよく思いだします。なぜセイディを探しているのかと訊かれて、自分にも娘がいるからだと話しました。あのときは、それが彼女に差しだせる一番立派な答えのように思えたからです。クレアはわたしに腹を立てました。当然です。わたしは娘を、クレアの世界の痛みや苦しみを覗く理由として、事態をなんとか修復しようとする不器用な試みの言い訳として、利用したのですから。

あのとき、わたしは嘘をついていました。

ダニーには、この物語にはあまり気乗りがしない、唯一無二のものとは思えないから、と話しました。それも嘘でした。ただ、真実のほうがマシかどうかもわかりません。少女たちが行方不明になるのは珍しくありません。そして、知らずにいられるというのは幸せです。わたしがこの物語に気乗りがしなかったのは、怖かったからです。何が見つからないか考えると怖かったし、何が見つかるか考えても怖かったのです。

いまもそうです。

わたしがセイディ・ハンターと会うことはありませんでしたが、小さいけれど大事な部分で、セイディのことがわかったように思います。二十年まえ、セイディが生まれて母親の腕に抱かれ、その六年後、妹のマティがセイディの腕に抱かれました。セイディにとって、全世界が生きて動きはじめました。

マティのなかに、セイディは生きる目的を見つけ、愛を注ぐ場所を見つけました。しかし愛は複雑で、厄介です。無私の心を生じさせるのも、利己的な心を生じさせるのも、最大の達成を引き起こすのも、痛恨の過ちを引き起こすのも、愛です。愛は人と人とを結びつけ、おなじくらい容易に人と人とを引き裂きもします。

愛はわたしたちを駆りたてます。

マティを失ったとき、セイディがコールド・クリークの家を出て、孤独と苦痛を背負ったまま何百キロも移動して、ただひたすらに妹の殺人者を見つけようとした、そしておそらくは命を懸けてでも世界を正そうとした、その原動力になったのも愛でした。

セイディとジャックのあいだに正確なところ何があったのかは、きっとわからないままでしょう。けれどもわたしには、自分が何を信じたいかはわかります。今回の余波のなかで、空白を埋めるために残っているのはセイディのマティに対する愛だけです。もし、いや、いつか、セイディが戻ってきて自分の言葉で話してくれるまでは。

セイディ、もしそこで聴いているなら、わたしに知らせてください。

なぜなら、もうこれ以上、一人だって死なせるわけにはいかないのだから。

謝辞

サラ・グッドマン、言葉の可能性と潜在力に関する権威にして、鋭く、賢明で、思慮深い編集によってつねにわたしの本の核心を明らかにし、わたしをよりよい作家にしてくれる。エイミー・ティプトン、不断の熱意と、限りない忍耐と、完璧なタイミングで、わたしが軌道から逸れるのをつねに防ぎ、創作へと鼓舞してくれる。二人は十年まえからずっとわたしの仕事を擁護してくれていて、それぞれ各人の仕事においてほんとうに優秀であるだけでなく、本物の善人でもある。この二人を知り、この二人と仕事ができるのは喜びであり、名誉でもある。

過去と現在の〈ウェンズデイ・ブックス〉のチーム全員に。『ローンガール・ハードボイルド』のために懸命に取り組んでもらえて光栄だ。ジェニファー・エンダリン。ジョン・サージェント。アン・マリー・トールバーグ。ブラント・ジェインウェイ。ブリタニー・ヒルズ、カレン・マスニカ、DJ・デスマイター、メーガン・ハリントン——夢のチームだ。ケリー・レズニックとアガタ・ウィアーズビカはハッとするほど美しいカバーを、アナ・ゴロヴォイは洗練されたレイアウトを担当してくれた。リーナ・シェクター。ローレン・ハウゲンとナナ・V・ストールズルは細部に注意を払ってくれた。タリア・シアーと、アン・スピースと、図書館マーケティングに関わってくれた全員。販売。マクミラン・オーディオ。クリエイティブ・サービス。ジェニー・コンウェイ。アリシア・アドキンス‐クランシー。ヴィッキー・レイム。アイリーン・ロスチャイルド。リサ・マリー・ポンピロ。仕事に対する彼らの比類なき情熱と献身に。

エレン・ピパスとタリン・ファガネス、舞台裏での二人のスター級の仕事に。

ダスティン・ウェルズの鋭利な洞察は、この原稿を強化するにあたって決定的な役割を果たした。彼の時間とこのうえなく貴重な意見に感謝している。

ローリ・ティベール、エミリー・ハインズワース、ティファニー・シュミット、ノヴァ・レン・スーマの信念と、意見と、何より彼らの友情があったからこそ、本書を完成させること、いや、それ以上のことができた。彼らのいる人生でとてもうれしい。

次に挙げる善良な心の持ち主たちの意見、支援、友情、時間、やさしさに感謝している——リーラ・オースティン、アレクシス・バス、リンジー・カリ、ソメイヤ・ドード、ローリー・ディヴォア、デブラ・ドライザ、モーリーン・グー、クリス・ハルブルック、ケイト・ハート、コディ・ケプリンガー、ミシェル・クライス、ステフ・キューン、エイミー・ルカヴィクス、サマンサ・メイブリー、フィービー・ノース、ヴェロニカ・ロス、ステファニー・シンクホーン、カラ・トマス、ケイトリン・ウォード。ブランディ・コルバート。サラ・エニ。カーステン・ハバード。デイモン・フォード（アッシュ）。（ヴェローニ）ケリー・ジェンセン。ホイットニー・クリスペル、キム・ハット・メイヒュー、バズ・ラモス、サマンサ・シールズ。キャロリン・マーティン。スザンヌ&メーガン・ホプキンス。メレディス・ゲイルモア。ブライアン・ウィリアムズ。ウィル&アニカ・クライン。彼らがいなければ、『ローンガール・ハードボイルド』を最後まで見届けることができなかっただろう。

ソメイヤ・ドードとヴェロニカ・ロス、二人の知恵とひねくれたユーモアのセンスに。

心と棚のなかにわたしの本のための場所を見つけてくれた読者、書店員、司書、教師、本のブロガー、ビデオブロガー、インスタグラマーのみなさん、ありがとう。みなさんは、わたしが愛する仕事をできる理由――それに、わたしが仕事を愛する理由――の大きな部分を占めている。

親友のローリ・ティベールに、もう一度、いつでも。わたしの知っているなかで最大、最良の才能に恵まれた人の一人だ。彼女の長きにわたる友情がなかったら、本書がかたちになることなど想像もつかない。彼女から多くを学んだし、わたしも彼女とおなじ気品と、やさしさと、ユーモアと、寛大さと、才気をもって人生を歩みたいと切望している。

最後になったが、とてもとても大事な、わたしの家族に――カナダからアメリカ合衆国までの地域に住む、肉親と拡大家族の両方に。無条件にわたしを愛し、励まし、信じてくれてありがとう。母、スーザン・サマーズ。母の力と、創意と、不思議なものを感じとるセンサーは、彼女の持つ多くの驚くべき特質のうちの三つであり、母がわたしの英雄であるのもこの三つがあるからだ。祖母、マリオン・ラヴァリーとルーシー・サマーズ、尽きせぬ愛情を抱いた強い女性たち。姉、ミーガン・グンター、つねに尊敬の的でありつづける最もタフな女性だ。義兄、ジャラッド・グンター、このうえなく鋭い知性の持ち主。姪のコジマは、毎日のように両親の最良の部分を体現している。デイヴィッド・サマーズ、ケン・ラヴァリー、ボブ・サマーズ、ブルース・グンター、みんなを愛してるし、会えなくて寂しいけれど、彼らから学んだものは作家としてのこんにちのわたしの決して小さくない部分をかたちづくっている。

ありがとう。

訳者あとがき

ここ何年か、闘う女子の物語を読む機会が増えてきたように感じます（ちなみにここでいう女子は英語のgirlを意識したものです。girlは表す範囲が広く、女児から若い女性までをカバーするため、パキッと決まる日本語のない、訳者泣かせの言葉なのです）。

たとえば『拳銃使いの娘』や『パーキングエリア』は、主人公の女子（一方は十一歳の少女、一方は女子学生ですが）が巻きこまれた事態のなかでどう闘うのかが描かれたサスペンスでしたし、『蝶のいた庭』や『メソッド15／33』の主人公は拉致・監禁の被害者であり、自由を取り戻すための策略や行動、その過程で生じる女子同士の紐帯（ちゅうたい）が読みどころでもありました。『沼の王の娘』や『プリズン・ガール』は、拉致・監禁に近いかたちで、家父長制のグロテスクなデフォルメであるかのような異常な父親に育てられた女子が、その支配から逃れ心と体の自由を手に入れようと奮闘する物語でしたし、反対に、最初は父の名誉を守ろうとしてはじめた闘いがやがて自身のための闘いへと変わっていく『嘘の木』も、状況は正反対で、武器は〝論理〟ではありましたが、似た後味を残す物語です。最近の国内の小説では『ババヤガの夜』や『ピエタとトランジ』に、コミックでは思わぬ力（拳銃）を手に入れた高校生女子六人のそれぞれの闘いを描いた『世界は寒い』に、似たスピリットがあるように思いました。

おおまかにいって共通しているのは〈武器を手に闘う女子を描いたエンターテインメント〉であり、〈世界から押しつけられる理不尽をはね返せ〉の精神が根底にあるところです。こうした小説が多く書かれ、じわりじわりと読者を獲得しているのは、いままでは黙って／我慢してやり過ごしてきた理不尽に対しはっきり声をあげていこうという、世のなかの流れの一つの現れではないでしょうか。

さて、本書『ローンガール・ハードボイルド』もそうした流れのなかの一作です。アメリカのよくある田舎町の一つとして描かれるコロラド州コールド・クリーク。そこで暮らすメイ・ベス・フォスターという六十代の女性から、ラジオの人気パーソナリティに「助けてほしい」という連絡が入ります。ウェスト・マクレイというそのパーソナリティは、すこしまえにもコールド・クリーク近隣の町の過疎化や貧困について取材したばかりでした。メイ・ベスは〝自分が祖母代わりになり見守ってきた十九歳のセイディが、住まいのトレーラーを出ていってしまい戻ってこない、警察もあてにならないので行方を探すのに協力してほしい〟とマクレイに訴えます。

ラジオの特集として取りあげるにしても、少女たちが行方不明になるのは珍しくない、きっとよくある家出話だろうと、マクレイは最初はまったく乗り気になれません。しかし上司からの強い要請もあって一件を調べはじめるとすぐ、セイディが家を出るまえに、十三歳の妹マティが殺害される事件があったことがわかります。セイディの失踪とマティの事件には何か関係があるのか――マクレイはこの事件を追う番組づくりにだんだんと真剣に取り組むようになります。

一方、失踪した当のセイディの語りも要所要所にはさまれます。意志の力と飛び出しナイフを武器としたセイディが何を相手に、どのように闘うのか。この先は本文でじっくりお読みいただきたいところです。

著者のコートニー・サマーズについてもご紹介しておきます。

コートニー・サマーズは二〇〇八年、二十二歳のときに小説を書きはじめたカナダ在住の作家で、本書『ローンガール・ハードボイルド』で二〇一九年のアメリカ探偵作家クラブ賞（YA部門）を受賞しています。著作リストは以下のとおりです。

1. *Cracked Up to Be*（2008）
2. *Some Girls Are*（2010）
3. *Fall for Anything*（2011）
4. *This is Not a Test*（2012）
5. *What Goes Around*（2013）※1と2の二作が入った合本版
6. *Please Remain Calm*（2015）※4の続篇で、中篇
7. *All the Rage*（2015）
8. *Sadie*（2018）※本書
9. *The Project*（2021）

ほか、*Defy the Dark*（2013）、*Violent Ends*（2015）というアンソロジーにそれぞれ短篇を、*Here We Are: Feminism for the Real World*（2017）というガイドブックにエッセイを寄せています。

■あとがきに登場する作品リスト

『拳銃使いの娘』ジョーダン・ハーパー、鈴木恵訳（ハヤカワ・ミステリ）
『パーキングエリア』テイラー・アダムス、東野さやか訳（ハヤカワ文庫）
『蝶のいた庭』ドット・ハチソン、辻早苗訳（創元推理文庫）
『メソッド15／33』シャノン・カーク、横山啓明訳（ハヤカワ文庫）
『沼の王の娘』カレン・ディオンヌ、林啓恵訳、（ハーパーＢＯＯＫＳ）
『プリズン・ガール』ＬＳ・ホーカー、村井智之訳（ハーパーＢＯＯＫＳ）
『嘘の木』フランシス・ハーディング、児玉敦子訳（東京創元社）
『ババヤガの夜』王谷晶（河出書房新社）
『ピエタとトランジ』藤野可織（講談社）
『世界は寒い』高野雀（全2巻、祥伝社 FEEL COMICS Swing）

訳者略歴　青山学院大学文学部卒，日本大学大学院文学研究科修士課程修了，英米文学翻訳家　訳書『ブルーバード、ブルーバード』ロック，『サイレント・スクリーム』マーソンズ，『紳士と猟犬』カーター（以上早川書房刊）他多数

HM=Hayakawa Mystery
SF=Science Fiction
JA=Japanese Author
NV=Novel
NF=Nonfiction
FT=Fantasy

ローンガール・ハードボイルド

〈HM㊽-1〉

二〇二〇年十一月二十日　印刷
二〇二〇年十一月二十五日　発行
（定価はカバーに表示してあります）

著者　コートニー・サマーズ
訳者　高山真由美（たかやま まゆみ）
発行者　早川　浩
発行所　株式会社　早川書房

郵便番号　一〇一 - 〇〇四六
東京都千代田区神田多町二ノ二
電話　〇三 - 三二五二 - 三一一一
振替　〇〇一六〇 - 三 - 四七七九九
https://www.hayakawa-online.co.jp

乱丁・落丁本は小社制作部宛お送り下さい。
送料小社負担にてお取りかえいたします。

印刷・信毎書籍印刷株式会社　製本・株式会社川島製本所
Printed and bound in Japan
ISBN978-4-15-184301-3 C0197

本書は活字が大きく読みやすい〈トールサイズ〉です。